大　荒/著

诗人随笔丛书

只剩下闲话

北京邮电大学出版社
www. buptpress. com

图书在版编目（CIP）数据

只剩下闲话 / 大荒著. -- 北京 : 北京邮电大学出版社，2014.1

ISBN 978-7-5635-3688-7

Ⅰ. ①只… Ⅱ. ①大… Ⅲ. ① 随笔—作品集—中国—当代 Ⅳ. ① I267.1

中国版本图书馆CIP数据核字（2013）第210575号

书　　名：只剩下闲话

作　　者：大　荒

策 划 人：刘玉雯　彭莎莎

责任编辑：彭莎莎

装帧设计：林德锋

出版发行：北京邮电大学出版社

社　　址：北京市海淀区西土城路10号（邮编 100876）

发 行 部：电话：010-62282185 传真：010-62283578

E-mail：publish@ bupt. edu.cn

经　　销：名地新华书店

印　　刷：北京宝昌彩色印刷有限公司

开　　本：720mm × 1 000mm 1/16

印　　张：18.75

字　　数：266千字

版　　次：2014年1月第1版　　　　2014年1月第1次印刷

ISBN 978-7-5635-3688-7　　　　定价：39.00元

·如有印装质量问题，请与北京邮电大学出版社发行部联系·

自序：只剩下闲话

什么时候醒来并不一定，醒来的时候有什么事情可做也不一定，但早饭是一定的，一碗白米粥，一碟咸菜。

然后出门，依旧是步出省府路，然后过街，然后沿着东街走去。东街不长，快的话步行十分钟，慢的话步行十五分钟。一路上是学校，邮局，电信大楼，百货商场，然后就到了我天天要去的三山大厦。

福州有明三山暗三山，还有若隐若现的三山，这听起来很神奇，其实也就是大大小小的山头，现在是高高低低的房子，只是你不经意地上了一个陡坡才发现，原来这里还是有一座山的。城里有这么多山头的，恐怕也只有福州了。所以，说到三山，仿佛便也成了福州的代名词，特别是作为名号的时候。

我所蛰伏的工作室就在三山大厦，在旗汛口，也就是东街结束的地方。那里是一个很古老的十字路口，古老在于自从有了福州城以后，恐怕那里就已经是十字路口了。十字路口是给人徘徊的，于是我想，古代的福州人一定在那里徘徊过，近代的福州人一定在那里徘徊过，现在的福州人一定在那里徘徊过，即使将来也还是会有人在那里徘徊的。

我的工作室是八楼面街的，里面有喝茶的地方，所有的闲话都是在喝茶的时候发生的，常来喝茶的有谁呢？按年龄顺序是：刘登翰、王性初、章绍同、林焱、王永钊、哈雷、吕德安、曾宏、鲁亢、张文质、卢敏、张昌茂、郑世斌等。

他们的职业各异，有学者，有音乐家，有教授，有书法家，有诗人，有医生，有雕刻家，有编辑，有公务员，他们的年龄也参差不齐，但不影响一块闲话，何则？其趣一也，泡茶吃鱼喝酒洗澡，然后讲河套。河套我想就是黄河边上的那个河套，离福州十万八千里，当然，这是心理距离，在福州聊黄河边上的事情，那一定是摸不着边际了。

三山大厦工作室是1999年成立的，原先想做生意，比如广告、比如策划、比如出版、比如印刷、比如网站、比如贸易等，期间也喝茶喝酒，后来发现生意并没有设想的起色，倒是喝茶喝酒洗澡闲话专业了起来。

这一闲话又是12年，这工作室被我玩得只剩下一条狭小的通道和几十万言的闲话了，借这次机会细细地重读了一遍，仿佛蛮有趣味，回头想想这一轮岁月，这一路的闲话，还值。

前天，吕德安来了，说，你这地方叫大荒石窟挺好的。德安说的是我的工作室到处都是寿山石，那是刻《山海经》用的。而我还在纠结的是，已经逼近年关了，我又得写经了，可我写经的桌子上又满满的都是杂物。

而手头也还有几幅画还没画好，就像昨天来了几个朋友，看看我的画，看看我的空间，说，你就在这里画画的吗？

我说，是呀，画了，拿到外面一间，看了看，再抬进来画。为何？距离不够啊。

也因此，朋友们常怂恿我到外面找间工作室，每每这时，我看看那些石头和画框，我说，还是待在这里说闲话吧。

我以为这些是不影响我和朋友们闲话的。比较夸张的时候是，当你还在睡觉的时候就被朋友叫醒了，然后昏昏沉沉地踱到工作室，然后喝茶，一拨一拨，一直到深夜。按常理是有些累的，可也奇怪，我就从来没觉得累过。因而，单这喝茶闲话，我应该算是天底下最为勤勉的人了。

刚开始写这篇序言的时候，我还想八百正经地写去，比如一开始来个：鸟作鸟语，马作马鸣，整个一闲人，故作闲话云云。后来觉得连这样的语气都透着酸臭，倒不如来个平平直直，还当作一次茶余的闲话，不是更好吗？

是为序。

2013-12-8

目录

第一辑

一个人，一个夜晚，在万籁俱寂的时候忽然地唱起这样的歌谣来，我忽然地想，这福州人的寂寞也许不是一个词，而是一首歌呢？《福州人和福州话》

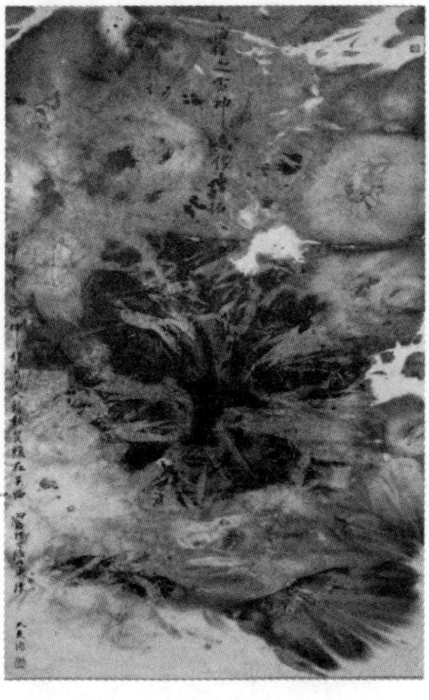

1. 多出来的一天

一直觉得明天就是年三十了，早上醒来紧张得不得了，给小孩摊派任务说，今天是年二十九了，要拟一副对联，写了，明天回奶奶那儿张贴。

儿子说，没有吧，后天才三十。

真的吗？我说，打开日历看看。

儿子打开电脑日历，果然，后天才年三十。

出门的时候忽然就觉得松了一口气，毕竟，这一年又多了一天。

多一天可以做很多事情的，我想。朋友从天津回来，晚上约他出来吃个饭总是要的。拨了电话，朋友说晚上已经有饭局了，要不初五吧。

初五就是明年的事情了，明年的事情明年再说。我想。

街上清静多了，每年都是这个时候才会感觉这个城市的可爱，看看天上，有些阴沉，微雨在飘着，想起前一阵子雾霾的事情，觉得这微雨来得及时，心情越发舒畅了起来。

微雨江南，可以不打伞地走着，好。

人走到今天，可以露在空气中的表皮已经少得可怜了，尤其是北方，这时候恐怕只剩下半张脸了，而福州还可以理着光头在空气里来回晃动，这就是福气。

假如衣服和毛发摆在一起让我选择，我想，我会选择毛发的。每回看到那些走兽在雪地里赤裸着悠闲地踱着方步的时候，我就由衷地羡慕起它们来，很像还不止这些，包括它们的语言，假如它们有语言的话，我想。它们的一生是不会也不需要太多的语言的，它们更多地用眼睛，两只动物只要相对地看一眼，什么话都不用说了，而且不会有任何的歧义。不像人，说着说着便不高兴了起来，其实也没有什么可以不高兴的，只是对多余的语言的理解产生了歧义罢了。

前一阵子看了一部美国的影片，叫什么名字已经忘记了，很像是一个科学家到非洲的丛林里，和猩猩生活了几年，掌握了他们的交流方式，便再也不想回到城市来了，因为在他的耳朵里听到的我们的所谓文明的语言，仿佛有99%都是多余的，我想也是。

到了工作室，上网，读到朋友刚写的关于父亲的诗歌，比如我坐在父亲的左边，父亲坐在我的右边。忽然觉得心被锤子猛敲了一下，于是便开始想父亲，便又想起余光中的句子，很像是，你在里面，而我在外面，云云。

人就是这样，说着说着就走了。这是我母亲最爱说的一句话。

可今天是多出来的一天，多出来的一天要做多出来的事情。

很像是昨天，是昨天，在和朋友喝酒的时候我说，其实这一年一年的也没什么特别的感觉，倒是一天一天的总觉得有做不完的事情，如果一天没能写出一些或是画出一些什么来，就觉得不踏实。

这倒是真的。朋友说。

2. 画菜园里

记得上小学三年级的时候，班上和我玩得最好的同学要转学了，我很是不舍，问，转到哪里？他说也不知道，要到那个地方的时候写信回来才会知道的。

他说，我们一起赢回来的纸片就全部归你了。

这又让我感动的泪水在眼圈中打转。那时，我们会为了一张纸片和同学大打出手，那简直就是我们的全部快乐的财产。

同学没几天真的和他的一家迁徙了，大概过了两个星期，我收到从崇安县黄土农场寄来的一封信，原来他的父亲是劳改局的干部，那时候临时通知下放到闽北的。

我从收到信的那刻开始就想着这回信要怎么写，左想右想，还是以“全国形势一片大好”做开头，慢慢慢慢才引到我们的纸片现在有所减少了，因为自己的技术太差了，而且不善经营云云。写完之后，才想起自己的地址是什么？是什么呢？我不希望同学再将信寄到学校。

我问父亲，我们这地方的地址叫什么？

父亲说，干吗？

我说，寄信。

父亲说，你写信？你居然会写信？写给谁？给我看看。

现在想起来，父亲那时候三十刚刚出头，整天还玩这玩那的，看到我会写信了，觉得很诧异。

我说，没什么好看的，就是全国形势一片大好，你教的。

其实，我怕父亲看到纸片的事情，因为父亲最讨厌赌博。

父亲说，福州市鼓楼区东门外桂香街菜园里一号。

父亲说，如果出省要加福建省。

我说，那崇安县出省了吗？

父亲想了想，说，没有，差一点。

这之后，我才知道我住的地方叫菜园里。

近来生意清淡，忽然想写写字，再画画国画。于是从架子上将尘封的《清初四僧》的画册拿了下来，从渐江开始，髡残、石涛、八大山人，逐个地临了过去，忽然想起老家，便想把菜园里给画出来。因为我怎么都觉得，用石涛的笔墨来画故园，似乎再恰当不过了，当然，只是笔墨，不是心情。

老福州应该不叫街道或是居委会什么的，听老人说，我的老家属康山境，很像那时候都叫什么境什么境的。比如我现在工作室的边上很像就有一个竹林境的。

我们那地方叫康山境，这又让我想起当年跑到崇安县的极北处，半夜三更的在一座山上找到了福建和江西的交界处，说是找闽江的源头，那里立着一块界碑，这是我看到的唯一一块界碑。想来过去这样的界碑一定也是很多的。

这什么境的加上什么界的，仿佛就成了境界一词了。这些地名的应用，想来也是有助于前人对境界的一种直观和了解的，现在，这样的境也好，界也好，似乎都不见了。

但那时候的康山境的康山，就在菜园里的左边，像一只手臂，怀抱着一片菜地，菜地中间围着几口石塘。石塘的边上是一棵巨大的樟树，那樟树满是向上的枯枝，只在中间的部位有一缕乌发似的叶子，而且年年如此，看似死的，其实活着。

而另一个池塘的边上，则是一棵巨大的龙眼树，枝繁叶茂，据说，只在祖父小时候结过一次果，从此之后只长叶子，不长果实，对希望吃果实的我们，那所谓的龙眼树只是一个虚名罢了。

我觉得这些，特别是这两棵树特别像石涛的笔触。

我们的老宅就是正对着这些风景，远远地看去，还可以见到五虎山，但五虎山是蓝色的，或者就是看不见。

这两天经过东街口，看到旧省图里，把正谊书院拆了挪个位置又重新盖了，不可思议。但看那大门，那马鞍墙，特别像菜园里的老宅，觉得亲切。为了晚上回去画画，还特别在边上流连了一会，毕竟是新盖的，少了一些自然，多了一点所谓的文化了。

房子要用，用了才有生气。比如那时的老宅，虽然围墙的粉壁已经脱落得斑斑驳驳，甚至一些裸露的墙头都长出青草来，但小时候就喜欢看着这些斑驳的图案，编撰出很多的故事来，比如一只猪怎么的就飞到天上，而一条巨大的鱼可以将一匹天马吞到肚子里，当然，这些都是和弟弟很无奈地望着墙头，等着父母归来的时候闲扯的。

菜园里是平展的巨大的菜地，多是由附近的浦下村或是梅边街的农民栽种的，我们是城市户口，不种菜，因此，看那菜地的时候特别漂亮，一年四季都有我们可玩的。

前年到了浙江，看了鲁迅笔下的三味书屋和百草园，我在百草园里面暗笑鲁迅的可怜，那小小的几畦菜地就在那里大叫好玩，哪像我一出门，就是百亩良田，那土地是黑油油的，那种在门前的四季蔬果简直就像花卉一样。

那天，我和朋友说，我小时候见过老鹰怎样盘旋着俯冲下来抓鸡的，那翅膀足有机翼那么大。朋友不相信。

那天，我和朋友说，我小时候见过龙卷风，从浦下的方向一路卷来，就像一个吸尘器，把地上的东西都吸到天上了，那时候，奶奶会在很远的地方大叫，快闪开，快闪开，不然嘴巴就歪了。朋友们哈哈大笑，还是不相信。

那天，我说，你知道阵雨是什么意思吗？就是菜园的那头在下着暴雨，而你可以坐在门前晒着太阳观雨。朋友更觉得是无稽之谈。但我的老宅的前面就是发生过这样的事情的。

记得前几年，我的一个很要好的朋友特别交代我一件事，他满脸严肃地说，你将来千万别写回忆一类的文字。

我说，为什么？

朋友说，你的记性太差了，而且常常张冠李戴。

也罢，我想，不写就不写，但写一些记得清楚的事情总可以吧，比如故乡。只要不是写人，就不会有姓张姓李的了。

住过老房子的都知道，那地方什么都好，比如可以坐在天井里观天，可以在盛夏，躺在大厅里纳凉，可以在黄昏的时候，打上井水冲澡，可以有事没事的时候，端一碗饭，坐在门前的石板上，看着天上的云彩下饭。但是，不能在发情的季节里住这样的老院子。

每到发情的季节，不知道哪来的野猫，一对一对地跑到你的屋顶做爱，做爱也就做爱了，却像非得痛苦地狂叫，狂叫也就狂叫了，却还要疯狂地翻滚、挣扎，一路过去，把去年刚刚翻盖的瓦片踢踏得支离破碎。而且一次不够，从春天到夏天，只要放晴，天天晚上总要轮番地痛快一番。到了第二天春雨来了，老房子里这里那里便开始漏雨，厉害的，甚至可以直接看到屋顶以外的天空，就像星星。

那时，大人们除了晴天爬到屋顶上修理之外，没有其他办法。他们也不怨恨那些发情的猫，也许，他们觉得生物到了这个时候，应该是控制不住的，即使是紫禁城的屋顶它们也照样痛快的。这样想想，心情也就过去了。

后来因为念书，便搬到贤南路居住，紧挨着福州一中。东门的老家便关在那里，偶尔回去看看，发现菜园越来越小了，楼房越来越多了。

再后来，说老宅要拆迁了。

再再后来，老宅真的拆迁了。

现在，站在老宅的原先大门的位置，已经看不到一块空地，看不到一口池塘，更看不到康山了。

那天，还和往常一样，从东街口步行到旗汛口，在经过邮电大楼的时候，忽然从邮电大楼里出来一个人，怎么就那么眼熟，脸黑黑的，肩膀宽宽的。我加快几步，从侧面再看看，觉得太像了，和我失散了的、十岁的同学一模一样。我便犹疑地叫了一声，那人忽地转过身来，一看，啊！居然是，隔了几十年的同学啊。

我说，你怎么回来了？

同学说，插队后我们失去联系，后来读书了，再后来就分配到父亲的系统来了。

同学说，你还住在老家吗？很久没去了，真想去看看。

我说，老家拆了。

同学说，可惜啊，真留恋你们家的那个天井。

可不是吗？我想，有时间一定得把这些景致画出来。

想想又几年过去了，现在仿佛到了不得不画的时候了。

2011-8-16

3. 卡拉钟表

卡拉是福州话，意示修理。比如修理钟表，修理自行车，可以说卡拉钟表，卡拉自行车。真正的卡拉这个词是不是应该这样写，很难考据，但觉得这读音好玩，而且这卡拉有些色彩的味道，可以联想。

卡拉钟表，用另外的一种表述，很有点修理时间的感觉。

时间，原是无形的，于是便有了不知不觉过了多久的慨叹，这不知不觉，通常是建筑在色声香味触的基础上的，也就是时间是看不见摸不着的。这样的感觉，通常是四十岁以后才会有的，年轻的时候不这样认为。

前一阵子和旧时的学生聊天，他们说，你那时候比我们迟到的还多，最夸张的是下午第一节当作早上第一节。说得我无地自容，也因此，我便很识趣地早早逃离了教师这个行当。

有时候，时间不是你自己的，比如迟到，迟到是一个什么样的概念呢？当你的时间只为你而存在的时候，迟到又有什么意义呢？于是，我们会发现，迟到，实际上是一种社会的时间约定，换一个角度来说，这一约定实际上是将自己的时间出卖了。

是呀，出卖时间。在国内的时候还不是很有感觉，因为是月薪制。后来到了日本，发现是时给制，特别是临时工，按小时给钱，为了踩准时间挣钱，我便使用了闹钟。闹钟放得近了不行，醒来的时候总觉得这闹钟是不是坏了，迟了一个小时还不响，其实是睡着的时候顺手将闹钟按掉了。后来把闹钟放远了，远了也不行，等闹钟响的时候，居然可以浑浑噩噩地起来，将闹钟按了又睡，睡醒了依旧怀疑闹钟的好坏。

有一天，有深知我的人说，你为什么总是从客观找原因，不去正视自己的缺点呢？我以为很对，有点醍醐灌顶的感觉。可虽然如此，也还不觉得自己的嗜睡是一种缺点。

只有睡觉才是完整的自己。每每睡醒的时候我总是这么宽解自己，这是任何价值都无法兑换的。不是吗？

当然，时间除了可以是睡过去的，还可以是想过去的，行过去的，但我们从来就不会这样以为，只是过后，就像醒来的时候一样，总觉得自己的时间是不是坏了。

于是要卡拉钟表。

关于卡拉钟表的记忆，最神奇的莫过于当时的福州了。很像是在八一剧场的边上，有一家叫亨得利什么的钟表店，这在当时算是很时髦的名字，仅次于丽丝自行车。其时髦程度不亚于20世纪30年代的“罗曼蒂克”一语。

有一天我问一个老福州朋友，丽丝自行车是什么意思？

朋友说，可能是海外的牌子吧。

像我这样的年龄，小时候所见过的海外的牌子实在是不多的，所见的大都是什么工农兵呀，飞鸽呀，上海呀，凤凰呀。土一点的，比如闽江缝纫机、罗星塔味精等牌子，所以像亨得利，算是很怪异的，至今不知道为什么叫亨得利。

我说，小时候，我甚至连马克思都认为姓马的。朋友哈哈哈地大笑了起来。

但是，亨得利是确实存在过的。那时，亨得利门口有一个修理钟表的，很神奇，会将一个类似橡皮头一样的放大镜塞在眼眶里，一边眼睛闭着，一边眼睛放得奇大，盯着那些钟表的内部，仿佛可以把时间看透。

你如果不戴手表，你不知道自己处在什么时间里，经过了多久。这在短时间里不会觉得什么，但是，一经放大，就变成很严重的一个问题了。比如你不知道今夕何夕，比如你已经垂垂老矣，却满脑子都是儿时的记忆，这仿佛都是钟表坏了的表现。特别是年末年始的时候，你常常会将年份写错，好在你可以马上意识到写错了，就像发条松了一样，调一下就好。如果一直停留在某个时刻，你的钟表一定是需要修理了。

我们从来就没有活过，只是钟表在走。我有时候会有这样荒诞的想法。

记得有一年，一个大家都以为的伟人去世了，虽然这个伟人给国民带来很多不幸，虽然连这样不幸的感觉也都是后来修理好的感觉。但那时候，我是第一次发觉，所有人的时间都停了，这一点也不夸张，而且是同时停住的。如果那时候空中有一个修理钟表的，他一定要忙坏了，我想。

这样的时间停止了很久，就像一个人走着走着不知不觉地绕了一个很大的圆圈，而且这圆圈就像高速公路一样，看起来是笔直的康庄大道，其实已经绕了一大圈，重又回到了原点。

你有这样的感觉吗？那天，我在绕城高速上学车的时候问边上的朋友。

本来就是，朋友说。

这本来就是是什么意思呢？这明明是一条新架设的高速路呀。

就像钟表匠一样，他会缓慢地取下眼眶里的橡皮镜子，然后揉揉眼睛，盯着你说，这本来就是。

时间，是的，原点。在时间里，无论你走了多远，都要回到原点，这是不是佛家所说的圆融或是不生不灭呢？

钟表匠的桌面上总会散落出很多很多的零部件，比如发条，比如很小很小的螺丝，比如很精致的圆轴，比如比纸还薄的指针。这一切组合起来之后，一圈一圈地转动，便成了你的人生。是可见的，可以感觉的人生。当然，还可以因为钟表的贵贱而暗示出人生的贵贱来，至少那时是这样的。

本来就是这样。钟表匠说，将来还是，只要是钟表。那语气就像上帝。

但需要修表的顾客还是会讨价还价的，比如要快，要便宜，即使在上帝面前。

可你不知道什么坏了，时间的停止或是不准确，这只是现象，而且是比较出来的，比如北京时间，比如格林威治时间，还有很多很多的时间。至于它本身什么地方出问题了，你只能由钟表匠说，因为，他有塞在眼眶里的放大镜子。

无论生命的长短，时间的快慢，都是一圈一圈地走出来的。这应该就是事物的本来。而且，凭什么说，那越拧越紧的发条，在慢慢松垮的过程中，就能恰到好处地告知了我们时间的进程了？难怪当年西方的枪炮和钟表摆在清朝人面前，由他们选择的时候，他们选择了钟表，毕竟，那是人生的根本。

有一天，和孩子经过鼓楼的时候，小孩问，为什么叫鼓楼？

我说，原先这里有一座鼓楼。

孩子说，为什么有鼓楼？

我说，过去有更鼓，每一刻，应该都会敲一下的，报时用的。

哦，孩子说。

其实，我也是听说的，就像听说我的大公曾经做了什么什么一样，很难考据的。至于这鼓楼，在我还没出生的时候就已经拆了。

哦，孩子说，不自觉地看看自己手腕上的电子表，很新潮的电子表。

卡拉钟表。

2012-4-23

4. 纸鹞

前一阵子，一个朋友邀我到北江滨的一个菜馆吃饭喝酒，那是夏天，那菜馆为了增加气氛，在屋檐上加设了喷雾器，让类似云烟的东西从屋檐上喷出，据说可以降温，无论从视觉上还是体觉上，可我怎么也感觉不到，倒是烟雾以外有一个不断闪烁的异物在夜空中盘旋着，让我忘记了桌上的饭菜，忍不住地问，那是什么？

朋友说，纸鹞。

那也叫纸鹞吗？我心里想。把灯光装到纸鹞上，是放灯呢还是放纸鹞？

福州人叫风筝作纸鹞，鹞是鹰的一种，翅膀圆圆的，长长的，在空中盘旋，非常缓慢，但是看到地上的小鸡的时候，它会忽然把翅膀收起来，像一块石头一样落下，临到地面的时候又可以把翅膀张开，用脚抓住小鸡，飘升起来，那动作又变得优雅。

把风筝叫作纸鹞是有道理的，因为风筝在空中盘旋翻飞的时候，那姿态也是极其优雅、缓慢的，远远看去，假如做的是老鹰的形状，和真正的鹞鹰比起来，是几可乱真的。

朋友们在劝酒，我还是时不时地看着夜空中的纸鹞，揣摩着这个高科技的产物。

十几年前，带孩子去五一广场玩，看到很多人放纸鹞，以为孩子也会喜欢，在那里买了一只很精致的纸鹞，应该是老鹰的造型。特别是车线用的木头的轱辘，尤其奢华，那线长得足以将纸鹞放飞到九霄云外。

我拿着纸鹞，走出很远，叫孩子跑，孩子跑不动，纸鹞一跳，便掉到地上了。只好和孩子调个位置，我来跑，跑着跑着，纸鹞上去了，但没有儿时的激动和痛快。把纸鹞让孩子牵着，孩子拿着纸鹞的轱辘，看着天空，牵动了几下，回头问我，然后呢？

我说，什么然后？

孩子说，就这样吗？

我说，你可以牵着纸鹞跑，看着纸鹞上下翻飞，多好。

孩子说，然后呢？

还有然后吗？这又不是他们玩的电脑游戏，有那么一关一关过关的快感。放纸鹞不就是将纸鹞放到天上就成功了吗？

第二次，孩子休息的时候，叫他再去放纸鹞，孩子说，你自己去吧，我玩游戏。

看看孩子游戏玩得开心，我也就加入了孩子的游戏之中，忘记了纸鹞的事了。

后来那纸鹞便成为墙上的饰物。

再后来父亲说，墙上不要挂纸鹞，怪怪的，风吹着会响，半夜会吓了孩子的。

于是我又把纸鹞拿下，放在一个角落。

没多久再去看纸鹞的时候，不见了，可能被父亲悄悄丢掉了。我没和父亲说那纸鹞有多贵。

前几天，小学的同学电话来，说什么时候到他那里坐坐，他从武夷山带了一批好茶来。到了，喝茶，聊起从前，便也聊到我们的纸鹞。

那时候我们没有玩具，所有的玩具都必须自己动手，比如要放纸鹞，得先做纸鹞。

老家的对面是叔公的庭院，院前有一堆竹子，很是茂盛。到了夏天，这同学来了，便开始谋划做纸鹞。

我们会拿着柴刀，到对面叔公家的竹丛边上转悠，看觉得合适的，便开始砍。我们一边砍，一边盯着叔公的大门，只要叔公的大门一有动静，我们就会装作若无其事地和伯母或是叔婶打打招呼，以为自己很聪明，其实，伯母或叔婶早就知道我们在砍竹子。

等她们一进门，我们便又继续砍，砍完了拖到我老家的院子里，将那些枝枝叶叶削掉，还得劈开竹子，将竹囊剔除，剩下竹皮。然后用细铁线绑着，那些经验丰富的人，可以绑成老鹰，或是很长很长的蜈蚣，眼睛还会在空中翻转，或至少也要绑成蝴蝶，在翅膀上画上蝴蝶五颜六色的假眼，尾巴上还可以缀上长长的飘带。而我们不行，我们只能绑成最简单的瓦片造型。

那天，我们刚做好的时候，太阳快要下山了，我时不时地到大门口张望，发现父亲已经从远远的浦下的小路那头转了出来，我便赶紧将做好的风筝藏到我家通道的隔墙里，将地上的枝枝叶叶打扫干净，拿出一本书，和同学在那里做读书状。

那个晚上很难挨，很想将做好的纸鹞拿出来欣赏一番，但想到会被父亲撕掉，便强忍着。因为不知道父亲从哪里读到一句话，说玩物丧志，说小孩子贪玩没有出息。因此，凡是看到我玩的东西，无论什么，都会当作垃圾丢掉。

前几年，父亲临终前，我还问父亲，为什么小时候总是不让我玩这玩那。父亲喘着气，说，你以为我不知道吗？我一转身你不是都在玩吗？啊！原来父亲都知道我做的事，只是没有捅破罢了，好让我在他的跟前可以多看一些书。

第二天中午，我们早早地吃了午饭，母亲依旧睡在大床的边缘，让我和弟弟睡在里边，这样可以安稳地睡午觉，这是我们的常规。但我睡不着，一会儿，窗外便传来同学的咳嗽声，我便轻轻的，踮着脚尖，从床上翻了出来，从隔墙里，悄无声息地拿出纸鹞，和同学到门前的田野里跑了起来。

那纸鹞不是你想跑就可以跑得起来的，整个夏天的中午，一点点的风也没有，那空气重得像一团铅块，一动不动。偶尔来一阵风，那纸鹞飞上去又一头栽了下来。我和同学已经跑得满身都是汗水了，垂头丧气地提着纸鹞，你看看我，我看看你，不知怎么是好。

那菜地的边上是一个池塘，池塘上面搭着一个厕所，我们叫池马，附近的乡里基本上都是用这池马的。这时候，会有一个年级比我们稍大的，现在想来也不过初中左右的邻居，看我们提着纸鹞，他会说，过来，给我看看。

我们将纸鹞递到他的手上，他左看右看，哈哈大笑了起来，说，就是刮风台你也飞不起来，会相信莫？

我说，为什么？

他振振有词的，在那时的我们的眼里，那几乎就是皇家科学院的权威专家了。

他说，你这骨头太粗，太湿，不能用生竹，要竹竿，干的。你这两边不一样重，你看。

他说着抓起中线，果然，那纸鹞怎么也摆不平。说着说着，可能他内急得厉害了，丢下我们的风筝，一头钻到池马里去了，留下我们失望地站在那里。

我们拖着风筝回到老家的院子里，坐在石廊上，左看右看，眼睛就是盯着自家的几个晒衣服的黄澄澄的竹竿，一转头，看到同学也是盯着我家的竹竿，然后对着我点点头。好在母亲已经上班去了，一咬牙，便将晒衣服的竹竿拿了下来，劈了。

这回，我们就像富有经验的篾工一样，将竹竿的竹皮削了下来，细细的，而且头尾一样粗细，一样厚薄。简直就是两个竹器大师了。

同学负责绑，负责风筝的平衡，弄好之后，同学看看我，说，画上什么？

我想了想，说，赫鲁晓夫，怎么样？

我那时整天都在画漫画，画的最多的就是赫鲁晓夫、勃列日涅夫、刘少奇之类，满书本都是，有时候，同学觉得好看，也会拿他的书给我，叫我插在空白的地方。宿命啊！现在想，转来转去，最后以平面设计为生，不就是小时候不经意间的行当吗？

也不管同学同不同意，我在纸鹞上画上了赫鲁晓夫，鼻子圆圆的。

都做好的时候又已经傍晚了，好在还有一些时间可以放飞的，到门口一看，那乡间的小路上已经有很多放纸鹞的人了，他们都极尽奢华地放着巨大的五彩缤纷的纸鹞。而我们的纸鹞，从尺寸到制式，都属于极其寒酸的一类，拿在手上都有些不好意思。

你来放，我说。

你来，同学说。

我们推搡了一会儿，说好了，同学放，到天上我来牵扯。

同学将我们的纸鹞放到天上了，这时，他将纸鹞交到我手里，说，你来玩。

看自己那纸鹞的高度，宛如鲲鹏，感觉有几千几万米也，转而向南，仿佛《逍遥游》所记。只是越飞越重，仅细细的一根线，怎么就这么重呢？

也不知是什么时候，竟莫名其妙地便和边上的纸鹞搅到一块，同学大叫，那叫声未落，只见我们的风筝断了，往晋安河的西边翻飞着落去。

同学一看，急了，拔腿就跑，边跑边叫着，我会捡回来的……

这一捡，四十年就过去了，是吧。我说。

同学哈哈大笑。

2011-9-17

5. 补缀生活

晚上和朋友喝茶，聊着聊着便聊起过去的生活。

我忽然想起过去福州的一句老话：补衣裳使糊，补鼎使土。这说的是过去福州做衣服和补锅的很重要的材料。

我说，过去的生活是补出来的。

就像衣服，我们不买成衣，买布料，家家户户年关的时候买了各色的布料，然后雇一个裁缝来家里做，管吃管喝，再算给工钱。

那时，你会看到裁缝师傅拿着软尺，将家里每个人的尺寸量了，在那些布料上，用扁扁的粉笔画着各色的线条，就像制作飞机的工程师一样，庄严而且专业，然后用浆糊将一片片剪下的布料糊在一块。如果你在边上，他还会拿起那糊好的衣服在你身上比画着，甚至试穿。很生动。

那时候，一个人的衣服有一套换洗的就已经算是很宽裕了，因而大家都很珍惜。但生活的本质往往是这样的，你越是珍惜的、紧缺的东西，就越是容易陈旧、残破。

残破而不能丢弃，便得缝补，这仿佛也成为生活的一部分了。也因此，那时的家庭资产中，无不含有一架缝纫机之类的东西。

那时候，社会上还时兴一句话：新三年旧三年，缝缝补补又三年。照这么一算，仿佛一件衣服就可以穿九年了，其实不然，尤其是小孩，到了年底，特别是裤子，早已经补得不成样了。

倒是现在的那些服装看了亲切，比如将一条牛仔裤磨洗了，再在膝盖上割两个洞什么的，仿佛就像从前我们穿在身上的衣物。

20世纪80年代，到了日本，看到那些小青年穿着绿军装，背着绿挎包，唱着语录歌，把我们看得傻了，等我们回过神来的时候，便哈哈大笑了起来。

和衣服一样，那时的锅也好，水缸也好，裂了或是漏了，自然也舍不得丢的。都是用小小的金属铆钉一样的东西穿入裂缝里，然后双面捶打，将那两面的金属打得平展了起来，将裂缝的两边铆到一起，然后再涂上油灰。

这就是补鼎使士。

朋友说他的老家的对面便是一个卖油灰的，终生不娶。我想，这和油灰的气味一定是有关系的，因为，油漆棺材的第一道工序，便是将油灰抹在棺木的缝隙里的，因此，闻到这样的气味，便自然地想起棺材，以至于联想到死亡。

确实，我说，小时候哪怕是新的筷子我都没办法使用，因为那筷子就是棺材的气味。这气味一直到现在我还是很不习惯。

这气味的记忆应该是因了我的大公，也就是我的曾祖父去世的时候留下的印象。记得小时候，凡乡里有人去世，很远就能闻到棺材的气味，因此，总是绕道走，到了可以绕回家的路上都能闻到棺材气味的时候，只好硬着头皮飞跑回去。如果是晚上就更惨了，街道很小，走路的回声很清晰，而且走得越急，回声越大，仿佛有个人紧贴着你走着，回头看的时候，身后总是拖着不清不楚的身影，让你分不清这影子究竟是自己的还是什么异物的，再加上棺材的气息，你只好要命地奔回家里。

朋友说，他家的隔壁就是做棺材的，整天闻着那样的味道也就不以为然了，而且还清楚地记得那做棺材的人是十一指。

朋友说，十一指的技术很好，整个棺木就是靠一把斧头，多一分则拱起来，少一分则补不回来。

我说，那是，这就是传统工艺的精髓所在。

过去的一个街道本身就是一个完整的小社会，各行各业都有，而且绝不多余，包括做棺木的。

朋友说，你补过拖鞋吗?

我说，补过呀。

小时候这样的记忆太多了，那时候是人字拖，人字的带子底部有圆圆的像扣子一样的东西，扣住拖鞋的底部，那拖鞋是塑料的，用久了，那扣子和鞋孔都宽松了，甚至脱落，如果你慢慢走也还可以维系，一旦心急了，走得快一些，那带子便脱落开了，于是你只好将它串好了再走，你能体会那种越是心急、越要走得慢的心情吗？后来看到一副对联，写的是：诸葛一生唯谨慎，吕端大事不糊涂。这诸葛亮一生，就有点像穿着这个稀松的人字拖过活的。

但是可以补救。我和朋友同时说，因为我们都有这样的经验。比如剪一块大一些的塑料，将原先磨损的或是断掉的人字拖的带子剪平，用锯片在火里烧红，烫着人字拖带子的一头，等青烟冒起，飞快地抽出铁片，将原先剪好的圆形塑料紧紧地贴上，过一会儿，等粘牢了，再穿到原先的鞋孔里。

但福州又有一句老话，叫火补不抵原痕。说的是你补得再好，也没办法和你原初的比较。就像人一样，如果断骨再续，它的承受力一定没有原先的强。当然，这要看补旧的技术。比如现在的三坊七巷，大家都在修旧如旧，我也进去看了看，确实，那些新木头又是火烤，又是加油漆的，看过去确实有几分陈旧的感觉。

但我们那个时候的拖鞋，怎么的都是喜欢新的，如果有人将刚买的拖鞋修旧了，那一定是无法原谅的一件事。

当然，我们那个时候新的东西很少，而可以补的东西又很多，比如自行车的轮胎。

每到自行车漏气，父亲总会将自行车的轮胎翻了出来，那软软的内胎挂在车轮里，总让我想起是某种动物的肚肠，父亲会用锉刀很细心地磨着，同时也将另一片的橡胶磨得平整，然后涂上胶水，那胶水很刺鼻，而且还要撮着嘴吹那么一阵子，然后贴上。后来我也学着试了几次，可每次都是漏气，而且比原先漏得更加厉害。我那时就想，这将来的生活怎么办呢，没有父亲那样的智慧，将来，所有的钱恐怕都要花在补东西上了。可怎么也没有想到，现在不但不补，而且还丢，甚至好好的，不怎么时髦了便丢掉。

那天晚上，和朋友经过津太路，看到很多年轻人在那里穿梭，到处是震耳欲聋的音乐。

我说，这是年轻人的世界。

朋友说，那里还有几个年龄老大的乞丐呢。

我回头一看，确实，三个，很悠闲地围在一起不知道消遣什么。

朋友说，在听音乐，他们都带着耳机，乞丐还有耳机呢。

我说，那是因为有人将耳机丢掉吧。

至于桌子椅子一类的家具，在过去，那是一个家庭的财产，怎么也不会丢的。比如椅子，常常看到一个脚是旧的，三个脚是新的，新的脚那角度怎么也和原先的脚不一样，远远地看去，就像一个斜靠在墙边的人，悠闲地看着风景一样。当你坐上去的时候，还会摇动那么一下，于是，你要搬起椅子在地上轻轻地点一点，这很有效，因为你总会找到合适的点，使椅子变得平稳。这要托福于那时的地面，总有不平的地方切合了你的椅子。

包括那时的社会，我想，今天这样，明天那样，就像坏了的椅子，总也给人不断变动的、找不到可以安稳所在的感觉，最终，那椅子实在没办法修了，倒了，但还可以当柴火烧的。

现在不一样，现在你可以丢掉，弄个新的，甚至弄个你连想也想不到的花样，留着慢慢想吧，我想。

毕竟不一样了，我说，要不去泡澡吧。

不了，昨天刚泡的，朋友说。

2011-2-25

6. 车池底

我至今不知道为什么叫“车池底”。车池底是将池塘的水放干，然后将池底淤泥里藏着的鱼类捞起来，等第二年开春放鱼。

小时候在菜园里，中间有一个大池塘，那个大池塘里的水是活水，到夏天的时候，住塔头的很多孩子都跳到池塘里游泳，虽然我们知道，这周围的马桶都是在里面洗的，但到了天气热的时候，那些孩子可不管这些了。

这大池塘的隔壁还有一口大池塘，而且边缘是条石砌的，比这大池塘漂亮多了，池塘的中间还有一条巨大的条石，就像浮桥一样，水落的时候就浮起来，水涨的时候就看不见了，假如可以游泳的话，倒是可以坐在上面或是躺在上面，那是很舒服的。但是，孩子们不会到里边游泳，因为他们的家长都交代，那里面死过孩子，还死过老人。那孩子据说是我的远房堂兄，还刚会走路的时候，他们说那天早上，那远方堂兄起来小便还是干吗的，到池塘边来了，等到大人发现的时候，已经脸朝下浮在池塘里了。

这孩子应该算是伯公的长孙，伯公的发疯，可能和这个事情也是有关系的。那时候，周围的人都叫伯公癞葩，意即疯子。尽管已经是癞葩，还是三天两头地被戴着高帽游街示众，因为原先他是警察局的，据说是这样，据说伯公的老婆，我们叫母婆的，是当时警察厅的厅长女儿。伯公是个疯子，有人要抓他的时候，他就浑身大便，而且手上脸上到处都是大便，乡里人见到就躲，只有那些革命的学生见到他，也不怕脏、也不怕臭地抓来就斗。终于有一天，还是大热天的，菜园里沸腾了，我听到声音，到大门口一看，天哪！那口条石砌的池塘的边上站满了乡里，老老少少的，午睡的母亲也被吵醒了，问，什么事呀？

我说，不知道。

话还没说完就已经奔出去老远了，我怕母亲知道什么事后又不让我出去看了。

在围观的人群里有我的同学，我问，看什物？

同学说，人浸死了。

福州话不说溺，说浸。这是有区别的。溺是被动的，是一不小心溺水了。浸却是主动的，是自己跑到水里去的。

那天太阳很白，所有人都曝晒在太阳下，但大家都不觉得热，甚至觉得有些阴冷。只有小孩才觉得热。

我挤进人缝，看到一袭锦袍飘在水面，那锦袍特别惹眼，也特别熟悉，平日里只有神龛里的神怪才穿的，绣满了龙凤的图案，几个胆大的男人已经跳到水里，将脸朝下的穿着锦袍的人往岸上抬，到了岸上，人群哗地分开了，站得远远的。那抬着锦袍的人将溺亡的尸体翻了过来，天哪，是伯公，那锦袍、那脸面被池塘的水洗过之后，变得很鲜艳，那脸色仿佛比活着的时候漂亮多了，尊严多了，眼睛紧闭，鼻子高挺，清瘦，我从来没有见过这么威严的伯公。而且，走近闻闻，再也不臭了，在中午的太阳下，高贵、艳丽地躺在绿绿的青草上。

这应该算是，除了车池底之外的最热闹的一次池塘聚会了。

而车池底的景况就不一样了。它总是在某个冬天的早上，那时，你依旧端着一碗稀饭，饭里调了猪油、盐巴。如果猪油是刚炸不久的，你还可以在稀饭的面上看到猪油渣，香香酥酥的，带些淡淡的黄色。也因此，我每回见到极其雅致的淡淡的黄色的时候，仿佛便可以闻到其中淡淡的猪油渣的气息了，美味呀。

那天，我就这样蹲在大门口，在欣赏这样的美味，盯着电线上的翠鸟，吃我的猪油早餐。忽然，远远地看到一堆一堆的曲蹄子扛着桡钩，从四面八方向着门前的池塘来了。

曲蹄子是我们的福州话，其实，这个称呼带一些歧视。大了的时候才知道，实际上是福州人对疍民的统称。而疍民呢，在我的感觉里，似乎又是最早的古越族的遗留，因为他们的服饰和习惯很特别，和岸上的汉族不一样。但有人不这么认为，有人说疍民的出现和满人入关有关系，好在我不是研究历史的，我只在自己的想象里活着，而且快活。

小时候在闽江上游泳可以看到疍民，他们的船可以运输，同时也是他们的住家，因为长期在船上住的原因，多多少少都带些罗圈腿。我想这曲蹄子的曲蹄可能就是罗圈的同义词。就像读到《山海经》的交趾国一节，我的第一反应也是曲蹄。后来看到明清人画的《山海经》图，将交趾画得像麻花一样，觉得那时的人实在不知道人体结构，怎么可能呢。

曲蹄子们扛着桡钩来了，从四面八方向着门前的池塘来了。他们用的桡钩其实也不叫桡钩，叫鳗刁，是一个长长的竹竿，前面是一个钢叉，那钢叉的开口刚好嵌住鳗鱼的头，就像抓住蛇的七寸一样，鳗鱼还会活，但溜不掉了。

这时候另一拨儿人也会纷纷围到大池塘的边上，甚至在曲蹄子还没到达的时候。这一拨儿人主要是小孩，他们也是远远地看到曲蹄子来了，便匆匆地放下手中的饭碗，早早地在池塘边占好有利的地形。那场景有点像观看足球比赛，当然，这是以后的经验了，当时可不这么认为。

那些曲蹄子就像古代的壮士，他们居多都穿着短裤，蜷缩着走来，就像寒风中的战斗者。空气被冻得不再流通，池塘的水面上冒着冷气，在微明的天光映照下，黑森森的，偶尔有一两个气泡冒了起来。

曲蹄子中最伟大的，便是走在最前头的一队，穿着橡皮裤子，那裤子可以一直穿到胸口，乍看上去，就像头的下面就是奇长的双脚了。他们是当时鱼队里的，属于正规军。

他们因为有了这裤子，到了池塘的边上，便将肩上的渔网散开，十来个人等距离地牵着渔网，从池塘的一边下到水里，周围发出哦的一声，接着，便看到一个壮实的曲蹄子举着锄头，将池塘的出水口挖开，池塘的水哗的一声，喷涌了出来。池塘里的曲蹄子拉着网，往出水的相反方向围了过去，越往池塘的中心走，水就越浅，仿佛他们的行进速度和水流的速度是一样的。而后面到达的那些赶着鳗刁的曲蹄子便也围在池塘的边上，等着第二阶段的打捞。

大概渔网拉过三分之二的池塘的时候，便会看到大大小小的跳跃的鱼了，那些鱼大都是鲢鱼、草鱼和非洲鲫鱼。这仿佛是福州所有池塘的生态链，据说，草鱼吃的是草，它们会拉出很多的粪便，而鲢鱼和非洲鲫鱼，就喜欢吃这些草鱼的粪便的，还有塘贴呀鳗鱼呀，它们一般都钻在泥土里，吃池塘底下的一些微生物。也因为它们都钻在泥土里，便可以轻易地逃过拉网的浩劫。

第一波的拉网已经接近尾声了，池塘的水也放得差不多了，这时，岸上的正规军的曲蹄子们便将很大的竹篓丢下去，池塘里的曲蹄子将网中的鱼一只只地摔到箩筐里，对于观众来说，那已经是索然无味的事情了，他们关心的是已经车池底的池塘。

没有了水的池塘，展现出另外的一副面孔。现在想来，那时的感觉有点像看到月球表面的那种兴奋，那种神秘。那池塘的底部依旧是黏糊糊的黑色，偶尔有一片两片的破瓷片在清晨的天光下闪烁着，就像忽远忽近的星光，而最为神奇的，就是那些漏网的鱼类，它们扑腾在泥泞里，或是一路蛇行着，引动周围的围观者一路啊啊地叫着。

所有人都等待着池塘里的穿着橡皮裤子的曲蹄子上岸，因为，岸上的穿着短裤的曲蹄子已经浑身瑟缩，不停地在岸边跳着脚。在所有都是公有的年代，那些漏网的小鱼小虾，仿佛成为人们眼中最为鲜活的企欲了。

到了最后一个橡皮裤的曲蹄子上了岸的时候，那些短裤的曲蹄子哗的一声，也不管数九严冬的冷酷，啪啪啪地涌进了池塘，顿时，池塘里一片欢腾了起来。他们的鳗刁一路地勾沉着，入池三尺，几乎留不下活物了，什么都有，有漏网的鱼，有鳗，有塘贴，将他们的腰篓装得沉甸甸的，岸上也一片的欢呼声，而我们年纪比较小的，也会纷纷地涌到池塘边上，抠那些泥巴，一坨一坨地抱回家来，堆在天井的边上，等闲来没事的时候，捏一些小炉小灶的，再拣一些细小的干柴，再弄些小瓶小罐放在上面烧，过我们的家家去了。

这样的快乐可以一直延续到来年的春天，那些曲蹄子们便会回来，挑着一桶一桶的鱼苗，将池塘再放满了水，自然的，水里的鱼又会长大，水面的荸又会长出，到了夏天，又会有一只一只大大小小的蜻蜓飞来，又会有小孩在黄昏的时候，来到池塘里戏水了。

一直到现在，我还在想，那个车池底的车字，究竟是怎样的一味，它是不是和年复一年的快乐或是悲哀的循环有直接的关系呢？

2012-7-18

7. 池窟

池窟是一句福州话，意为小池塘，它们大多镶嵌在菜地田野的中间，远远看去，像一面面小小的镜子，随着四季的变化变幻着镜框的颜色，当然，这是一种想象，平日里，只有走到近处才能看到小池塘。

20世纪80年代这样的小池塘还很多，没事的时候，和几个朋友总是在一起喝茶聊天，回忆往昔的美丽，当然，这也只是到了一定年龄，和当年的生活拉开一段距离后才会有的美丽。而在当时，并没有觉得。

不对，我的朋友说，20世纪80年代刚来福州的时候，就已经很惊诧于这里那里的小池塘了。

我说，那叫池窟。

朋友说，无论叫什么，那看过去就是很美的，尤其是在黄昏的时候。我第一次恋爱就在你说的池窟的边上。

哦，我想，福州有那么多的地方可以恋爱，为什么要在池窟的边上呢？

福州城市原先是很小的，比如出了井楼门外面就是田野，比如出了温泉外面就是田野，比如晋安河两边从前都是田野，比如出了白马路外面都是田野，比如出了五一广场外面都是田野，一直到茶亭街一带才又连到台江，所以，那时候的田野并不稀罕，稀罕的是城市。

我说，小时候看那些池窟的美丽远没有看邮电大楼的美丽。

朋友说，是呀是呀，小时候我就常常溜到华侨大厦里坐电梯，在那里上上下下的，不亚于坐飞机的感觉。

尽管如此，城市给人的快乐仿佛是短暂的，而野外却很无限，为什么呢？

那时，我的邻居在八中教书，到了周末就会急匆匆地回来，将一大包作业呀课件呀放下来就提起钓竿、竹篓出去了，那是午后。因为我们住在菜园里，那边上有鱼塘，有池窟。鱼塘一般是不让钓鱼的，只有池窟可以。

邻居说，走，钓鱼。

于是我们几个小孩便开心地跟他去了，跟他去并不是为了钓鱼好玩，而在于他会说一些对我们来说摸不着边际的外面的事情。比如你知道火车有多长吗？一节车厢就有一条街那么长。那么有几节车厢呢？一百多节，天哪，那不是从城里要排到台江了？后来看到真的火车，远没有邻居说得那么长。后来再想想，邻居是教数学的，数学老师的表达能力是很有限的，总喜欢将简单的事情用极其复杂的表达方式规定，比如这道题规定不能这样算，不能那样算，仿佛只有一种算法一样，让你觉得费解。

而最经典的，就是拿出他破败不堪的相机，叫我们几个小孩坐在巨大的鸡笼上拍照，拍照完了又不给我们看，于是，让我从小就对拍照和被拍产生了一种厌烦，仿佛是毫无结果的一件事情，既然毫无结果，又何必这么去做呢？到长大了一些，读到佛经：

菩提萨埵，依般若波罗密多故，心无挂碍，无挂碍故，无有恐怖，远离颠倒梦想，究竟涅槃。

这颠倒梦想的，又让我想起当年邻居相机里的成像。

我们会在离家不远的一个池窟边上停下，邻居先生会嘘的一声，左右看看，找个避光的地方将钓竿放下，然后带着我们到相反的地方大声聊天。仿佛水里的生物也会听到我们的聊天一样，不时的还发出哈哈大笑的声音。

一切事情都有它的必要性，当然，这必要性如果考虑错了，那一定是不会有结果的。

现在想起来邻居先生的策略还是很正确的，首先，那些水里的生命确实是有知觉的，是可以看到池窟边上的景象、听到池窟边上的声音的。其次，邻居先生之所以这么做，也是用了《孙子兵法》，实则虚之，虚则实之。看起来我们很像都在朝阳的一边开心快乐，其实，我们的目的是藏在阴暗的池窟的一隅，对于那些生命来说，以为最安全的地方，其实是最危险的。这让我想起现在的一些金融投资来了。

一会儿，钓竿狂动，我们兴奋得不得了，跟着邻居先生在池窟的边上狂呼着，提了钓竿一看，是一只塘贴在那里挣扎着，塘贴的发音在福州话里，有点类似“塘折”，一个福州通的朋友有天很兴奋地告诉我，那不叫折，叫贴。一想，对呀，那塘贴形状是扁扁的，长着两根胡须，如果将它放在水缸里，你会看到塘贴游起来像是滑行，沿着水缸的边缘。

通常的情况下，一口池窟里只要有几只塘贴，其他的鱼就很难生存了，这很像不是因为塘贴会将其他的鱼吃掉，而是因为塘贴总在你休息的时候在那里翻江倒海，让你无法入眠，久而久之，那些和塘贴为邻的鱼都不堪忍受这样的境遇，第一天还行，第二天没睡就犯困，第三天没睡就寝食无味，第四天没睡就要疯了，第五天再没睡，差不多就进入了佛家说的无欲涅槃的境界。当然，这是拟人的想法。也因此，福州话里，对于那些整天不停烦人的人，总是骂她像塘贴母一样。

邻居先生钓上来的居多是塘贴，塘贴煮粉干，是天底下的一味美食。邻居先生的家里买了很多粉干，粉干便于存放，而邻居先生平日又不在家，那些老鼠知道他的家里有粉干，可以闻到气息，却不知道藏在哪里，为什么呢？因为邻居先生为了防鼠，故意在这里那里放了一些看得见吃不着的小量粉干，以分散老鼠的注意，却将大量的粉干放在一个很不起眼的米缸里，想来老鼠只知道质量，不知道数量，因而，总在不可能得到的那些瓶瓶罐罐里不断搜寻，做出很多的声音来。这只有我们几个和他走得比较亲近的小孩知道。大人们不这么想。因为当年邻居先生的房子里死了一个很勤快的女人，很像是邻居先生的奶奶，因而，每当里面发出锅碗瓢盆的声音的时候，老人们便说，又是那奶奶回来煮饭吃了。也因此，邻居先生回来的时候，老人们都交代邻居先生要烧点纸钱下去，免得地下的人老是回来煮饭。邻居先生知道所以，只是笑笑。

到了长大一些，家里养了几只鸭子。夏天的时候便要钓一些青蛙给鸭子吃，于是，我们会将空心菜花揉捏一下，系在绳子上，故意在田边或是池窟的边上拖曳，偶尔还要装作跳动一番，那些青蛙也笨，不辨是非，张口就咬，一咬就咬住绳子，被我们很容易地收入囊中。每每这时，我们都会调侃一句，贪心搏冇。意思是贪心的人没有好结果。这很像到现在还很实用，每回看新闻的时候，看到这个贪官那个贪官的落马，我就想起贪心搏冇这句话，而且还会像小时候一样，小声地念一句，然后会心地笑笑。

那天只听到池窟的边上哗的一声响动，那响动远比普通的青蛙要大得多。我想，会不会是青蛙精。于是，屏住气，将钓竿上的空心菜花舞得不即不离，生动极了，现在想来有点像白天鹅的独舞。又是一声巨大的响声，将我舞动着的空心菜花咬住了，很像西方中世纪的神话传说的绘画，一条巨龙夺走一个赤身裸体的美女，飞身而上了云端。鳗，我的第一反应总是营养值最高的生物。鳗，我一边叫着，一边飞奔回去。大伯在门口把我拦住，说，什么？

我说，鳗。

大伯说，癫葩。

说着将我的袋子接过，将钓竿提了出来，大叫一声，蛇。便往地上猛甩，再抓起边上的凳子，一下敲在蛇的头上，那青色的蛇将尾巴左右叹息了一会儿，便化作一种念想，徐徐地飘了起来。

哎，池窟。就像大地的眼睛，我总是这样想象着。

2011-11-17

8. 撮药

早先的福州人很少吃西药，因为离家不远的地方一定有一个中药铺，类似东街口的回春药店。

小时候住在老家，在福州的东门，塔头街的背后。如果需要撮药，一定要到塔头街的药铺。在我的印象里，塔头街的中药铺仿佛更为古老。就在晋安桥的边上，叫什么名号已经忘了。

这些中药铺里，大都有一个老而不死的中医，因为从你有印象开始，一直到很久很久，那中医就是一个模样。仿佛从来没有年轻过，也一定不会再老。

这样的中医经常是驼着背，眼神很差，而且药铺里的光线一般都很昏暗，他会用干瘪的留着长长指甲的手指，叩着你的脉门，然后问这问那的，口音从稀疏残缺的牙齿间泄漏了出来，发出嗤嗤的声响。

小时候父母基本上不会带我们到医院，有个伤风感冒的，一般都只带到这样的药店里撮一贴药就好了。

母亲说，还在我很小的时候，发烧得厉害，到大医院里，说是必须抽骨髓检查。

母亲说，那时已经很会跑了，病了之后连路都走不了。

那时年轻的父亲抱着我从医院出来，半夜敲开中药铺的门，就在塔头那里的中药铺里，由那个嗤嗤嗤的中医撮了一贴药。

母亲说，那贴药还不到一毛钱，喝了，就好了。那中医说，只是积食而已。

为此，我每次到那个药店，对着嗤嗤嗤的老中医，总觉得很亲切，有点像面对医神的感觉，其间还夹杂着面对救命恩人的感恩心情。

从菜园里到塔头药铺，走路不过十来分钟，那时候的路况非常安全，一天看不到一两部汽车，每次看到汽车经过就兴奋得不得了，一群孩子会跟着汽车跑，尽情地吸取汽车的尾气，那汽油味怎么就那么香。

有时候，家里叫去撮一贴药，走着走着，便跟着汽车跑了，从塔头一直跑到康山的马道歧的地方，然后径直地折回菜园里，到了家门口，忽然记起来还没撮药，便又飞也似地奔到塔头的药铺来。

到了药铺，那嗤嗤嗤的老中医一定会说，你妈的胃又痛了吗？

我说是的。

他便会让我等一会儿。像我们家这样的老顾客，那中医一般也都懒得开药方，直接撮药，而且每每精准。

嗤嗤嗤的老中医开始在高高的柜台里东一个抽屉拉拉，撮一小撮药，西一个抽屉拉拉，撮一小撮药。我则转到柜台边上的一个房间里，看那里的一个老太婆在铡刀的边上，将一根根树枝一样的东西伸进铡刀，细细地铡着，发出奇异的植物的香气来。而最让人兴奋的就是甘草的气息，甜甜的，香香的。那老太婆看到我在边上，会从一堆的甘草片里，撮一小撮放在我手上，说，吃吧。

那甘草入口，不亚于糖果，满口生津，而且香甜。嗤嗤嗤的老中医知道了，总是会告诫说，好吃吗？不可多吃。

老中医的告诫归告诫，每回撮药回来，我和弟弟总会因为嘴馋，将中药中的甘草挑出来，放在口袋里慢慢受用，而那帖中药熬出来之后，因为没有了甘草，一定苦得要命，至于其药效就更不得而知了。

母亲每次胃痛发作都是很厉害的，走不动，双手按着胃部，蜷缩在床上，父亲上班去了，中药便由我来熬了。

我们熬中药的药罐是专用的，是很粗很粗的陶罐子，有点像茶壶，一边有一个小嘴，另一边是长长的手柄，手柄塞着木头，隔热，可以抓握。

中药常常除了一堆木片或叶子或什么根须之外，还会附着一袋纱布包着的碎末一样的药物。每回，那嗤嗤嗤的老中医总会交代，那纱袋里的要等到熬开的时候才可以放进去，记住了。或者，老中医会交代，药熬好了，拿两粒米饭丢进去，记住了。这些话对当时的我来说，就像圣旨，神圣得不得了，而且每每照办。

稍大一些，觉得这些老中医是不是有些故弄玄虚，有些不以为然了。到了再大了些，闲着没事，翻了翻中医书籍，其中谈到人体的阴阳平衡之外，还附带谈到药引的重要性，才知道那时嗤嗤嗤的老中医所言不虚。

那时，福州人还有一个习惯，每回中药喝完了，总要把药渣倒在门口，似乎踩得人越多，这病就越容易好。一般路过的人是不喜欢踩到药渣的，他们都会跨过去或是绕开，只有等到晚上的时候，看不清道路，才会踩在药渣上。第二天起来，看到药渣被人踩了，总是有一种莫名的欣喜，再看母亲，果然病就好了。也因了这缘故，每回走到街上，看到别人门前倒着的药渣，也会不自觉地上去踩上一脚的。

也许是从小熬中药，喝中药长大的，到了成人，回回总是习惯喝些中药，其中喝的最多的便是金线吊葫芦，这是一种草药，专门给成人感冒的时候喝的，据说，可以驱寒。后来去了日本几年，开始的时候还带着上飞机，到了日本海关，便被验关的人当作垃圾丢到垃圾箱里，痛苦了好一阵，好在没多久，到上野闲逛，发现上野的铁路边上的一排专卖中国物产的商店里，居然也有金线吊葫芦，便又买了一堆，自己熬着喝，那感觉不啻于喝到上等的茶叶。

前一阵子，一个朋友要在南后街开药店，说是要开传统的药店，叫我帮忙出出主意，我一下就想起了小时候的晋安河边的那个药铺来，连带着想起那个嗤嗤嗤的老中医，于是，便和朋友说了一通。没多久，那药店开张了，仿古的，挺气派，也像，就是少了一点古旧的气息，比如那药房，那制药的地方，怎么就觉得少了一点时间的痕迹。

前几年，因为父亲病重，便常常带着父亲在中医朋友处走动，这朋友说话没有嗤嗤嗤的声音，但是很神。

这朋友说，中医的本质在于固本培元，所以药物不在打压，而在扶正。

这朋友说，看似一样的病，不一样的季节不能用一样的方。

我说，现在什么地方的中药会干净一些?

中医朋友说，干净的会贵一些。

朋友列举了几个药店，好像都是全国连锁的，好像全国也只有这么几个药店可以信赖似的，这让我倍加怀念起嗤嗤嗤不死的老中医的药店来了。

2011-9-7

9. 鼎边糊

我觉得在福州的小吃中，最有文化底蕴的就是鼎边糊。如果加上刚炸出来，又是环保的面粉、环保的油的香喷喷的油条，那简直就可以入圣了。

鼎和锅不一样，鼎是三脚的，下面可以直接生火，精致的，边上还可以刻上饕餮纹，据说，饕餮是上古的怪兽，见什么都吃，所以把它们安顿在锅边是再好不过了。

福州人说锅不说锅，说鼎。即使后来的鼎也好钟也好，已经成为庙堂的祭器了，福州人依旧执着地称锅为鼎，其中，可以见出福州沉淀的文化或是顽固的一面。

到我小的时候，鼎已经演变成为没有脚的铁锅了，黑黑的，底下因为烧木头的缘故，常常粘着一层厚厚的烟灰，那烟灰细腻得几可成为今天打字机的碳粉。家家户户到了清锅底的时候，地上便有一圈一圈的黑黑的痕迹。老人说，小孩不能踩过那些痕迹，那样脚趾头就会生出青州蛇，奇痛无比。于是，我们都会很小心地绕过那些画在地上的一圈一圈的锅痕，即使那锅痕已经褪得差不多了，我们还是绕着走。也因此，我们便从来没有生过什么青州蛇，这得益于这种小心和不为人先的习惯的养成，还因此，至今不知道青州蛇的模样，这也夹杂着一种淡淡的遗憾。

但鼎边糊小时候是常吃的，有的在家里，有的在店里，且多在夏天的时候。

母亲是个很会做家事的人，记得小时候，每到母亲休息，总是会生出一些办法让我们快乐，比如做鼎边糊。母亲做鼎边糊的标准和福州任何一家鼎边糊店的标准是不一样的，母亲能够真正体味糊的意蕴。

比如米浆和鼎边糊店里的米浆是一样的。

比如蛳子一定是西河的，福州话叫螺子，或是黄螺，壳是金黄金黄的，肉是雪白雪白的，煮起来特别有味道。不像后来逐渐多起来的满是泥土的黑乎乎的蛳子。

比如母亲也会加上葱蒜之类，也会用虾油，也会用纯粹的蛳子汤来煮。

比如在糊锅边的时候，我依旧负责烧火，然后会从低处看母亲糊锅边的手法，和鼎边糊店的伊姆的手法一模一样，让你感觉简直就是一个名厨。

但尽管如此，你还会觉得有些许的区别。

鼎边糊是一锅一锅煮出来的，一锅就是一盆。

母亲的鼎边糊还没煮好，那浓郁的香气就已经飘得满院落都是，这时，爷爷奶奶或是叔叔婶婶都会从后院出来，到我家的厨房伸头伸脑的，说，是鼎边糊的味道吗？

怎么就不是鼎边糊的味道呢？我心里想。你如果走在街上，前面有鼎边糊店的话，相隔半里也依旧闻得出来鼎边糊的香气。

这时候，母亲会指着桌上的第一锅刚出来的鼎边糊说，做得不好，你们去吃一些吧。

我依旧在那里生火，看着院里大大小小的人在那里吃鼎边糊，那灶里的火会越烧越旺，但是不能吭气，因为他们都是我的长辈。

也因此，母亲常常一做都会做出很多锅，这样，等大家都尝过了，我们一家才坐下来享受母亲的鼎边糊。

不一样，我说。我总是吃着母亲做的鼎边糊的时候说。

你单看母亲备的材料，母亲做鼎边糊的姿势，甚至鼎边糊飘出的香气，仿佛和鼎边糊店里的一模一样，但是，当你看到碗里的鼎边糊，舀一调羹放在嘴里的时候，那感觉和店里的就完全不同了。鼎边糊店里的鼎边是薄的透明的，而且入口不化，一片一片的。母亲的鼎边糊却是黏糊糊的，厚厚的，入口像鸡头啄，就是一团面粉疙瘩的那种感觉，甚至还可以吃出一些米浆的味道。

不一样啊，我又说。怎么糊成这样？

母亲只是笑笑的，说，你会写鼎边糊吗？

那时，我会用木炭在地上写出鼎边糊这三个字。母亲又会风趣地指着糊字说，这是什么意思？

我说，不清楚。黏糊糊的。

母亲说，这就是了。

我知道母亲说得没错，单就字眼本身，这应该是鼎边糊的原貌。可这样的原貌恐怕要倒退一千年吧？所以，有时候你会觉得，文化或类似文化的东西，恐怕不是越原始越纯粹的，这纯粹一定是发展到一定阶段才可能出现的。比如诗经楚辞汉乐府，比如唐诗宋词元曲，比如鼎边糊。

那时候，塔头和桂香街交叉的丁字路口，就有一家鼎边糊店，做得非常好，可以肯定，那伊姆的手法精致到没有一锅、甚至没有一片的鼎边糊是失败的，那简直就是艺术。

也因此，每回在鼎边糊店里等做鼎边糊的时候，我都会站在锅边，看着伊姆的精妙手法。她很会把握火候，看锅里的汤有些鼎面哧的时候，就是水面有些沸泡的时候，就开始揾米浆，那米浆薄薄地贴着锅边流下，随着温度渐渐升高，那米浆开始卷了起来，就像舌头发出“诗”的声音时的形状，而且这舌头还不是福州人的，应该是东北的，至少也是河北的。

特别是早上，有时候母亲很累，不想起来做饭了，我便带着弟弟到塔头的鼎边糊店，那简直就像过节一样，我们会要一些油条，还有芋糕，芋糕也很好吃，切成直角三角形，就像数学老师手上用的小直角板，油油的，外皮也是金黄金黄的，里边也是藕白的。那金黄金黄的部分是油炸出来的，因此特别香，而且很有嚼头，越嚼越香。特别是刚炸出来的时候。等芋糕冷了，就会像一条死老鼠，不仅不好吃，而且会噎，因此，一般都是等鼎边糊好了，和芋糕一起上。

油条就更不用说了，像两根纠缠在一起的大腿，嫩黄嫩黄的，怎么看怎么舒服。好的油条会让你的牙齿不忍嗑碰，一碰就碎，而且发出很醉人的挂齿挂齿的声响，当你的早餐再换成其他什么的时候，你自然而然便觉得，这其他的什么已经不足挂齿了。

前一阵子，一位居住在美国的朋友回来，再加上另一位居住在日本的朋友也回来，他们想吃福州的老风味，这老风味的，我以为鼎边糊应该是最好的。

我们找了好几家，最后到一家曾经是福州最著名的招牌的店里，点了油条，点了芋糕，点了锅边。这些东西都还没出来的时候，我们便开始回忆当年的食之乐了，大有你之乐不如我之乐的感觉。

因为美国的朋友年轻的时候住在西门，因为日本的朋友年轻的时候住在仓山，因为我住在东门，自然的，各自心中也都有一间鼎边糊店的。这时候，真不在乎哪家店做得最好，而在乎你能想起多少。说着说着，我便说到母亲做的鼎边糊了，着实地让大家又笑了一回，或至少对糊字又认识了一回。但无论如何，都是共推我们选的这家鼎边糊是福州最有名的，而且，小时候也都品尝过的，只少了没站在锅边看着伊姆制作的事。

这时候，我们点的东西悄然上来了。

首先是气息不对。别说是鼎边糊，哪怕只是芋糕或是油条，只要一上桌，应该是满座油香的，但是没有。用手轻触芋糕，有点像国营店的服务员，毫无温馨之感。用筷子夹起油条，两条腿软得就像印度的瑜伽师傅，怎么扭都可以成形。

再看鼎边糊，里面一堆的海鲜，看不到半只蛎子。毕竟海鲜是海里的，蛎子是闽江的，其中的味道只有福州人知道。再尝一口鼎边糊，发现那是袋包煮的，也就是超市里买的，还带着塑化剂的坚韧的品质，感觉是这样。

我们无语地相视一笑，也不知道这一笑是什么意思。忽然想起一句比较纯粹的古语：啊！

长铗归来兮，食无小时候的鼎边糊。

2011-9-9

10. 福州其水

我们的谈话停留在那些水面。

福州的那些水面。

到过江浙的都可以看到那些小镇，门前门后都是小河，河上到处是小桥，而且小桥大都是单孔拱桥。

朋友说，我们的白马河也要疏通成可以游走画舫的河了，一直连到安泰河。这一圈足可以绕过半个小城，如果能够实现，福州至少还可以留住过去的一抹影子。

是谁在文章里说到现在的关于故乡的概念，说已经不再是以往的故乡的概念了。以往，只要踏过故乡的界碑，就再也看不到故乡的景致了。但现在，处处是故乡，处处又不是故乡。因为，所有的城镇建设面貌都惊人的相似，无论你从哪里醒来，满眼都是故乡又都不是。

我说，那样就有趣了。

我说，可是，白马河和安泰河上，很多已经成了路面，路面离水位那么近，能够走船吗？我怀疑。

过去的拱桥不全是为了好看，更重要的是为了桥下的船只通行。不知道现在改造河道有没有想到这些。

朋友说，他可以沿着现在的白马河边的栈道一直走到江边。

那景致多美呀，要是没有汽车，没有那些拦腰切断的柏油路。

朋友说，这也没关系，碰到柏油路的时候从栈道里走出来，看看红绿灯过街，然后再进入栈道。

我差点将口里的茶水给喷了出来，要这样走，什么地方不能直接连到闽江呢？

我说，那些路面会恢复成拱桥吗？我喜欢桨声灯影里的秦淮河，那是极度奢靡的场景，这不是贬义词。这是一个时代经济先行了，然后，人的文化、人的官能享受必须跟上这个年代。

我们有剩余的钱，有剩余的时间，有剩余的体力，所以必须有剩余的景致。

我说，早知道这样，当年何必将这条河那条河都变成这个路那个路的。

朋友说，是呀，我现在还在想双抛桥应该就是双抛桥。

这话听起来拗口，但我知道其中的含义。

我们现在看到的双抛桥和三坊七巷的一角一样，被开发商开发成楼盘了，叫什么华庭的，很高，和三坊七巷很不协调。像一块巨大的瓷砖映照着三坊七巷的天空，那是当年盲目开发的典型见证。

但双抛桥还在，还在榕树下，像一个虚假的亭子，一座古桥，下面是一堆鹅卵石，上面浅浅地罩着一层水，那水比一个醉汉的尿还要少。

朋友说，双抛桥应该是两条河汇集在一起的桥，可以到这边也可以到那边。

朋友说的两条河曾经存在过，一条应该是虎婆宫河或是叫元帅庙河，和现在变成道路的浦尾河、虎节河交汇的地方。

我说，我每天走在那些地方，都可以听到地下的河流在幽鸣着，仿佛哭泣。

榕树和小河，这是过去福州的一大景观，也是任何地方都没办法替代的。

我说，我在江浙感觉的是柳树和小河。

福州话和虾油，这也是其他地方无法替代的。

那些原先的小河还在道路之下幽咽着。

朋友说不可能，我们认识的时候我家门前的小河已经没有了。

我说，那我怎么会有这些记忆呢？我甚至可以清晰地描述出来，那小河是从西湖里出来的，活水，一直流到现在的杨桥路，那河上有很多小石桥，而且，石桥和石桥之间还有石阶下到河里，是这样吧？

朋友说，是啊，那边上是石板路，靠河的宽敞的地方总是有大树，有石板，那石板被我们坐得发亮。

我说是吧。但是，这些我真的见过吗？还是在梦里仿佛见过呢？我也说不清楚。

比如朋友居住的地方就在将军庙的对面，那里过去就叫将军桥沿。而我曾经居住的地方也叫贤南河沿，这不是偶然的名字，至少，我们现在看到的一条一条的道路，在旧时的福州，应该是一条一条的小河，当然，很不便利，很落后，很不发达，远没有现在的繁华。但是，我们怎么会想到，繁华的尽处，人们却需要那种野趣呢？

我甚至忘记了小时候伙伴的名字，他们是兄弟，三个，住在西湖的对面，那里还是一条河。夏天的中午，他们兄弟带着我去西湖里租了一条船，将船划到西湖的中央，然后大家脱了背心，跳到湖水里。那湖水很浅，也很清，双脚打两次水就到了湖底，在那里，你可以摸到很大的类似淡菜一样的东西，我们叫“土耶”。那东西长得太大了，拿回去洗了之后水煮，放进少许盐巴。等熟了之后无论吃“土耶”的肉还是喝汤，都还是湖底的泥土的味道，打出来的嗝就像一个被淹死的人放出的响屁。

朋友说，是，那里的河是连到西湖的。

我还听说在通湖桥上，夜半三更的时候还可以听到西湖昔时的歌舞声。我想，那也一定是哪一个遗老在面对着河水说着梦话吧。想不到，我们现在也活到遗老的时候了。

而且这里面还有很多故事，包括刚才朋友说的双抛桥，有个故事是说两个恋人双方的家庭都不满意，所以双双抛到桥下，当然，这在阶级社会里，从迫害被迫害的角度说，是最有说服力的。但朋友觉得这故事很附会，实际上就是一桥抛两河。

而我更喜欢的是另外一个故事，比如荔枝换绛桃的，很小的荔枝，却换来一个很大的绛桃。当然，从现在的物价看，绛桃的价格也许比荔枝还便宜。但当时却觉得合算，这是当时福州人的算法。

这故事说一个男的隔着河丢了一个荔枝给河对面女的，还是河对面女的隔着河丢了一个荔枝给河对面男的，记不清了。然后河对面男的或女的丢了一个绛桃到河对面，然后两人隔河就相恋了。接下来的故事大都一样，一定是两家地位悬殊，然后男的励志中了状元云云。因为过去能够通过励志而取得身份地位的也只有男的，不像现在。

朋友说，你说的故事就是发生在安泰河。但安泰河挺宽的，从力度上说，那应该是女的扔荔枝，男的扔绛桃，怎么说荔枝都轻，女的容易扔过河的。

朋友说，不，那时候的安泰河没有现在这么宽。

朋友说的一定不错，他现在几乎成了老福州的旧匣子了。

故乡啊！我在梦里喊着。

你到处都是水。

2011-3-9

11. 福州其汤

福州，老福州不说温泉，说汤，喝汤的汤，固若金汤的汤，福州话说，洗汤。

在日本，洗汤叫“哦优”，写的还是大大的汤字，看了亲切，倒不是我哈日，而是觉得日本哈福州。

从猴子开始就喜欢洗汤了，忘记了是看哪个电视，里面拍到日本的哪个地方，很像在山里，地下的温泉冒出来，山上盖着雪，一堆猴子轮流泡在温泉里，聊着天，擦着汗或是水，还有的不知从什么地方弄了一些坚果，泡在温泉里，边洗边聊边啃，惬意得乱七八糟。

我一直记得小时候福州有一家叫新榕的澡堂，在温泉路附近的一个不大的小巷里，那小巷两边都是歪斜的木头房，傍晚经过那里，可以看到三五成群的妇女围在一个个低洼的路边，一边聊着家常，一边搓着衣服，那地上有水不断地冒出，是热水。

那地方一千多年前就叫金汤。

福州的古城像一只葫芦，北边从屏山开始，屏山下，一边是西湖，一边是东湖，将葫芦头压得小小的，越往南越大，到了乌山和于山，将两塔包裹了进来，那是最宽的葫芦底，而金汤就在葫芦的肩膀上。

据说两晋时建福州城的时候，当时的民工围城墙，围到金汤这个地方，发现地下冒出的都是热水，便开始在那里洗澡，那惬意恐怕也像那些山里的猴子吧。而且，为了泡澡的方便，还私下凿了十个石槽，这石槽是露天的，下面的热水应该是不断地冒出来，乐得民工们天天泡，我想，即使建城结束，他们还在泡着，而且泡出瘾来了。这事被当官的知道了，也觉得是一件乐事，便将石槽围了起来，只供当官的使用。这汤，也成了官汤。

那些不泡不行了的民工，郁闷之余，又用石头凿了一个井，叫八角井，还有热水出来，还可以泡，那快乐便又从八角井里汩汩而出，好在那时候福州当官的或是公务员的人数不是很多，这八角井便没有收归官有了。

这些故事都是真的，昨晚，我和朋友说起这事，于是我们便在温泉的附近转悠，找到了新凿的八角井，边上还有一些文字，于是，我们便进去泡了一会。

昨天读到一个老人画的温泉地图，画出福州的63个可以洗汤的地方，那老人很遗憾地说，自己一生只泡了23个还是26个温泉，于是，我又开始想自己泡了多少个澡堂呢？日日新，小沧浪，高桥的，温泉，大众，新榕，古三座，很像就这么多，出了福州的不算。

那时泡的最多的是日日新，那时候整条晋安河的河沿都没有石砌的河岸，那河水和边上的土地连在一块，没有固定的河堤，高高低低的，长满了蒲草。

晋安河是旧城的护城河，在福州城的东边，那里原先应该有个东门，有城墙，出了东门就是晋安桥，小时候见过那桥，还是木头的，可以走一部车，而日日新就在桥的左手边，那里有一个泥土的斜坡往下走，不远的地方又是一条小河，是流到晋安河里的，小河上有个小木桥，仅够两个人交叉走过的，那澡堂就在小桥的对面，周围长满了蒲草。远远地看去，那一层楼的矮矮的澡堂，窗口被澡堂的水汽氤氲着，到了晚上，透出昏昏的光晕来，很是诡秘，有点宫崎骏的画面味道。现在，那位置已经在六一路的柏油下面了。

那时还常去的一个澡堂叫小沧浪，小时候不知道是什么意思，后来读了一些书，知道了有这么一句，也挺喜欢的：

沧浪之水清兮，可以濯我缨，
沧浪之水浊兮，可以濯我足。

简单地说，就是干净的水可以洗头，不干净的水可以洗脚。其实，就现在来看，洗脚也要干净的水，因为还有很多类似香港脚一样的病菌。但那时候小沧浪应该就是这样的想法，可以濯我缨的，它就开在现在的福新路上，那时候还是一条小路，是泥土的，隔壁好像还有一个喝茶纳凉的棚子，也摆满了竹子做的躺椅，到了夏天的晚上，还可以听到一声两声的敲着锣钵的评话的声音。

记得那时的澡堂，一律都有一个高柜台，柜台后面总是坐着一个老人，那是卖票的，我们买了票，他会给你一块用蜡纸包的小肥皂，还有一包粗纸包的茉莉花茶。

到了澡堂里面，到处是光屁股，你要透过烟气和光屁股去找到一个空位子，那些位子都是一张一张竹制的躺椅，上面一律地铺着一条薄薄的浴巾，印着这个澡堂的名字。

几乎所有的澡堂都有三口石板条砌成的池子，池子和池子中间有一个小孔，两口池子的温水可以对流。三口池子，水温分别为热，更热，烫。一些老汤客会双手捏着阴囊，嘬着嘴，紧夹着双腿，仿佛很羞涩的样子，慢慢地挪到池子里，然后一动不动，这时，周围的人便鸦雀无声了，紧盯着池子里的人。差不多一两分钟，那人便会从池子里跳起来，冲到池边的石条上，大口呼着气，浑身通红，就像剥了一层皮似的，所有的血管都充着血。

何如？周围的人会问。（何如，是福州话“怎么样”的意思）

透骹！那泡上来的人会这么回答。（透骹，福州话是“很彻底的舒服”）

那些先前已经泡足的人们便裸着身子，躺在竹躺椅上，一边喝着盖杯里的茉莉花茶，一边和周围的人讲河套，（讲河套也是福州话，类似于说着摸不着边际的事情了。是不是这“河套”，只是我的个人的看法，因为，河套离福州实在太远了，远的简直就是传说。当然，可以商榷。）

但那个时候，我们喜欢跟着大人去泡澡，主要不是为了泡，而是为了吃。大人的手劲很重，每回总是将我们小孩的身上搓得通红通红的，痛。于是大人一边搓，我们就一边缩，缩得差不多的时候，又被大人拉近，继续搓。看到身上凉了，便推我们下池，下池还不能下温池，因为那是刚进来的人泡的，我们必须下中池，中池对小孩来说已经烫得不行了，不啻于老人们到最烫的池子里的感觉。我们也是一动不动地蹲着，每到有人下来的时候我们就借机从池子里跳出来。因为，那池水一动起来，简直就要烫到骨头里了。

最惬意的，当然是洗完澡，回到躺椅上，做很累很饥饿状。这时，大人会问，空了？（这是肚子饿了的意思），我们会仿佛有气无力地点点头。因为，不远的地方就有一个小贩，顶着一个炊器，叫着：哦~哦~哦~。那是卖米糕的，甜甜软软的，很白。或者有一种糯米做的，透明的，叫甘米嫩的，也很好吃，尤其是就着茉莉花茶，咬一小口甘米嫩，还不能马上咽下去，然后啜一口花茶，满口生香的。

那天，也是几个朋友来喝茶，问我近来都干嘛了。

我说，泡澡。他们都瞪大了眼睛。

我说，我这是堕落了呀。

为什么不呢？先是温泉就在市内，这是得天独厚的，恐怕世界上没有几个城市有这样的条件的。任何地方去泡温泉，简直就像休假一样，还得放个假，还得驱车什么的，等泡完回来，又是一身臭汗了。哪像福州，泡完出来，头发还没干就已经到家了。此其一也。

再则，这两天看到日本地震兼海啸，将好端端的城镇变成荒滩了，好端端的人变成鱼鳖了。我和在日本的朋友打电话，说，赶紧叫家人来福州，泡泡温泉，多好，在东京一天给你余震那么几次，硬吓也吓出神经来了。

我说，看了那些泡沫玩具一样的小车飞机，还有那些纸糊一样的房子，当然，你还可以想象原先的房子里一定有很多这样那样的可爱物品，或还有一样两样仿佛值得留世什么的，可一阵潮水过后还有什么呢？

我说，我的世界观变了。

朋友说，是被改变了。

想想现在还有很多想不开的人，或官或商或职员的，还在那里怨怨艾艾的时候，我却已经赤条条地泡在福州的温泉里透骰去了，你说能不堕落吗？想想都笑出声来了。

2011-3-13

12. 福州其茶摊

小时候，常听老人说，这个事情是发生在茶摊里，那个事情也是发生在茶摊里，仿佛茶摊就是一个很重要的新闻发布场所似的，让人浮想联翩。可真正福州的茶摊是怎样的，至今还没见过。

有一个朋友，是我的忘年交，和共和国一起出生的，很知道一些“文化大革命”前的老福州的事情，甚至更早。那天，也是在喝茶的时候我们聊起老福州的茶摊来。

那天，我们用功夫泡法喝岩茶，喝到高兴处，朋友说，福州过去不喝乌龙茶，喝花茶和绿茶。

这我记得，小时候家里喝的都是茉莉花茶，我甚至可以根据茶香，判断祖父在不在家，因为，只要他在家，一定会泡一杯香浓的茉莉花茶，然后蹲在那里，和同样被称为先生的弟哥下着象棋。

那时，福州的茉莉花茶是上好的。

那天，有客居福州的老先生在聊起花茶的时候说，他刚来福州的时候，夏天，到处是茉莉花，最有生趣的是那些卖花的人挑着一袋袋的茉莉花，一路飘香着，排成长长的一队从你身边走过，到了很远的地方了，那茉莉花的香气还在空气里流连着。可不是吗？小时候老家的隔壁就是茶厂，每到夏天的傍晚，便看到一队一队的骑着自行车、驮着茉莉花的花农从门前经过，过了很长一段时间，空气里依旧飘着茉莉花的香气。

茉莉花茶还有一个好处，没有功夫茶那么烦琐，只要一个盖杯，放进少许的茶叶，水一冲，就可以喝，而且，喝得差不多了，加进热水，便又可以喝第二过、第三过的，这说着说着，仿佛便有了福州茶摊的雏形了。

我相信一个地方的风情，一定与一个地方的风物连在一起的，就茶摊而言，仿佛喝茉莉花茶或是绿茶的时候更为适合，因为，喝花茶，躺在茶摊里，不是为了交流，而是为了独享。

朋友说，那时的茶摊喝的就是这样的茉莉花茶，那里有很多竹子做的躺椅，就是过去我们澡堂里的那种。

澡堂我去过，那是一个很大的空间，竹制的躺椅一排一排地摆放着，上面密密麻麻地仰躺着大大小小的赤裸的汤客。

福州的竹椅澡堂一直到20世纪80年代末还留存着，记得那个时候，我们家家户户都没有安装热水淋浴，夏天就在天井里冲凉，到了冬天，便离不开澡堂了。现在还有没有这样的澡堂已经不得而知了，因为我很久没有到那样的场所去了，取而代之的，是福州的桑拿。

朋友说，所有的都和澡堂一样，只是没有池子，不是光着身子罢了。

朋友说，那些竹制的椅子的边上，有一个也是竹子做的茶几，上面放着盖杯，里面就是花茶。大家围着一个台，这台上是评话先生或类似评弹一类的艺人在表演，他们所弹唱的故事多是章回式的，这样你可以天天来，就像现在看的肥皂剧一样，长年累月是一本一本地说，而那些茶客是一折一折地听，中间抑或有事捺下了，那是很不痛快的事。

记得年轻的时候祖父说过，当年的福州有那么几个很出名的评话先生，祖父说了几个人的名字，叫什么，现在一个也想不起来了，只记得其中有一个很别致的，说有一个当时算是新兴的评话先生，他所说的评话和一般的评话先生所说的大相径庭。他不说什么长篇长篇的故事，而是将每天的报纸上的新闻说成评话，据说，很精彩。当然，很精彩的原因还在于当年很多人不识字，固然看不懂报纸，于是，被添油加醋的评话先生的新闻便成了再生动不过的每日新闻联播了。而且，更绝的是，据说，这评话先生居然也不识字，靠一个人每天读报，然后凭印象，直接改装成评话的。

这又让我想起上海的周立波，看他的单口秀，多是新闻中来的取材，如果在当年的福州，把不准也是一个上好的评话先生的材料。

朋友说，里面间或还有糕点什么的，都是一些小孩子顶在头上卖的。

朋友说，我那时跟着父亲去那样的场所，最开心的就是喝茶吃糕点，至于那些评话什么的只是说给大人们听的。

我隐隐约约记得，小时候被大人带着去小沧浪澡堂，就在晋安桥的边上，那澡堂的隔壁似乎就是一个茶摊，但大人始终没带我到茶摊上闲坐喝茶，每回都只是匆匆地洗了就走。而那些喜欢听评话的人不这样，他们应该在洗澡的同时，将自己的耳朵拉得长长的，听隔壁有什么动静，一有动静，比如评话先生的惊堂木或是弹唱的铙钹啪的一声敲响，他们便会匆匆地穿好衣服，赶着到隔壁的茶摊去了。

听评话，是的，过去的福州如果没有评话，可能也就没有茶摊了。

到了长大一些，我也片段地听过一些评话，因为我们这里的神诞特别多，而神诞上不是做戏就是说评话，有时觉得无聊，在经过的时候便也会停下来听那么一句两句的，挺好玩的，比如，戚亏受怀骹骨头做路，那白肯励啦。大致的意思是痛苦凄凉，膝盖做路，只这般勉强地去，那是跪着爬着一路走去。

想当年那些茶客听到类似的句子，一定是一片唏嘘长叹的，甚至可以听到在长叹之余，呷一口花茶，咕噜一声咽下咽喉的声音。

透骹啊，朋友说，那时的人们常常是大半天就这么躺着，喝喝茶，听听评话，茶是一小包一小包纸包着的，一包就是一泡，水是滚烫滚烫的，到处是茉莉花茶香。

就像在澡堂里一样啦，我说，唯一的区别就是一个不穿衣服，一个穿衣服，是吧？

不是呀，关键是有了评话之后，那茶摊就和澡堂区别开了呀。朋友说。

20世纪90年代中期，福州兴起了茶艺居，但茶艺居和旧时的茶摊的感觉完全不一样了，我想。茶摊可以一个人坐着或躺着，听评话，喝茶，独自享受着这份闲适。如果这时候有一个不知趣的人在边上叽叽歪歪不停地聊着什么，恐怕听评话的人会大为光火的。但茶艺居不一样，茶艺居没有可以延续的节目，每天去或不去，没有什么放不下的。无非是几个朋友约好了在那里喝茶聊天。

这茶艺居早先的时候，为了调节喝茶的氛围，还可以看到那么一两个抱着琵琶，或是在那里低头抚琴的女子，那些曲子不是《梅花三弄》，就是《渔歌唱晚》，最精彩的莫过于《十面埋伏》，点《十面埋伏》是需要小费的，而且，会弹的人不多，弹得好的就更少了，因而，可以算是稀曲。但即使再好听的曲子，也不能回回听，和那些评话的段子不一样，朋友间的聊天就更不用说了，一回两回的就够了，如果天天喝茶聊天，而且就这么几句话，在一起也觉得很无趣，于是，那茶艺居便有了棋牌，而棋牌自然比聊天要有趣得多了，又于是，到了现在，福州的茶艺居或是茶馆什么的，十有八九都成了棋牌室了。

茶摊不一样，如果你去了一次，哪怕一次，便有你再也放不下的故事了，如果那评话先生够好的话。朋友说。

那是，毕竟还有待续的很多故事，让茉莉花茶的香气变得更加馥郁了，我想。

2011-8

13. 福州其春雨

福州的春天是一年中间最冷的一个季节，我总是这样认为，而且连记忆也是这样的。

前两天，朋友从北京回来，不无感慨地说，透骨，福州的冷冷到骨头里去了。于是，朋友在很好看的羽绒服外面，还套上一件草绿色的旧外套，怎么看都觉得像一团破旧的球。

今天有做衣服的朋友来，看到我穿着一件年前他送我的户外羽绒服，说，好穿吗？

我说，好呀，热得身上发烫。

他说，那是，这是出口北欧的产品呢。

啊，北欧比我们这要冷多了，我说。

朋友说，没觉得，那地方到处都是暖气的。

我忽然记起当年在东京的情景，这时候，除了外面披着一件大衣之外，里面就是一套西装和一件衬衫，连秋裤也不用穿的。

我说，是呀，外面都是暖气。

记忆中，小时候的福州应该更冷的，冬天还不觉得，因为那时候干燥，有时候还出太阳，我们可以在太阳下晒晒，那些常流鼻涕的孩子，这时候手头有那么一柄冰糖，还会和着鼻涕吮着，慷慨的还会高高地举起，希望你也吮一口。而老人可以抱着火笼，蹲在地上看来来往往的人，在那里评头论足的。

春天却不一样，太阳基本上没了，代之而来的是没完没了的大雨小雨，让你的衣服和裤子都是润润的，冷冷的，怎么都不舒服。穿在身上，要不断地抖动几分钟，让身上的热气出来，和润润的衣服搅到一块，然后才会觉得身上热乎一些，可是一出门，便又得将头缩得紧紧的，生怕冷不丁的雨水恰好落在你的脖子里，而每每这时，哪怕只有一滴雨水，它也会不偏不倚地落在你的脖子里，早知道会这样，倒不如当时伸长了脖子做人。当然，这总是被雨滴着的时候才做这样的豪想。

我们现在有时候会很无聊地说，福州有三宝，其中比如雨伞云云。那时的福州不是这样的，每到春天的时候，最感头疼的就是三宝之一的雨伞，我从来没有觉得福州的雨伞有多好。那时，都是纸糊的，用桐油刷上，一层一层的，放了一个夏天之后，到冬天，又被冻了一回，到得春天下雨的时候，你才想起搁在角落的雨伞，这时，你要心平气和地慢慢打开，不能开得太急，那样的话，雨伞便会裂开。你慢慢地开，你会听到噼噼啪啪的声音，那是黏在一起的伞纸被撑开的声音。然后哗的一声，打开了，但尽管如此，那伞骨交接的折叠处，总还会有多多少少的裂痕出现，这裂痕恰恰又在你脖子的地方，无论你怎么躲，雨水总还是会滴到你的脖子里，这毕竟是纸糊的呀，你会想。到了西洋伞进来的时候你才会感到脖子放松了一些。

后来念书的时候，每读到杜甫的“随风潜入夜，润物细无声”，我的脖子总是不期然地觉得一阵冰凉。

和春天一起来的，还有一路的烂泥。那时的福州，除了石板就是泥巴路，特别是泥巴路，被雨弄湿了之后，再加上路人不断地踩踏，那泥巴细腻得就像面糊一样，只要一脚失重，你就会跌出很远，最痛的当然是屁股了。

那时，如果你才八九岁，身上背着书包，手里还要提一桶的米水，然后另一只手再打着伞，走在湿滑的泥土里，如果不滑倒，那已经是万幸了。因而，滑倒才是正常的，即使滑倒了 ，你还不能叫痛，因为不会有人同情的，哭或是叫，招来的只有被取笑的份。于是，你还要装作没事一样，左右看看，笑笑，起来再走。

那天，弟弟来，问，当年我们每天提米水养的那些猪都被谁吃了？

我说，老师。老师吃的。

有时候也想，凭什么让我们过这样的童年呢？凭什么呢？

前一阵子到山区玩，看到孩子还是这样背着书包在田埂里光着脚丫跑，我还是不禁要问，凭什么呢？

春天对于贫穷的孩子来说，是一点也没有诗意的。

但是春天也会长大。尤其是福州的春天。那天，到朋友的书院喝茶，那是大夏天，春天里长大的朋友说，准备做一件事情。

我说，什么事？

朋友说，准备在屋顶上装上喷水管，这样坐在走廊上就能够看到春天的雨景。

我说，一边晒着夏天的太阳，一边看春雨？

朋友说，是呀，你没在冬天吃过冰激凌吗？

那倒是吃过，我想，当年在东京的时候倒是天天吃的，因为是在暖气里。

朋友说，那就是了，就像现在的反季节蔬菜一样。

但我还是觉得朋友做这样的想法的时候，什么地方仿佛有些润润的。这又让我想起一件笑话，说有人发愿要为万里长城贴上瓷砖，为什么不行呢？我们有钱。

有一天，我问一个朋友，你对春天印象最深的是什么？

朋友一边走一边说，新衣服。

朋友说，最高兴的是初一早早地醒来，枕头边上放着一套新衣服。

而且一年基本上也就是这么一套新衣服，新衣服里面套着旧棉袄，而且不能让袖子露出来，让人觉得浑身上下内外都是新的。

我说，是呀，而且常常是还没穿到初三，就被鞭炮给打破了。

朋友说，是啊是啊。

朋友说，破了的时候总是千方百计地掩饰，怕大人打，而每回总是越掩饰越容易被发现。

朋友说，你还记得假领吗？

我忽然觉得惊讶，其实，这样的记忆一般是不愿意忆起的。

朋友说，就像胸罩，哈哈。

这实在是当时的创举，我说，那应该是20世纪80年代的事情了吧？

朋友说，是呀，我很想再生产一批。

我说，怎么了？

朋友说，卖，卖给朝鲜人，他们现在一定很喜欢这样的服饰。

我这朋友很有商业头脑，连这样的点子都想得出来，让人感叹。

里面都是破烂的衣服，只有外套是新的，还有一角露出的领子。我有时候在想，我们究竟是一个什么样的民族呢？但想着想着又犯困了，于是，又得迷糊一会，这一会有种春眠的感觉。

午后，孩子来电话，说要出去打球。

我说，不是说下雨吗？

孩子说，谁说的？今天没雨。

我说，哦，没雨，没雨就好，去吧。

2012-1-26

14. 光饼

饭后和朋友一起散步，没走多远，忽然，朋友说，去，帮外地的朋友买光饼。

我记不起来最后一次吃光饼是什么时候的事情了。光饼是福州的特产，是将面粉和成面团，做成饼状，中间穿一个小孔，然后贴在炉子里烘烤而成的。

据说光饼是当年戚继光东征时发明的，因为戚继光的名字的最后一个字叫光，想当年大家对这位抗倭名将是很亲切的，我们这里大凡亲切起来都只叫一个字，然后在这个字的前面加上一个依字，就成了。因此，当年的戚继光在民间一定是被称为依光的，依光发明的饼，自然就叫光饼了。

光饼很香，可以单吃，也可以夹肉吃，在沿海的八县还有夹海苔等东西吃的。

凡从北方传来的，到了福建，都有一个变异的过程，且这过程几乎就是隔了一个山头，就变异一些，再隔一个山头，又变异一些。而福建的山头又多，于是，变异得越发厉害了。

比如福州话，过了一个山头，到连江，就变了一个音，你听了还像福州话，但有些尾音已经不一样了，过了江到长乐，又有些不一样，到了福清更甚，这期间的直线距离不过就三五十里。到了莆田，你隐约还能听出一些相近的发音，但整体上你已经根本不知道意思了。光饼也一样。

记得有一年坐车经过福清，朋友说，你一定要买些福清的光饼吃吃，和福州的大不一样。

福州的光饼入口松软，尤其是刚刚烘烤出来的时候。虽然吃了容易上火，但是好吃。

那天经过福清，从车窗伸出头来，看到一个农夫一样的人手里拿着两串福清的光饼。

我说，都给我。

那两串足足有四十块，穿在麻绳上。将麻绳解开，车上几个同行的，一个人一块，心想不要到泉州，一定都会将光饼吃完的。我顺手也分一块给司机，司机笑笑地摇摇头，不吃，那神情里有些诡秘。

我们吃惯了福州的光饼，拿起来就是一大口咬了下去，不知道是谁先大叫一声，啊！我们也跟着叫了起来，有的说，怎么这么硬呀。有的说，我的牙齿。这时，司机才开口说，你们都是第一次吃吗？难怪，这东西，有名，难吃。

这句话听起来有点复杂。一直到这两天，刚好有颗大牙又摇晃了起来，写这篇文字的时候便不自觉地摇了摇自己的牙齿，心想，或许和那次的光饼有关。

司机说，要慢慢吃。

那光饼倒是很有韧劲，不能用咬，用扯，扯一小口放在嘴里慢慢嚼，却也有些些的趣味。一路上，我们几个都不大说话了，只一路地嚼去，嚼一口小车大概已经开出三五公里了，等到大家好不容易嚼了一块，再要他们吃的时候，他们死活就是不吃。临了回到福州，那满满的十几块光饼还是原封不动地留着。

比较光饼，我更喜欢福州的征东饼。征东饼要比光饼大一倍，因为烘烤的面积大，闻起来香气也足，而且里面还调着微微的甜味。

且就从名称上，光饼说是戚继光发明的饼，似乎还有些附会的嫌疑，因为仅就一个光字，可以是人名的，可以是地名的，也可以是物性的，就像线面一样。但征东饼就不会有这样的游离。而且，我们这一带一说到征东，就自然地联想当年的戚继光了。

没走几步，朋友回头问，这一带你熟，你觉得哪里会有这东西？

我说，去卫前街看看吧。

卫前街在旧一中背后，是一条旧巷子，印象中那里有很多这类的老店。

其实，从前福州的大街小巷到处都是光饼店，甚至在米店里也卖光饼，只要你想要，到处都能买到。

这让我又想起当年的戚继光来，他的伟大不在于发明了光饼，而在于教会了世人怎么做光饼。也因为普及，据说，那些抗倭的将士出征的时候，一路上都有百姓拿着串成一串串的光饼挂在他们的脖子上。这让人感动。

近来，又有些学者以为当年的所谓倭寇，其实是贸易的走私船，只因为明朝实行海禁，类似戚继光这样的海警到处抓拿他们，于是他们便武装了起来。

这又让我想起欧洲的东印度公司的炮舰来，总之，很复杂。但光饼很简单，制作简单，吃法简单，携带简单。可是哪里会有呢？

我们在卫前街晃悠了一圈，那里已经扩建成了一条路，那周围的店面除了面包，咖啡或是沙县小吃之类，很像看不到光饼店了。

也难怪，我说，这东西卖贵了，没道理。卖便宜了，又没有利润。远不如汉堡包好卖。而且，这出去就是繁华地，靠光饼的利润是养不起店租的。

朋友失望地说，那就回去吧。

2006-4

15. 攀讲

一大早书法家来电话，说，我憋了一个小时才给你打电话的。

我还在床上，看看时间，九点。

书法家说，到你那喝茶。

书法家来了，带着他新画的册页，有书有画有篆刻，精美，实为酬谢我的医生朋友而作的。

没一会儿，医生也来了，看了书法家的册页，说，好。

于是，我们便开始喝茶聊天起来。

近来福州电视台有个节目叫《攀讲》的，这在福州话里是闲聊的意思，做节目的是一男一女，老大不小的，听那福州话都是书面语直译，没多少趣味。

书法家说，那是做戏的。

做戏特指福州地方剧种“闽剧”，近来因为书面语脚本的影响，其读音常常是由国语直接翻成福州话，丢了民间语言的很多谐趣，而最为甚者，是福州语的广播电台，常常因为直译的关系使福州人听不懂福州话了。那节目便是这样，于是，我说，更像广播电台的。

据说，福州电视台还要另设一套福州话的节目，那天，有教授朋友来喝茶，谈到此事，感觉堪忧。

这教授是传媒系的教头，自然对电视节目很是精通，而且也是地道的福州人，是懂得“作佳”级的。

“作佳”，是古福州话中可爱、漂亮的意思，一般现在福州人是很少知道的，我周边的“作佳”级朋友也只有寥寥的几个人。

传媒教授说，如果能够到街头巷尾录一些日常对话或是福州人的吵架，那一定很精彩。

但是很难，我想，因为，这样的电视节目一定需要字幕，而许多的福州语言是很难找到相对的文字的。

比如契弟，这是福州人常用的一个词，解释起来还挺具现代感的，意思是男同性恋。后来引申为不地道的人。

医生说，原以为是站着做爱呢。

书法家哈哈地笑了。也难怪，“契”字和“站”字在福州话里的发音是一样的。这站立着做事，想是西片看多了而联想开来的缘故。至于“契弟”本身为什么会有这样的说法，现在无从考证了，想来是古代风俗使然。

很奇怪，福州话里没有关于男女做爱或是性交的语词，至少我想不起来，有的只有“睏”字，而“睏”的意思是睡，在那里，由于睡的对象的不同便自然地赋予了“睏”字个别的意思。这样的文字用法有点含蓄，这也像福州话里的“吃”字一样，比如吃饭吃茶吃酒甚至吃本，这无数的“吃”字随着对象的改变而改变着它的字义。

忽然，书法家脱口而出：

赌钱鬼那会赢天下职业第一

做契弟莫伤身世间乐事无双

乍一听这对联仿佛有点怪诞不经，但细细想过，又觉得劝住了人世间的两大恶好：赌钱和淫欲。

可以入边款啊，我说。

妙，医生说。

只不知书法家回去后，会不会真的将这对联刻在边款上。

2008-7-12

16. 雨和伞

上午到办公室处理了一些事情，泡了一壶茶，然后上网看看朋友们的博客，挺舒心的。只是一路过来都下雨，尤其是春雨，不好玩，本来已经收起来的衣服又得重新拿出来穿上。

福州多雨，而且春夏秋冬都不一样，春雨绵绵，加上阴冷寒湿，是最难受的。夏天还行，每下一阵雨就会凉快一两天，所以我们在城市生活的人，不盼春雨盼夏雨。而夏秋之间多台风，那是风狂雨骤、摧枯拉朽的。其中表现得最为生动的，莫过于日本的一幅浮世绘了。那画中的人物，很像是几个商旅之人，在一片苍茫的归途之中，有的牵着倒退的驴马，有的将雨伞斜撑成45° 角，高抬着赤脚，顶着暴雨前行。这情形在从前的福州也见过，只是没人将之画出来。到了冬天，一阵一阵的雨水会让你觉得彻骨的寒，那是一种无可奈何的寒。20世纪80年代买过一副刻竹的对联，是弘一法师的手迹：

不是一番寒彻骨
怎得梅花扑鼻香

在福州，寒彻骨你可以体验到，但梅花的扑鼻香你始终无法体会。这也是我不喜欢福州冬雨的一大原因。

因为有雨，有四季的雨，雨具便成为我们重要的生活道具，而雨具中最为普遍的，莫过于雨伞了。

福州旧时的雨伞，想是和江浙的差不多，就是戴望舒写的那种：

撑着油纸伞，独自
彷徨在悠长、悠长
又寂寥的雨巷，
我希望逢着
一个丁香一样的
结着愁怨的姑娘。

记得从前的南后街，那里有一个伞厂，很像是，天气好的时候，总会看到路边密密麻麻地摆放着很多纸伞的半成品，也很像是在纸面上刷上一层又一层的桐油，而纸面的颜色仿佛就更有考究了。

福州不同季节的雨，使用的雨伞也不尽相同，假如有考究的话。比如夏天，大家会用一些暖色调的雨伞，尤其是女人们，那雨伞比一般的伞要更为轻巧，小巧玲珑，画满了花花草草。而男人则多用绿骨赭色面的雨伞。要到了冬天，大家多是撑着深色的纸伞，而且大，而且粗。

小时候，每到撑雨伞的时候，看到边上有同学，总喜欢将雨伞旋转起来，因为离心力的作用，那雨滴会像菊花一样地散开，洒落在同学的身上。于是生气的同学也会反击，这一来一去的，便在操场上轮番地斗战了起来。那时，斗战着的同学只嫌这冬天的雨水不够冷，不够大。等到了教室上课的时候，同学们你看看我，我看看你，在那里可怜地瑟缩着，冷啊。那时候，他们仿佛不恨冬天的雨，只恨恶作剧的同学了。

而最为好看的便是清明前后，特别是下一些细雨，那些女人们会撑着各种各样花色的小雨伞，到郊外的一片葱茏的山野里扫墓。那雨伞半开半合地晃动着，让你总是看不清躲在伞里的体态和脸面来，这是不是也还是戴望舒写的那样：

她飘过
像梦一般的，
像梦一般的凄婉迷茫。
像梦中飘过
一枝丁香的，
我身旁飘过这女郎。

前一阵，朋友说海南也多雨。

我说，那里的气温多少？

朋友说，不会低于20℃吧。

啊，多好呀，我想。那雨下在那样的温度里，一定像温泉的淋浴似的。每天都能淋那么一回，就像进了一次澡堂，这也是人生的一大美事，不是吗？

现在，又到了福州的冬天了，昨天放晴，今天或是这整个的一周又是下雨，这雨会下到你浑身发抖，寒彻心脾为止的，一点也不好玩。

我喜欢六月的江南的雨。

下在福州的花纸伞上。

簌簌地下着。

有些温暖。

2006-4-15

2012-12-29改

17. 踏青

前几天和朋友去贵安写生，沿溪而上，到山中一块忽然开阔的田野，停车。

去年冬天我们来过这里，到处是收割剩下的稻梗，稀疏地散落在黑土地上，沿河的树木已经落尽了叶子，孤零零寂寞地站立着，远处传来仿佛呼唤、又仿佛哭泣的山羊的叫唤声。有些凄凉。

眼前的鳌江汩汩地流着，从山里流来，从西北角流向东南的海里，如果按照《山海经》的记载方式，应该是这样的：又西北三十里，有寿山，有峨眉，山多松竹，有鳌水出焉，东南流注于海。水中多黄鳝，可以煮粉干。多芙蓉石，可以刻章。

很漂亮，不是吗？

但是冬天，风大，太阳也无力，整个调子都是灰暗的。

那天不一样，二月二，龙抬头了，我们下了车，便看到田野里一片绿色，很细很细的绿色，像绿苔，附在黑黑的土地上。不远的地方有小桥，沿着桥边的一条小路行去，两边都是芦苇，黄澄澄的，根部开始抽绿了，地上也长出了细细的绿草，再看那仿佛枯干的枝条上，居然长出了很小很小的绿芽，那绿芽在阳光下是通体透明的，很不起眼，如果不是着意去看，是很难发现的，这让人觉得惊喜。

我忽然想起“踏青”这个词。

踏青是比较小资的，但这样的小资又不是双脚走在高尔夫球场的那种感觉，那是踏钱，踏身份，是很无聊很无趣的一种虚幻的假象。

踏青就是你的心情临近枯槁的时候，忽然发现满眼的绿芽，在眼前，在身边，在脚下，以至在你的心里，就像你日日等待的一通电话忽然就来了，而且就在你手机快要没电的时候，那一声局促的问候，你好，啊！

唐贞元诗人王涯的《春游曲》：

万树江边杏，
新开一夜风。
满园深浅色，
照在绿波中。

是这样的一种感觉，这样的画，我想，就像一阵风吹开了一树的嫩芽。

我说，小时候，我们不说踏青，说春游，学校都会在清明节左右，组织学生春游。

我说，春游不是去看春天的景致，是到那些烈士的园陵里，看他们的衣物，追思他们壮烈的事迹，开始挺感动，可年复一年的，也就那几个烈士的陵园，便觉得无聊了，好在可以不上课，可以带着干粮，早早地行军，和同学一起说说笑笑的，到了中午，便可以走到烈士墓地了，那烈士开始是杜凤瑞，在西湖的后山，近一些，后来是林祥谦，在闽侯，贼远。

林祥谦是个工人，罢工了，被军阀抓了，绑在柱子上了，然后死了。他们说，他死的时候叫了一声共产党万岁，而且是福州话。我想可能是这样的，但福州话说起来是比较拗口的，而且可以听懂的人也应该是不多的，很难达到宣传效果。

每年到那里，都会看到一个小脚的女人，陪着我们默哀，据说是烈士的老婆，那是20世纪60年代末。

但是春游还是很愉快的，虽然很苦，要走很远的路，可至少可以看到乌龙江，看到乌龙江大桥，看到尖尖的烈士纪念碑，可以散落在那些石阶上，想象着烈士在山头上飘来飘去，吃着我们的干粮，吃完了上路，再走很远很远的路，回到家里。

那时候不叫踏青，而叫春游应该是有道理的，因为踏青不好理解，太小资了。如果碰到下雨，那就更凄厉了，我们的斗笠也好，雨衣也好，雨伞也好，很少是完整的，再加上春寒，那雨水粘在身上，冻得你一路地奔跑回来。

清明时节雨纷纷，路上行人欲断魂。可不是吗？这几乎就是小时候春游的记忆。

到了中学，春游的时间几乎都在山上，那时候有分校，所谓分校，就是学生在一个鸟不拉屎的山头上，挖出一块平地，用最古老的夯土的方法，盖出那么几间房子，而当时的分校的梯田，又一定是离住宿的地方很远的。那时候，我们最恨春天，更别说踏青了。我们要赤着脚，踏着留着冰渣的田埂，到了田里，那水田冷得冒寒气，我们便赤着脚，一脚踩进去，插秧苗，就在这个时候，就在大家寻芳的时候，我们要插秧苗，还要粘着牛粪插秧苗，那时候每天希望的就是大病一场，这样就可以不下田了，可又不病。那时候才12岁。

前几天，和朋友聊起中学的事情的时候，我说，我的语文老师是很牛的。我说，临毕业的时候，我的语文老师在班上分析《鸟儿问答》这首诗，同学问，老师，这诗歌写得好吗？老师问，这诗歌的题目叫什么？同学说，《鸟儿问答》呀，老师说，这就是了，鸟儿问答的诗，简称鸟诗。我们哈哈大笑。

我说，那时候语文老师看到我们就要上山下乡了，老师说，你们别听他们胡说八道，什么广阔天地大有作为，那是愚弄你们，你们要争取留城，听我的话，没错。于是，我们纷纷争取留城了。我想，我一直到现在还是这样的散淡，这样的怀疑，和我的语文老师一定是有关系的。

春天来了，为什么忽然记起中学的这些琐事呢？不知道。

前一阵子，有人说，青春无悔。我觉得这些人有些贱，为什么呢？我说，我的小学、中学都是在“文化大革命”中长大的，那年月长大的人，几乎都是这样的，该学的没学，该吃的没吃，该穿的没穿，该玩的没玩，有的全是乱七八糟的教育和政治的愚弄，到了现在，我想，即使当了和尚了，也会是六根不净的，何况其他。这样的一代人，凭什么就不该有悔呢？我以为，不仅是我们应该有悔，就是我们的国家也应该有悔的，不是吗？

我说，《易经》上的乾卦有，亢龙有悔。

好在大地是有很强的修复能力的，比如从前长满乱草的光秃秃的山峦，现在已经长满了高大的树木了，一代人可以没有春天，但自然界的春天是任何人都无法抹掉的，无论你再怎么破坏，最后还是要回到它的本来的。人不胜天。

画得怎么样了？朋友远远地问。

春风吹面薄于纱，
春人妆束淡于画。
游春人在画中行，
万花飞舞春人下。
梨花淡白菜花黄，
柳花委地芥花香。
莺啼陌上人归去，
花外疏钟送夕阳。

这是李叔同的《春游》，我喜欢李叔同，也喜欢后来的弘一法师，纯粹得就像春天里的一抹梨花。

我说，快好了。我举起自己的画板，向着朋友的方向晃了晃，那里面画的是几片葱绿的野芋头的巨大的叶片，和一棵看似枯槁的老树，但老树抽出的枝条上，有着星星一样的细小的叶芽。

可不是吗？莺啼陌上人归去，花外疏钟送夕阳。我默念着，回到路边的车上。

2012-3-4

18. 福州人和福州话

福州人是一种什么样的人，这是一个大问题，就像中国人是一种什么样的人一样。

我很少去考虑这样的大问题，而且，我以为问题越大越抽象，越抽象就越笼统，因而，很容易不小心地将一片的人打死。倒是年轻的时候读到柏杨的《丑陋的中国人》一书，着实吓了一跳，没想到中国是这样，中国人是这样，是什么样呢？现在也忘了。

关于中国人，鲁迅也考虑过，比柏杨具体，用了一个阿Q来表现，说中国的国民性就是那样。鲁迅是比较激越的，于是可以看出阿Q的国民性来，那么柏杨呢？因为只读过他的一本书，自然无法做任何猜想了。

我的朋友中地道的福州人还不少，说地道，在于不但会说福州话，而且还知道很多福州的典故，而且还会很多福州的俗语。其中最有研究的当是二三子，也因为他们常来，聊一些福州的故事，于是，渐渐的也将我这个后福州人还原为准福州人了。

中国的教育，尤其是标准化的国语的教育在福州是非常成功的，以至于在我们这一代，基本上不知道福州的俗语、评话、尺唱，下一代人就更不用说了，连基本的对话都听不懂，因而，有时也觉得挺悲凉的，仿佛已经不再有老派的福州人了。

记得小时候，说什么人什么人的，主要的一种区别就是方言，比如广东人说广东话，四川人说四川话，山东人说山东话，我们称这些人为二夹声，二夹声的意思是发音中含着两种地方方言的味道，就像电影中，日本人说中国话的米西米西，西洋人说中国话的始终翘舌的发音一样。当然，外地人说福州话没有那么夸张，但也可以让老福州人开心一回的。比如福州话中的“讨汝奶”，这是一句粗话，到了外地人口中，你不会觉得粗，甚至觉得亲切，意思变成了类似于找你妈商量，很逗趣。尽管当年的这些二夹声的发音夹生，但到了现在，很多被称为福州人的，却远不如当年的二夹声了。

也因此，我们几个朋友在一起的时候，总喜欢说一些福州话，探讨一些福州词语的用法，比如有趣味，我们说“有魅”，比如睡觉，我们说“困觉”，比如我们在短信里会有这样的一段话：今暮有待事莫？齐去吃冥。朋友则会回复：会使。这固然快乐多多，但比起困惑来，则显得少而又少了。因为，很多福州话说得出来，会得了意，但要是写出来却变得很难很难，一是语音的不确定性，二是文字的缺失。

记得有一年到贵州出差，看到他们的星级宾馆的卫生间牌子上，赫然写着“男界”“女界”的字样，才忽然想起来福州话里的男人女人的称呼和写法来。这男界女界的，在福州话里，相当于我们说的男性女性，和男孩女孩不一样，是没有年龄限制的。而男孩女孩则称为“唐部子”“诸人子”，这一下子又将我们拉回到福州人的本来了。还有一个据说，据说福州人是当年越王无诸部落和当地闽人部落结合而成的，古称闽越。这在闽王庙中可以证实，到南北朝到唐，北民南迁，又将在闽的男人西移，于是便成了南下的男人唐部子和留守的女人诸人子的结合了，这当然也不能绝对，只是，这样的称谓一直留到我小时候呢。

那天，孩子从大厅里兴冲冲地跑到我面前，问：“诸人子”是什么？

我说，女人。

儿子说，那么“骹遛”是什么意思。

我说，就是游玩的意思。

我说，你怎么知道这个词?

孩子说，是《攀讲》节目里面的。

孩子说，节目里有福州话的电影，太逗了。

前几天碰到《攀讲》节目的编导，我说，你们的节目做得太好了，能够让小孩重新对福州话感兴趣。我说这话的时候，其实，心里也还是感觉一个电视频道之对于一种方言的存亡，恐怕还是很微末的。可尽管微末，至少也还算是福州话的一根稻草。

前两天，一个朋友剪了一张报纸给我，说我一定要看看。报纸中登载了一位退休老人，花了十几年的时间编了一本《福州话辞典》。而20世纪八九十年代出的《福州话辞典》我也读过，和朋友交流中发现，大家都有两个苦恼，一是注音的怪癖，连福州人本身都没办法拼读，怕只有几个专家级的人物可以拼读出来，于是，辞典的普及性便大打折扣。二是其中的很多词很生造，而且造得很随意，就像忽然读香港的报纸一样，到处是口字旁的汉字。远不如那些纯粹的福州话童谣的发音来得深情：

砻砻粟，粟砻砻。

糠养猪，米养侬。

有粟养鸭母，鸭母生卵还主侬。

主侬无着厝，骑牛骑马去上墓。

墓里一棵葱，股川顿两空。

墓里一条草，股川顿青垢。

记得小时候祖母总喜欢牵着还小的弟妹的双手，在夏夜的月光下，一边念着这样的歌谣，一边摇着弟妹，偶尔弟妹也会跟着念上一两句，便听到大人小孩开心地笑了，那夜晚，是福州人的夜晚。

那天，闲着没事，在家里翻腾了一会儿，找到前几年买的《福州方言熟语民谣》，还想再找另外一本《福州话辞典》，就是找不着。不过，有一本也够了，我想。便很急不可耐地给朋友发了几条短信：

比如：乞丐养画眉——死莫白倒。

比如，一把米摔壁——无一粒夹粒。

比如：无水游九里。

比如：道士拍死道士声。

这些看似不起眼的熟语，其实是很好玩的：

想想一个乞丐还养画眉干嘛？不是不识时务吗？

想想一把米摔在壁上，不等于没摔吗？

想想在没有水的地方你居然还可以游那么七里八里的，也太会折腾了。

想想道士被打死的时候发出的最后声音，难道还会变成和尚的声音吗？

啊，太精彩了，不知道那时候的福州人怎么就有这样的怪想法。

有一天，和朋友吃饭，我说，寂寞，福州话怎么表达？朋友想了半天也没想出来，不知道这朋友回美国后还有没有再考虑这个问题。

后来，和另一个喜欢研究福州话的朋友吃饭，这朋友虽不是地道的福州人，在从前的福州人中，属于二夹声的，他说，但喜欢研究。于是，我也给他出了“寂寞”这个题目，他左思右想，好像也没有答案。

后来，和一个福州通的教授一起，也谈到“寂寞”这个词，也好像没能找到很贴合的福州话来。

但是，在感觉里，福州话一定有一句是表现“寂寞”的，就是想不起来。

抑或没有？不知道。我忽然想念一首歌谣了，叫《月光光》的：

月光光，照厅中。做人新妇也心酸。

一厝人食饭配肥肉，奴食清饭番薯汤。

月光光，照墙头。做人新妇目滓流。

一厝大小都去睏，奴在磨粟洗灶头。

一个人，一个夜晚，在万籁俱寂的时候忽然唱起这样的歌谣来，我忽然想，这福州人的寂寞也许不是一个词，而是一首歌呢？

福州人已经老去，后福州人还会长成福州人吗？而中国还是中国。

2008-6-20

19. 脱胎不能换骨

和朋友在咖啡馆吃过午饭，喝了咖啡，便开始聊起工艺。

朋友说，我被木雕激动过，被石雕激动过，就是没被脱胎激动过。

我说，会不会因为现在的脱胎工艺不行了。

朋友说，不知道，我总觉得没有厚重感。

其实，脱胎要的不是厚重感，相反，那是越轻越好，越薄越好。就像一只齐人高的花瓶单手就可以托起来，这是真的。我说。

据说脱胎的发明纯属偶然，有一副匾额，在户外挂的时间长了，外表如新，可内里的木头已经腐烂殆尽，等到将内里的烂木头脱干净，发现外面的表漆也足以成为一种独立的漆器了。这故事也像是真的。因为早先看到战国或是汉代墓里所出土的漆器，仿佛只有木漆，没有脱胎。

脱胎，顾名思义，就是要将里面的胎给脱掉。过去的脱胎漆器是将麻布包在石膏模上，刷上漆，待干后将中间的石膏模，也就是所谓的胎给脱掉，因而称为脱胎，好像是这样。

20世纪80年代，五四路有福州最大的脱胎厂，有朋友在脱胎厂做美工，闲着没事，便跑到那里玩。那时的门房是很严密的，进去要登记，就像现在进入政府机关一样。到了工厂，遍地都是木模，各式各样的，有的像盘子，有的像瓶子，还有半拉子敲下的石膏模，厚重得像一块石头。我的朋友在二楼，那里有很多个美工，一个人一间，用工笔在硫酸纸上画着图案，这些图案将会被晒成绢版，印刷在漆器上，然后由工人描摹上色。

每回，朋友都会带我到各个车间这里那里地转悠着，那工厂占地很大，楼房有四五层，层层都是工人，大家忙乎得不得了。

这东西也生产这么多吗？干吗？我问。

出口，有的在仓库里。朋友说，但是有生产任务的。

哦。我说。

我很诧异于那时的发想，比如南瓜的脱胎盒，橙黄橙黄的，上下两半严丝合缝。

朋友说，这可是得过大奖的。

如今忘记了那是在哪里得过的什么大奖，大概是哪个国际博览会吧。再比如将一件本来很小的东西放大了无数倍，你也会觉得不可思议的，比如花瓶，足有半个房间那么大。

我说，这怎么用呀？

朋友呵呵地笑着，说，这是公共场所的大厅的摆设，这摆到家里？有病！

那时的一家子，一般情况下，住房面积也就是不到一百平方米，大家都这么过着，便觉得自然。也自然不可能将这样的大花瓶抬到家里。

现在不一样了。有一天，一个朋友的别墅建好了，邀我参观，一到他家的大厅，便看到一件巨大的花瓶，朋友见我感兴趣，便开心地介绍这是哪里哪里的脱胎，而我却想起当年朋友说的，病大了。

当时我只说，呀，这么大的房子，做起卫生来可麻烦了。

朋友说，没事，雇人做。

偶尔和朋友还谈起脱胎，最为大家津津乐道的，仿佛便是脱胎的最后一道工序，拔光，据说一定要用手掌去摩擦。

我说，五千号砂纸不行吗？

朋友说，不一样，手上有油。

而更无聊的说法是，非用处女的手来摩挲不可。

可能吗？我问朋友。

朋友说，瞎扯。

我想也是，毕竟是漆器，又不是别的什么物件。

但我更喜欢小漆器，记得当年父亲不知道哪里得来，拿了回家，是一个小花瓶，上面画着花，当你摩挲的时候，你会觉得那线条和手掌的弧度非常吻合，细看那些花纹，隐约在一层透明的黑漆之下，忽远忽近的，忽然便有了立体的感觉。

也因了这缘故，有一天，和朋友在一起聊天，想做一些什么，那还是20世纪80年代初期。

朋友说，做工艺品吧？

我说好呀，刚好认识一些这方面的朋友。

于是，我们便找了很多图案，因为觉得原有的漆画图案都是老土的。我们选了装饰性比较强的，或是一些更为古老的汉砖图案，由朋友带着，半夜敲开了渡鸡口还是西门街的一个师傅的门，忘记了。那是一个已经退休的漆画艺人，他的房间里都是老漆的味道，墙上也都是他创作的作品。比如贴满蛋壳的作品。

我说，为什么贴满蛋壳呢？

朋友说，老漆里没有白色，所以用蛋壳代替。

蛋壳远看是白色的，可近看的时候都是裂纹，这放在需要裂纹的背景上是蛮贴切的，但那时候一个女人头，因为需要白色的，便也用蛋壳贴了，怎么就觉得怪异。

当谈起我们想做的事情——比如能不能帮忙生产一批漆画的时候，那师傅摇摇头，说，自己做不了批量的生产，只能单幅，而单幅的价钱就不是普通工艺品的价钱了。于是，我们只好作罢，又找了一个年轻一点的师傅，那师傅为我们做了一批，应该有上百幅吧，至今还都堆在我朋友的储存间里，一张也挂不出去。现在想想也觉得挺好玩的。

到了20世纪80年代末，五四路的福州脱胎厂不知道什么时候就拆了，成了先施百货。而脱胎工艺仿佛也便消沉了。

这几年，这些工艺忽然又复活了似的，到处都是，工艺城，南后街，但是，据说销路不是非常好。

前一阵子，不知道是哪个朋友说的，说现在的脱胎为了简便，做个塑料模，然后刷上漆，充做脱胎。这想法很聪明，可是很无聊。就像工业酒精兑的酒不能叫酒一样，塑料胆的脱胎也不应该叫脱胎，因为它没有脱胎这样一个过程。

脱胎是福州工艺三绝之一，其他两绝是什么我一时想不起来。但就这一绝，假如用什么塑料呀，电脑刻花呀，绢印上彩呀的来折腾的话，恐怕还真会绝迹。

听说，过去做脱胎那是一遍又一遍上漆的，描画一定是手工精描细画的，这中间会有很多效果是因人而异的，因而每一代都会产生几个工艺大师。哪怕是磨漆，据说也一定要经过好几道工序，一道都不可以省。现在，则更多地使用抛光机，虽然快，可是没人要，因而快的意义便没有了。倒不如回到曾经那样的做法，一个漆器制作他一年半载的，或许还可以卖上好价钱，总比生产了卖不动要好。

其实，我对脱胎工艺一窍不通，但是，看到现在这么多人下岗，心想，会不会因为这些工艺的糟蹋才导致了饭碗的倾覆呢？想想那时的脱胎厂，何止是几百人在生产呀，现在这样的风景恐怕不再了。

朋友说，主要是现在没人使用脱胎漆器了。

我以为不然，日本现在无论是餐厅还是家庭，还在大量使用脱胎漆器。记得那时候在日本，到了餐馆吃饭，饭菜还没上的时候，总喜欢拿着那些漆器摩挲，那些碗呀筷子呀，极其精致，且优雅。遗憾的是，现在，作为漆器老祖宗的我们所生产的漆器，竟还让他们看不上眼，怪了。

中国的传统工艺链已经断缺了，这不是一年两年的事，真断了吗？又仿佛不是，现在到处都在抢救传统工艺，能救得过来吗？我以为，这些工艺的挽救远比春节晚会来得重要，这也类似于我们的节庆一样。

传统工艺，是的，我觉得可以脱胎，但不能换骨。因为，有一些骨架是我们传统的命脉。

2011-11-25

20. 福州其书院

福州除了三坊七巷之外，在市人的心目中，还有四大书院。（当然，所谓的市人，也只是一些老福州人了。）

这四大书院是：鳌峰书院、凤池书院、正谊书院、致用书院。

正谊书院在原省图里面。

凤池书院在福州一中里面。

鳌峰书院在鳌峰坊，面对鳌峰。

致用书院在乌石山。

据说。

想起来都觉得美，因为它们不是在福州的名山，就是在福州的文化重地，让人觉得文化，觉得放心。

其实，平日里没去想起，仿佛这些书院也都还在，直到想起的时候，便有些茫然了。

小时候，家就住在省图的后面，因而常常进出省图，那时，省图大门前是一排大树，进了大门，是更大的树，省图的阅览室很像就掩映在这样的大大小小的树荫里。

小时候，仿佛，进省图大门不远的右边上，也还看到一个高大的围墙，大门朝南，门上有青石板嵌着，刻着“正谊书院”几个大字，因而有些印象。

前阵子忽然看到旧省图围了起来，想来是要将旧省图那些旧楼进行改造了，忽然想起正谊书院来，不知道还剩下多少，几次经过，苦于墙高门严，便也作罢，只作为一时的怀想。

怀想又怀想，想起前几年走进自己的母校福州一中，再去寻找当年那个可以让一中学子留恋的红砖楼的时候，发现那原址上建起了一座瓷砖楼。学校要建这样的瓷砖楼，增加容积率，其用意是可以理解的。但做为曾经的一中的学子，忽然发现心目中的一座颇有象征性的红楼消失了，其心痛也是隐隐的。

于是，我又无由地担心起正谊书院来。转念一想，这毕竟是省图的地盘，省图也算是福建省文化的象征地，如果连福建省文化的象征地都无法保留住一丝文脉，哪怕只是一个外墙，哪怕只有一星星让人联想到文化的东西，那就……那还是省图。

为此，我先上网搜了一通“福州正谊书院”，有文字跳出，如下：

正谊书院的前身“正谊书局”，址设福州城内新美里（今城内黄巷人），这所书局是时任闽浙总督左宗棠在清同治五年（1866年）所创立。

后来地方绅士杨庆深、沈葆桢联函镇闽将军英桂，请求改书局为书院，专教十郡的举人、贡生。时兼署总督的英桂接受他们的建议，决定购买骆舍铺（现东街省立图书馆旧址）民房改建书院，到清穆宗同治九年（1870年）书院建成。取汉儒董仲舒语“正其谊不谋其利，明其道不计其功”之意，又因书院由正谊书局演化而成，所以定院名为“正谊书院”。书院经费除以正谊书局原有经费为基础外，另拨一笔官帑补充。

我很感叹当时的乡绅和官僚，1870年，是的，到现在已经140多年的时间，在这漫长的时间里，即使是当年沈葆桢先生的夜壶，流到我们现在的拍卖会上，怕价格也是不菲的，何况一个院落，何况院落里的一砖一瓦。另据：

正谊书院建筑朴素大方，与鳌峰、凤池两院构造风格不同。院大门上有一块字径盈尺青石刻的横匾，上镌“正谊书院”四个大字，是当时闽籍书法家郑世恭（郑孝胥之父）所书，该匾额现还嵌于福建省立图书馆后进正门上，另一复制原大青石匾嵌于福州一中校园碑廊上。书院有大讲堂，而无学舍，后进五间排全座为山长住宅、右边有大客厅一座，中悬首任山长林鸿年所撰并书的对联：“客皆当代要津，到此地只谈风月；我本昔年都讲，愿诸生共筮云雷。”以易经之“云雷屯君子以经纶”，谓有才以经世人。书院每年二月上旬开始招考，投考资格以举人和五贡为限，不收卷资，不许冒名顶替，每年报考约四五百人。

仅这“不收卷资”四字，足以看出当时人的善举，如果硬要谈传统或是传统文化的传承的话，我以为莫过于还原当时人的这样那样的心情，正所谓“不谋其利”、“不计其功”。这远比我们现在不断变卖着的这样那样的古董要珍贵得多。

正谊书院首任山长是道光十六年（1836年）状元林鸿年，曾任云南巡抚。太平军初起时，袭云南边境，鸿年初次闻警，便弃城而逃，所以被劾去官。回籍后，充正谊书院山长。虽然他常以“状元”二字梗于胸中，睥睨一切，但在书院主讲19年，还是造就了很多人才。士子中如叶大焯、陈宝深、林纾、陈衍、吴增棋等皆是当时待出人才。

很详尽，再一看这文字的出处，居然是福州一中的校网，原来福州一中的前身便是正谊书院和凤池书院合并而成，当年我的校长和老师没有告诉过我们，因为，那是一个特殊的年代，他们即使想告诉我们，恐怕也不敢开口。于是，我越来越彷徨了起来。

再循着一中的校网找去，也看到了凤池书院的描述，也很详尽，但我知道，现在一中的校园里，这样的景致应该是荡然无存了，至少，在我念书的年代，已没有多少旧时的影子了。

而省图的这次改造，应该不会像福州一中一样吧？毕竟是省一级的图书馆，文化单位，无论新旧。

那天上午，经过，实在抑制不住，往缝隙里看了看，天哪，没了，整个的正谊书院没了，在原来的位置上是一堆钢筋和建材，而另一侧，则是打桩机不停地敲打着，震耳欲聋。回过身来，看到一只黑灰色的不知道是哪家的狗，在一排街树上逐一地绕着，闻着，然后跷起后脚，滴两滴，又转到远处。

到了晚上，也是半夜的时候，我晃悠着走着回去，才到一中的门前，便看到省图工地的大门口停着一辆巨大的车，车的边上几个工人吱吱吱地拿着电锯在劳作着，近处一看，原来他们要扩大省图的大门入口，便将那些挡着门口的大树锯掉。我又是一阵心痛，想到来日，想到烈日炎炎下的省图大门的酷暑。

我有时候想，这近来的一些莫名的怀旧是不是一种临近老年的征兆？记得年轻的时候总是希望改变，哪怕一点点都为之欢欣鼓舞。比如福州第一次出现陶瓷瓦顶饰边的外贸中心大楼，比如福州第一次出现东街西餐厅的钟楼，比如福州第一次出现五一广场的改造，等等。但随着城市的发展，发现现在一年的变化远比20世纪90年代之前的十年的变化要大得多，而且越来越快，越来越彻底，很多老景观转眼不见了，很多街市一夜之间面目全非。让你一下适应不来。震撼，是的。

紧接着发现，我们的城市文化的引领者，原来是这个城市的开发商，因此，你所看到的、你所感觉到的，无不是这些开发商的趣味。他们在建设城市，他们在改变城市，他们在改变城市的趣味，他们也在改变我们的趣味。

终于到了省图拆墙的一天，天哪，我又大吃了一惊，原来正谊书院还在，但不在原来的位置，而是往东平移了至少十米。

前一阵子看到关于老房子整体移动的电视，很像是上海什么旧剧院，如旧的，平移，移到一个新地方。那是高科技的工程，可以上世界地理节目的。但省图不是，正谊书院像变戏法一样，先是消失了，而后在另一个地方忽然又出现了，匪夷所思。

啊！我又想写诗了，这次不为抒情，只为想象！

2010-7-31

21. 茶艺居

喜欢五代画家顾闳中的《韩熙载夜宴图》已经是十多年前的事了，那时，手头有一本仿真图册，印刷精美，那画中的人物甚是生动，一颦一笑都可以成就一篇好文章。然而，我那时感兴趣的还不是那些人物的情态，而是画中的环境。

那应该是在韩熙载的家里，那时的门口应该站着类似保安的家人，而且，应该可以听到那高墙之上传来的隐隐的笙箫声。

那应该是秉着烛火的玩乐，抑或是通宵达旦？可惜画面中看不到火烛一类的描摹。

那些往来的也应该是并非白丁的那些人。第一幅粗粗地算来，就有五个冠冕堂皇的男人，还有两个类似侍者的男人站立着，余下的便似那时的艺伎们。他们或倚或靠，或坐或卧，据记载，那时的韩熙载之所以在家中做这样的消遣，实际上是做给南唐后主李煜看的，而且，画家顾闳中据说是李煜的御用画家，是其中的哪个呢？大概是最为专注，始终在场的穿着红袍的人吧！我只是猜想，这仿佛有点类似现在的官方摄影记者，只为了印证韩熙载是否真是不问政治的实况。

但这些都不是很重要的，在今天看来，这图中的消遣方式倒是很让人遐想，比如第一部分，也是最齐全的部分，我想应该是晚饭之后吧，比如我们匆匆开车或打的到某一个茶馆。画中是韩熙载的家，我想，如果在福州就好了。他们聚在一起，桌面上有小点心，仿佛还有酒。他们听着一个艺伎在弹琵琶。这图片没记载当时弹的是什么曲子，看那些老男人们听得津津有味，应该不像是流行音乐的，或许是汉音或许是更早的，让孔子三月不知肉味的韶乐？而那个站立的侍者，想来是弹琵琶者的同事，手中拿着一把箫，正有节奏地拍着自己的手掌呢。

虽然大家的解读以为是韩熙载演戏给南唐后主看的，但就当官和喝茶比起来，谁又一定觉得喝茶就不如当官呢？我倒愿意理解为韩熙载是真的喝茶，假的当官。就像南唐后主自己一样，是真的诗人，假的皇帝。

到了第二个环节，也许已经夜深了，只剩下韩熙载和红袍的人，韩熙载在敲鼓，韩熙载自己出手敲鼓，那是怎样的一种兴致呀，于是，在画面的背后居然隐约地看到一个和尚模样的人，不知道什么时候进来的，而艺伎在跳舞。那和尚隔着一层纱的模样，在看着兴致正浓的韩熙载。

大家喝茶聊天还在继续，韩熙载便踱到里屋，洗了一回手，换了一件宽松的衣服，在宽大的椅子上打坐摇扇，这时候才想起来那是夏天。边上依旧有服务员侍候着。一直到了什么时候，那些男宾们散尽了，最后一拨，是那些表演了一夜的艺伎，和打坐的韩熙载做着拜拜的手势。当然，这只是画出的一部分，除了三五个人喝酒听琴，七八个人观舞聊天，一定还有打情骂俏的，一定还有下棋的，甚至在这些背后，还可以看到隐约露出的休息的禅床。

但那时的韩熙载不经营，因为这不是茶馆，是自己的家。

看着《韩熙载夜宴图》，忽然想起当年几个朋友一起到伊豆游玩的情景来，那天，因为那大巴被整成了一个大客厅状，有沙发，有茶几，有冰箱，朋友们便一路喝酒，一路聊天，也忘了路之远近。这句子听起来有点像《桃花源记》。而且，我们也知道，陶渊明的《桃花源记》，其实是不可以当真的，要真，也只是一种真心情。遗憾历代的骚客不知道那只是心情，以为是真地方，找着找着，最后难免郁郁而终。

却说我们到得伊豆的时候已经是黄昏了，大家一路喝着酒，都有些微醺了，这时，旅馆的侍者将我们分散了，一个两个地引到各自的房间，很一般的房间，中间摆着一张和式的矮桌，壁上挂着画。

这时，侍者给我们上茶了，是日本的麦茶，在我们刚坐在桌子边上，还没开始喝茶的时候，侍者将另一面的拉门拉开了，只觉得眼前一亮，便看到门外的一所庭院，那庭院中种着盆景一样的小树，那些树木花草很有一种画面感，衬着围墙，就像一幅幅精致的花鸟画。

侍者转身说，请喝茶。

紧挨着庭院的是一个木板的走廊，很宽，可以坐在那里喝茶观景。

我们说，到外面喝吧。

侍者说，当然可以。

在侍者低头端茶的时候我看到扑着白面的粉颈。

后来福州也有了茶艺居，也有了类似日本的榻榻米，就是少了那么一扇门，更是少了门外面的那个院落。

再后来，福州的茶艺居又改名叫茶馆，在装修上更多地回复到明清的风格中，有些房间和家私乍看还真有点《韩熙载夜宴图》的架势，只少了那些吹拉弹唱的人，更甚者，十有八九已经成为麻将馆了。

那年和朋友到厦门，据说厦门的文化含量高一些，于是，晚饭后想找个类似《韩熙载夜宴图》一样的茶馆喝茶下棋听音乐，因为我们吃饭的时候喝了一些小酒，又是难得的棋友，于是，便兴致勃勃地上了的士，说，到茶馆。

的士已经开动了，司机忽然像想起什么似的，侧过头来小声地说，现在抓得很紧。

我说，这就奇了，喝茶还管得着吗？

的士司机说，当我没说。

一个时代的消费，原则上是这个时代的文化的消费。我常常笑一些有钱人，他们可以花几百万元买一套房子，再花几百万元做装修，将钱贴在墙上，然后买一张毫无品位的行画挂在墙上。当然，这还是各人的兴趣。

一转眼便到了一个去处，门外写着很大的茶字，推门进去，只一个窄窄的通道挂满了灯笼，仿佛要引你到洞房深处一般。我和朋友正诧异间，只见迎面的服务台的边上，齐刷刷地坐着一排妙龄少女。

我回头看看朋友，朋友的惊讶比我更甚，这时才记起的士司机说的话，原来这般。

想想也确实，现在这年月，还有几个人会甘于只喝茶，只清聊呢？而且，这现实的情状又有什么可以适合清聊的呢？没有呀。

记得茶艺居刚开始的时候，大家也还仿佛风雅过，比如弹琵琶的，弹古筝的，甚至拉二胡吹箫的，那些喝茶的不管是粗人雅人也还静巴巴地呆坐着，忽然知道曲子完了，也还鼓掌什么的，有钱的也花五十一百的点上一曲两曲的，大都是没听过的曲子。

当下若要找一个喜欢的茶馆还真不容易，比如干净的，比如装修上不夸张的，比如有一些好听的曲子而不是老板爱听的曲子，比如有一两个可以清谈的，当然，更愉快的是逢上可以手谈的，坐上一天半天的，多好。

有朋友从美国回来了，大家高兴，吃了饭说，找个地方坐坐。

坐中有朋友说，去茶馆，我知道有个地方。

我们徒步从东街口走到五四路，到了那里才知道，茶馆的空调不行。我忽然想起打扇的韩熙载来，问，有没扇子？

老板说，没有。

于是，七八个人又从五四路转到湖东路，换了一个地方，选个最大的房间，大家一坐下，发现那房间依旧挤得不行，密密的脸谱在昏暗的灯光的映照下，仿佛当年的地下党在开秘密会议似的。

出来的时候心想，回家再把《韩熙载夜宴图》找出来，细细地再看一遍，看看也过瘾，不是吗？

2006-7-13

22. 白发人和三轮车

早晨浑浑噩噩地下了楼，看到满街都是人，觉得烦，便一头钻进停在路边的三轮车，这是很多年前的事了。

自我懂事开始，福州的大街小巷都可以看到三轮车，他们一般都停在十字路口等待着客人。

说是三轮车，其实是四个轮子，前面是自行车，后面是车斗。前面的自行车将后架卸了，安一个马蹄形的铁扣，后面是一个车斗，车斗的前部有一个铁舌一样的部件，刚好伸进自行车后部的马蹄形的铁扣中，中间通过一条铁栓拴住。

我喜欢三轮车的车斗，那车斗是防雨的帆布制成的，绿色，由可以开合的铁架支撑着，天气晴朗的时候可以将车斗的帆布卸下，这样可以摇摇晃晃地在街上兜风，下雨的时候，将斗篷拉上，前面还有一张垂帘一样的帆布垂下，有些私密，足可隐私。

我一直在想，福州的三轮车坐起来，要比现在的的士有趣得多，惬意得多，这不是因为三轮车好，而是福州的气候更适合坐三轮车而不是的士。无论雨天还是晴天。

福州小路多，大路少，当然，我说的是从前。

从前福州的小路里有很多木头的门面，有很多懒洋洋的人坐在门前，有很多不知岁月的榕树活在路边，坐在不快的三轮车上，平日在路上觉得挤的，烦的东西没有了，有的只是移步换景的惬意。

而且，坐在三轮车上和走路、骑车的感觉是完全不一样的，你可以慢慢地欣赏周遭的风物。因为行车的缘故，一般一个画面最多让你欣赏那么两三秒，再要欣赏就得回头看了，这一回头看的风景又和顺着看的风景不一样，而坐在车上看风景这本身，仿佛又可以成为街市的一道风景的。

可那天所坐的三轮车不是这样，那天觉得混沌，没什么心情看风景，只习惯地向左右看了两眼，便想闭起眼睛休息一会。这时，忽然觉得有一缕白色在眼前飘忽了一下，定睛一看，不会吧，白发人？

我不相信自己的眼睛，定定地盯着眼前拉车人的背影，满头白发，身子佝偻。看那年龄，仿佛比我的父母年龄还大，我的天哪，我心里喊着。

那时，我的第一个反应便是下车，可三轮车正在十字路口上。

我忽然从先前的混沌中清醒了过来，车子已经转过了东街口，那本来是福州最为生动的地方，有很多可以细细观赏的风情，但对于那时的我来说，已经是索然无味了。

记得在哈尔滨的一条街上，很像是道里还是道外的，那是一条步行街，有人力车，那人力车的车夫就像一个个健美运动员，还没等客人坐好，他就呼地一下就抓起人力车长长的车把飞奔了起来，你还没晃过神的时候，偌长的一条步行街已经被他跑完了，那时候你坐在车上，仿佛不是为了看风景，而是为了观看眼前的美体在表演着健美的动作似的，满满的活力。

可那天不一样。那天的白发人在我的眼前一歪一扭地蹬着车，让你觉得发酸。这情形，从小到大，从来就没有经历过。

那天我坐在车上不自在极了。不自在的时候就会在那里乱想，比如，这么大的年龄还在街上踩三轮车，那些子孙是怎么当的？或是没有子孙？难道也没有退休吗？或是家里有个病人什么的？需要用钱？可这样的拉车也挣不了多少钱呀。

一路上，我就这样漫无目地地想着，不知道怎么办才好，我想，那蹬车的速度，就是下车走路也比他快呀。

古有一句话，敬父母以敬天下父母，我这等坐着算什么玩意？可越是这样想，仿佛那条路就变得越长。我只希望早一点到达，然后算钱，然后下车。

好在所要去的地方不是很远，在我还在忧郁的时候三轮车已经到了目的地。

我匆匆地算了车钱，咽喉像梗了根鱼骨，呼哧呼哧的气不打一处来，这气仿佛是针对自己，又仿佛不全是针对自己。我想，这算是哪门子事呀。

当年，读鲁迅的《一件小事》，觉得鲁迅有点做作，坐三轮车不就是坐坐而已，如何会见出皮袍下裹着的小字来，而且见了又能怎么样呢？

那天的三轮车，倒还真让我困顿了好一阵，即使是现在想起，仿佛也是百无聊赖的感慨罢了。

不知道什么时候，忽然有一天，福州所有的三轮车都没了，这让我觉得惋惜，同时也松了一口气，至少不可能再逢上当年的白发车夫了。

做我的事吧。

黑发人。

23. 城市的诗性

一

城市的诗性，我想，其实也是一种城市的性格，比较有诗意的性格。

二

记得小时候每看到道路在拓展在翻新，边上不断有新的楼房，总是兴奋异常，就像当年所说的，祖国的建设蒸蒸日上。

大概是1990年开始吧，这个城市的建设一直这样蒸蒸日上，几十年，忽然回首，发现眼下的城市有什么不对了，但依旧是日新月异，蒸蒸日上。

三

前一阵子在网络上看到大家评出的最丑的楼房，一座像铜钱一样，一座像裤衩，还有一座很像什么呢？忘记了。但不管怎样，大家仿佛觉察到什么不对，什么呢？有的认为和环境不协调，有的认为俗，有的认为怪。当然，建设者认为人的审美眼光是因人而异的，所以对于这些非议也就可以不置可否了。但是，毕竟审美的因人而异居多是对好恶而言的，对于美的、和谐的事物，一般不至于厌恶，只是不喜欢罢了。

于是我在想，在建设这些建筑的时候，我们是不是一开始就失去了什么？

四

现在对于福州的记忆，居多是从书里读到的，因为我记得，从小就没见过福州的城墙，也就是，福州的城墙应该是20世纪60年代之前就被推掉了。

第一次看到货真价实的城墙是在闽北的建瓯，那时很激动，总算可以想象古代的侠客是怎样飞过城墙的了，我的印象是青砖的。后来在于山看到福州古城墙的片段，居然是石头的，便觉得诧异，但是，有总比没有好。因为，一座古老的城市，如果没有留有哪怕是一小截的城墙，旧城墙，要告诉人们我所生活的城市已经两千多年了，人家信吗？

当然，这样只是作为一座都城的最基本的性格要求。福州的特点远不止这些。

五

20世纪80年代到江浙一带游玩，见到那里的楼房安墙极其小巧玲珑，素洁，可爱。

再大一些到了北方，看到都城的合院围墙高大整肃，忽然让人体会到庭院深深之感。

回头再看福州的安墙，忽然觉得正面极其整肃，而墙角飞檐又极具江浙的飞动和灵巧，它仿佛是一个复杂的集合体。

我们从小就是在这样的院落里长大的，天井是石板，走廊是石板，其余的多为木地板。白墙，黑瓦。前有石臼，后有水井，只要有大米盐巴，关起门来就可以存活下来。所以有时候，这个城市看起来有点独立，有点冷漠，也有点自恋。

六

可我以为这座城市最为精彩的不在这里。

从有了青龙白虎朱雀玄武之后，仿佛城门大都为四个，比如东门、西门、南门、北门，至于四门叫什么名称，各有各的喜好，应该是不一样的。福州很像例外，福州早先的时候很像就有六个门，后来城墙扩建，又增加了两个门，也就是有八个门，很像是这样，在哪本书里读到的已经忘记了。

福州古代也就是一个弹丸之地，弹丸之地又建设那么多的城门，不是多余吗？从兵家来看，城门越少是越容易守的，应该是这样。但福州有八个门，八个门几乎就没什么好守的了，你再看看关于福州的历史，很像从古及今从来就没有守过，只是北方变动了，福州的墙头上便更换了大王旗，或者北方还在混乱之中的时候，福州便时不时地称王了起来，这看起来有点水性，但是快乐，福州的市民快乐，福州的官员也快乐，这是过去。

后来我又读了一些古代的关于福州的诗词或是文章，发现写水的太多了，特别是福州的水。

福州如果从马尾算起的话，只关水这一性，便有海水，江水，河水，溪水，池水，塘水，井水，泉水甚至温泉水。请问，那一座城市可以拥有这么多水呢？

我再描述一下古人是怎么记载福州的水的，古代福州城只有鼓楼区的一半还不到，一座小城，城墙的四面都是护城河，这也不奇怪，奇怪的是东湖和西湖，据说，东湖从现在叫东湖的地方一直延伸到新店的山脚下，而西湖呢，则从现在西湖的位置，一直延伸到祭酒岭下，如果你站在那时的城墙上往外看，恐怕是一片汪洋，汪洋之中可以看到星星点点的、这里那里的岛屿，上面也住着人，这些人的子孙也还在那个地方生活着，只是水已经退去，空留下一些地名罢了，比如前屿，横屿，后屿，远洋，浦下，洋下，洋中，等等。

这些水不仅城外有，城里也有，我们现在一条一条的道路，从前就曾经是一条一条的内河，比如杨桥河，比如达明河，比如贤南河，比如通湖河。很多河20世纪六七十年代还在，那时，河边都是石头铺的，河床也是石头铺的，河两边都是大大小小的店铺，沿河边都清一色地铺着又像石板凳、又像护栏的石板条，只要有河，就有这样的护栏绵延着，略微宽阔的地方，一定有一两棵大榕树或是大樟树，而且，大榕树居多。

福州人很敬畏这些大榕树，只要够大，福州人就会在大榕树的边上建个小神龛，石头的，里面供着神，也因为有神，所以一般人便不敢动这样的树了，更别说半夜三更地将树连根拔起，这简直就是断子绝孙的事情。

于是，我们开始知道福州为什么有那么多的城门了，我想，那些城门里边应该是有水门的，就是那些船只出入的门，而且，城里也离不开这些船，据说，那时的蔬果杂物很多就是从船上买的，而且还有一个很特殊的习惯，福州人是不往河里倒粪便的。据说每天清早，都有船上的人逐个街道收粪便运到乡下做肥料，因此，那每天摆在门前的马桶仿佛也就成了某种身份的象征了，一般的家庭自然是一般的马桶，而富贵的家庭马桶应该也就富贵了起来，比如描金的。这习俗20世纪80年代还存在，只是那时不再是船上的人来收粪，而是环卫所的工人一车一车的不知道运到哪里。也因为每天都有这样运粪的人，所以，福州过去的坊巷不臭，那些明沟阴沟以及流到内河里的，居多是生活用水，而河沿石阶上，依旧有洗衣服的女人。

再往外走一些，作为护城河的，比如晋安河或是白马河，你总会在河边的柳树下看到用罾打渔的人，罾是两个竹竿交叉绑在一起，一头绑着网，可以四方地张开，上面有一根大竹竿绑着，长长的斜翘在河上，另一头绑着一块类似石头一样的重物，只要轻轻一拉，整个网就被拉了上来，有鱼没鱼，一目了然，太聪明了，我想。当初物理老师刚讲到杠杆原理的时候，我马上就理解了，我第一个就想到这样的画面。后来，我的孩子物理一直学不好，我想会不会和没见过这样的事物有很大的关联？不知道，只是想起来的时候有些郁闷。我以为这是一道风景，而且很有诗意。

七

很多事情都是出自自然的，比如内河多了，桥自然就多了，小时候读到二十四桥明月夜的句子，以为那是很远很美的风景，大的时候在城里这里那里的转悠，忽然觉得福州何止二十四桥，至少也有几百桥吧，我没有具体地算过。而且，河有河的很好听的名字，桥也有桥的很好听的名字，也因为是桥，走的人多了，也走出很多动人的故事来。福州最著名的故事比如隔河抛过去的荔枝换绛桃，比如双抛桥的罗密欧与朱丽叶。

有时候，在路上走累了我就想，如果在过去，哪怕是六月天，你走着走着有些累了，便可以在榕荫下，找个石板凳坐着，听老人说古，听那么一段再走，即使走上一整天怕也不会觉得累的，当然，那是很农耕时代的遐想。

八

在日本京都的时候也去过他们的旧街市闲逛，很有点古福州的感觉，也是沿着河边，也是长长短短的石凳，也是一排老店铺，那些店铺老得可以一下子看穿历史，更为动人的是守着这些店铺的人们，他们不仅保留了那时的装束，那时的习惯，而且还保留了那时的店面，甚至那时的客人。

不曾动荡的社会，他们的手艺可以一代代地相传下来，他们只是将之做为生活的根本而不是发财的渠道，他们几百年没有发财，但也不会饿死。他们就这么守着，守出文化来，守出诗意来，整座城市都这么守着，于是便守出城市的诗性来。

有一天儿子问我，我们家的传承是什么？我说，应该是手艺吧，用现在的话说，有点类似设计制作。比如我的祖上世代都从事金银首饰制作，我的父亲变成铸字的，我变成平面设计的，我儿子却要学汽车设计了。这看起来很像还在设计里晃悠着，可传统的工艺在我们的家族里早已经湮灭了，也就更谈不上这一方面的文化的传承了。

九

但是，福州毕竟是福州，如果从一个城市的艺术性来看，恐怕福州是最可能诞生艺术家的地方，虽然现在没有过去那种闲适的景致，到处高楼林立，道路纵横交错，车水马龙的，但是福州还是充满诗意的。

有一年，我带日本的朋友来福州玩，那时福州已经面目一新了，我的朋友走在东街口的天桥上，他大为惊讶，因为那天不是休息日，但天桥上人挤人的。

朋友说，天哪，他们都不上班吗？

我说，不会吧，有时候在街上就是上班呀，比如业务员多了不就是满街跑吗？

他说，这些人绝对不是业务员，比我们还悠闲呢。

末了他说，不行，我要去昼眠。

他说，奇怪呀，我从来没有昼眠的习惯，怎么被你们福州的太阳一照，便觉得什么也不想做了，就想昼眠呢？

我以为，这就是福州之所以成为福州的特性所在。无论福州的城市景观怎么变化，只要有福州的太阳在，福州的诗性就在。而且我相信，诗性一定不是忙出来的，而是晒出来的，是这样一种慢节奏的有闲，哪怕是茶余饭后的短暂的午睡，才有了福州的诗性。

十

临了，我想用曾经在福州做过一任知州的谢泌的《福州即景》作为结尾：

一别无诸岁月长，遥闻此景画难能。
湖田播种重收谷，道路逢人半是僧。
城里三山千簇寺，夜间七塔万枝灯。
常年六月东山里，地涌寒泉漱齿冰。

2012-9-21

第二辑

忽然觉得有一阵风从走道里吹来，将轻盈的字迹依稀的灰烬卷到天空里去了。选自《扫墓》

24. 沧海桑田

一年一度的扫墓，本来是在清明那一天去的，因为手头的事情放不下，便一直拖到现在才去。

今年的扫墓，山上没有什么人，年年看惯的满山的杜鹃也没有了，那些桃花梨花更是看不见了，只有一些零星的小野花，白的黄的，可怜巴巴地开在水沟边，而且又在山雨欲来的时候，有一些清凉。

因为去年的一场暴雨，很多山体滑坡了，那些泥石流沿着山沟滑下，冲积出莫名其妙的山中平地，经过半年的休整，那平地上已经长出了绿绿的嫩草，还挺漂亮的，只是有很多坟墓也随着这些泥浆被冲走了。

祖父的坟地在一个山梁上，而那里已经面目全非了，我们满山找着，越找越迷糊，因为每座山看起来都一样，而且原先的标志性树木都已经不见了，忽然便有了沧海桑田的感觉。

我说，假如能找到，还是将祖父祖母移到陵园去吧，那里热闹，就像现在的小区一样，物业也好。

弟弟说，那你就错了，那些陵园是公寓楼，而现在这样的坟地算是别墅了。

想想也是，那里有爷爷的爷爷的爷爷，是我们这个家族的祖坟，要全部搬迁，不是要买下一溜的公寓楼吗？这仿佛像温州的炒房团所做的事。

在我们瞎侃的时候，便找到了坟地，还好，在一堆乱石边上，没有被那次的泥石流摧毁，甚至连那年种植的松树都还在，回头看，我们都觉得好奇怪，因为整个坟地的方向仿佛都改变了，我说，这山在转动呢。

弟弟说，呀，真的，怎么方向改变了。

我赶紧回忆一下这半年的状况，还好，好像在变好。

我说，有变化就好，难道不是吗？

弟弟说，那是，我也想着变化变化呢。

山下的一个寺庙越建越大，去年没有被摧毁的山体上的树木越长越高，偶尔传来像人在哭泣的鸟叫声。

为什么花就不开呢？我说。

朋友说，你去得迟了，那些花的花期过了。

2006-4-24

25. 父亲母亲

父母一天天老了，看到他们的背影心里很难受。

父亲年轻的时候喜欢打球，那时侯的球鞋是很硬的，可是他喜欢打球，也只得穿那样的鞋子在球场里跑，这一跑就是几十年，到老的时候，忽然就觉得脚后跟一压迫就痛，到医院里拍了照，说是脚踝的软骨组织损伤，没办法治疗，只能用一些热敷之类的，天气一冷，看到他一瘸一瘸地走路，便觉得心会跟着他老人家一揪一揪似的，难受极了。但尽管如此，你还不能在老人面前表现出来，还得安慰他。于是，我常说，爸，想来人的一辈子跑多少路是铁定的了，你年轻的时候太会跑了，所以现在不让你跑，让你多休息呢。

这时候，父亲会开心地坐下来，脸上很自豪的神气，给你喋喋不休地说起那场省冠军赛的经典场面来，虽然我已经听了无数次了，可还是像第一次听那样，时不时地发出一两声惊叹声。

母亲这两年身体也不好，心脏病加上高血压，平时很少活动，只是早上的时候，和父亲一起，你搀扶我，我搀扶你，在晋安河边走着，那是一条横过我们家门口的河，边上有一个公园，父亲和母亲就这么一天天相互搀扶着在河边走，而且一天天的愈显衰老了。

但有时候，在他们相互的凝视中你隐约还能见到他们会意的那种眼神，而且这眼神里似乎还透出一些年轻人的那种光芒来。我说，你们不要走太远，不要太疲劳了，这样不好。

他们总是说，我们都还好，你只把你自己的事情给做顺了就可以了，再说，你弟弟整天还在侍候着我们呢。

因为弟媳是医院的，这让我放心了许多，但尽管如此，人到了这个时候，总是一天不如一天了，每一想起来，便感到眼里热热的，仿佛有什么东西在打转似的。

2006-3-26

26. 季节的磨牙

到过最冷的地方应该算哈尔滨了，但那时是夏季，因而没能感觉到人在冰箱里行走的惊心，倒是那里的什么道里道外的地名，还有那里的筒骨，杀猪菜，还有那里的铜像，很苏联风格的铜像，让人感觉出一种狂热的季节冲动。

要说季节的冷，倒是在日本，记得第一次看到雪，是用斜斜的眼角透过东京女子医学院的窗户，看到窗外雪白的屋顶，那时还可以听到一种仿佛婴儿叫唤的声音，我把那种鸟叫作孩儿鸟，实际上，到出院的时候才发现，那根本不是什么孩儿鸟，而是乌鸦。东京有很多乌鸦，就像东京有很多鸽子一样，让你琢磨不透是地狱还是天堂。到了第二年冬天，下雪，学校放假，可我喜欢雪，还是带着相机在学校的周围拍了很多雪景，那里的美丽和寒冷同时渗入了我的骨髓，让我有一种很难说清的感觉。

2000年的时候，一个朋友要我到西安做事，那时是十一月。我不知道要做的事情是什么，到了西安，他便带我到西安最大的陵园，一看便傻了，那天是重阳还是寒食节，记不清了，总之，正是当地人扫墓的时候，到处都是人，到那墓地一看，怎么尽是美女照。朋友说，这是那年空难失事的死者墓地。

说真的，我很不喜欢墓地，出来的时候感觉西安的秋风特别凌厉，让你的泪水一直毫无来由地流着，而且头会一阵一阵地痛起来。我忽然明白陕北的农民为什么绑头巾了。

前天，一个朋友约我们几个一起到永泰的嵩口镇看赶墟文化节。赶墟是农村上集市采购的一种行为，因而也叫赶集。

这两天福州的天气很冷，大概只有两三度。当然，和零下二三十度的北方对比，福州无疑是春天了，但是不行，因为是南方人，南方人最适应的温度应该在20℃以上的，所以，觉得冻。

那天开车的依旧是老哈。车上有我和阿斌，我们都是同龄人。去的路上，我们想乐一乐，便找出了一个光盘，《红太阳》，里面都是老掉牙的歌，播放的时候才发现，我们居然都会唱，而且多少年没唱了，我们居然还都记得歌词。比如“毛主席的书，我们最爱读，千遍万遍那个下工夫……”诸如此类。一边唱，一边大笑，甚至笑出眼泪来了。

我们就想不通，当时的人怎么就被弄得那么傻了呢？那时是狂夏，我还小，父亲也还年轻，抱着我放在吉普车的车头上，因为车上已经坐了将近八个人，吉普车的盖子掀了，边上的踏板上还站着两个人，这车从东门开到西门，说是到西河游泳，经过部队营地的时候，车上的人同时喊：“军管会，大杂烩，老子反你没有罪！”没多久见到水了，大家争先恐后地往下跳，父亲拿了两个行军壶，一根绳子，绑在我的腰上，抱起我，二话不说，就把我抛到江中了。我不记得当时喝了多少水，也不记得是怎么爬回到岸边的，偶尔，我和父亲提起这事，父亲说，有这样的事？

天啊，父亲居然会忘记。我忽然想起一句话：“人民是不会忘记的。”我不知道这样的荒唐事人民为什么非要记住不可。

到得昨天，和几个朋友正喝着茶，母亲电话来，说，你回来吧，你爸喘得厉害。

我一听便紧张了。老人对季节的感觉是很敏感的，我的一位老朋友这两天也因为天气的原因，卧床了。下午，草草喝了茶，便赶到老家，父亲躺在床上，母亲在床边，无助地看着我。

我说，住院吧。

母亲说，你爸不去。

我看着父亲，父亲说，不行，我一看到吊瓶就晕。

父亲一辈子不吃药，不上医院的，今年夏天忽然病起来，体重从160斤减到130斤，让我在短时间里亲睹了人体的冬季。

我说，昨天回来的路上看到送葬了。

我说，这季节对老人来说就是挺，挺过冬天就没事了。

我说，人的死有好多方式的，人活着只有一种活法。

我不知道为什么要对父亲说这些，我只是想让父亲知道，人，其实是一种精神的载体，在古代，我们称为精气神，作为物质的部分就是精，其余的都是精神，人是靠精神活着的。

父亲挺喜欢我的胡说八道，因为人只有在还有闲情胡说八道、胡思乱想的时候，才能证明人之为人，才能证明我胡说故我在的，当然，也才能证明还活着，而且闲闲地活着。

出来的时候，父亲的眼睛很亮，而且坐起来了，虽然还有一些喘气。我说，你别起来，你起来我便喘不过气了。

父亲笑笑，母亲也笑笑。我也笑笑。

这个冬天，我特别希望能够快些过去，我想，这原因有方方面面的，当然，也包括父母的健康！

2009-1-12

27. 鳝哉

一

“善哉”的“善”字没有鱼字旁，就像善事的“善”也没有鱼字旁一样。有了鱼字旁，便是鳝鱼的“鳝”。

小时候觉得“善”字很难写，鳝鱼的“鳝”就更加的难写了。

福州郊外有一个叫“鳝溪”的地方，有很大的石头，上面就刻着摩崖“鳝溪”两个字，很漂亮。也有很漂亮的传说。说当年溪流的源头有一口黄瓜井，每天都可以打出黄瓜鱼来。不远处有一个小孩，还不会走路就可以吟诗作赋了，十分了得。后来被一个官方风水先生知道了，以为是真命天子，欲破之。那小孩先知，坐在竹箩上飞起，落入那口黄瓜井，从此那井里不再有黄瓜鱼可以打上来了。

之后，每想起这故事便觉得奇怪有二，一是如果这样，应该叫黄瓜溪而不是鳝溪。二是黄瓜鱼应该在海里而不是在溪流里。

人常常就是在困惑中不知不觉长大的。

二

鳝鱼又叫黄鳝，因其颜色黑中或褐绿色中带黄。小如葱指，大如长蛇。福州很多，尤其是小如葱指的时候，又有一种说法，叫“观音指”，意思像观音的手指。

鳝鱼可以烹饪了吃，但是，因为有一个观音指的别称或是想法之后，吃起来便觉得不自然了，几次不自然之后，很多人便不吃了。这很多人中，也包括了父亲、母亲和我。当然，我们的不吃，也还有其他一层的意思。

记得那年，也还是我刚到日本不足一周的时候，晚上喝了很多的啤酒睡下，等到醒来的时候已经是半个月以后了，一打听，才知道那天隔壁的日本人早上起来煮饭，开着煤气又睡着了，以致失火，我成了被殃及的池鱼中的一条。

家里知道后，急，于是求签问佛的，后来不知道哪一个仙人说，无大碍，不过就是烟熏了一下，往后就好了。

话不多，却给父母吃下了定心丸了似的。这是我后来知道的。

说也奇怪，这事之后，父亲和母亲一起信奉起道教来，而且，每年四月初八总要到福州仓山的龙山角放生，放的就是鳝鱼。

三

父亲也喜欢书法，而且，因了我的关系，也喜欢颜体了。因此，家里的帖子居多是颜体字帖，以至于我的孩子还抱在手上的时候，父亲便开始教他写颜字了。父亲常说，儿子要打了成才，孙子要教了成才。

这话把我听得糊涂了，因为是父亲，也不好说出他的语病来。

每年春节过后，父亲最严肃的一件事，就是写放生的诰词。每到这个时候，父亲总是洗完澡，换上干净的衣服，铺一张黄色的纸，开始写起他的放生诰来。

父亲写字很认真，哪怕是小字，也要一笔一画地将颜体的起承转合写好，虽然不是字字精到，但忽然一看，还真让人吓一跳的，很像那么回事。

偶尔，心情好的时候，也会拿起父亲写的诰词看看，除了前面后面的不知道父亲哪里学来的格式之外，中间的内容大都是与时俱进的。比如保佑合家平安，比如生意兴隆。比如孩子上学了，保佑学习好，甚至听说孩子要评三好生了，居然也要求神灵保佑评上三好生云云，看了，不免觉得神灵的亲切来，也愈是体会出父亲的心情。

四

母亲没有生病的时候，都是和父亲一块去放生的，而且，还带上了姑姑叔叔的一家子，浩浩荡荡地坐着车，后面是开心得要命的卖鱼的人。他们说，放生的时候，一个家庭上百斤，父亲的兄弟姐妹们各家放生总和居然可以达4位数，蔚为壮观。

有一年，放生回来，母亲说，你没看到，你父亲放生的鳝鱼游了很远了，还会重新游回来，在水面上站直了身子摆动，像和我们招手一样。

这让我印象很深。

关于宗教，小时候接触过佛教道教，所谓接触，就是读了一些这些宗教的经典，比如《道德经》或是《金刚经》。但始终没能皈依。到了日本，因为朋友的关系，接触过基督教的《圣经》,也始终没能定下要接受洗礼的决心。因为，在接触这些经典的时候，我更喜欢把它们当作一部思想的巨著来读，信仰不信仰似乎不是很重要的，至少当时是这样。

也因此，对于父亲的皈依，我是可以理解的，就像朋友皈依佛教或是信奉基督，一样的可以理解，毕竟，有一个皈依，总是可以让人的精神安宁下来。

五

人有无数的活法，但归属似乎只有一个，那就是死亡。无论人们是多么的忌讳这两个字，但终究都是必须面临的，所区别的，只是寿命的长短以及如何死亡。

去年放生的时候，父亲和母亲和姑姑叔叔们一起到了龙山角，父亲依旧从车上下来，想将一桶放生用的黄鳝提到江边，结果怎么也提不起来，被细心的姑姑看到了。回来之后告诉我们，让我们合家动员父亲做身体检查，父亲怎么也不肯去，说流年的原因，不可以声张，要躲过去。可我们实在不放心，看着父亲一天天瘦下去，天天劝，不行，让做医生的表弟帮忙劝，最后总算答应去了，一检查，发现是癌症晚期。

医生说，最多只有三个月的时间了。那是去年的五月份。

人世间有很多让人悲痛的事，当没有发生在自己身边的时候，仿佛都可以用任何一种宗教来进行很超然的开示甚至演说。包括我。我们在茶余饭后，在谈及生死的时候，何尝不想让自己变得通达，变得睿智呢？就像那些艺术家在表现那些与风浪搏斗的场景的时候，可以见出生命的壮烈，但我们无法想象那些生命在最后的那一刻所经历的心灵的惊惧和对生命的歇斯底里的渴望，我们甚至无法想象那些壮烈的生命背后撕心裂肺的家人的哀号。啊，生命本来就是这样，本来就是这样吗？那时候，我一次又一次地拷问自己。

父亲很留恋人生，因此很痛苦，这可以从父亲的眼神里看出来，因此，有一天，我说，爸，你知道吗？生者是痛苦的，那时，我在昏迷的15天里，最快乐的便是灵魂出窍的那一瞬间，浑身变得松软，没有重量感，没有任何的后顾之忧，连一点点的烦恼也没有了。而最难受的恰恰是被抢救回来的那一瞬间，仿佛一团偌大的灵魂硬要塞回窄小的瓶子里一样，痛死了，接着是意识清醒后的接二连三的烦恼。

父亲忽然眼睛放亮了，说，你怎么不将这些写成书呢？

我说，会的。

六

2009年，农历己丑年四月初三，父亲走了。本命年走的，享年73岁。

七

因为父亲皈依道教的缘故，我们便在父亲常去的康山庙为父亲做七，据说，亡灵在七七四十九天之内还在阳间游走，甚至不知道自己已经死亡，只有到得奈何桥边，用奈何桥下的河水洗脸的时候，才会发现自己已经亡故。

而另外一种说法则是亡灵在经过奈何桥的时候，喝了一碗奈何桥下的水，便也将世间的所有事情忘却。

而做七，则是通过诵经，让亡灵可以安息，得以超度。于是，那天，从上午八点开始，便在康山庙设了一个道场，让道士们在道场上一遍又一遍地诵经。

作为父亲的子女，我和弟弟、妹妹早早地跪在堂前，听诵经，想父亲，一点也没有想哭的感觉，只是泪水不知觉地汩汩流出，怎么也控制不住。到得喘不过气来的时候我便起来到康山庙的前面走走，舒舒气。

康山庙在福州的东门，供的是欧阳公主和五大元帅。在这一带香火很旺。前面是晋安河的支流，我们也叫它晋安河，是从更远的鼓岭流来的。

那天，天气很好，河水也很清澈，晋安河汩汩地流着，送我到灵魂的故乡。每次，见到晋安河的时候，我总是会作这样的思想。

那天，我看着晋安河的流水的时候，正想这么默默地思想，忽然看到有一条鳝鱼在水里，也像观音指一样的粗细，因为水急的缘故，不断地昂着头，逆流游着，始终在大门的正中间。

诵经声一阵一阵地传来，鳝鱼被水冲着，后退了，再游到原位，后退了，再回到原位，可以见出它的努力。

四个小时过去了，我从经堂里出来，已经是正午，忽然想起那只鳝鱼来，又来到河边，发现鳝鱼还是那样的不断地游动着，还在原先的位置。我忽然觉得眼圈有点湿了。

大概到了下午五点左右，道士们开始超度，便在河边点了几盏小花灯，在悲凉的诵经声中，将小花灯放入水中，说也奇怪，那时，空中有雨，像泪雨。点点滴滴洒在小花灯上，小花灯没有熄灭，悠悠地随着水流流走，这时，我又想起了那条黄鳝，只见它也绕着随着小花灯，回旋着，依依不舍地游向远处。

晋安河汩汩地流着，送我到灵魂的故乡。我不知觉地念着。

八

第二天，我将这事和朋友说了，朋友说，是啊，那时我母亲过世，大冬天的，在坟边的树上居然栖着一只大花蝶，后来便写了《蝶殇》。和你这故事很相像，要不你也把这个写成一篇《鳝殇》吧。

我很想写这样的一篇文章，以悼念我的父亲，但怎么就觉得《鳝殇》没有《蝶殇》的美丽，而且念起来总有些拗口。

忽然想起出家人常说的“善哉善哉”，而“善”“鳝”又是谐音，于是，便作了这篇随笔的篇名，也算作面对死亡的一种态度吧。

2009-5-11

28. 写字

有时间写一些字了，真好。

农历四月初三，父亲已经走了整整一年，那天，父亲的兄弟姐妹都回来了，特别是几个姑姑知道父亲喜欢吃什么，便早早地买来，煮了，摆在供桌上，到我带着孩子回去的时候，供桌上已经摆得满满的。

红烛还是那样的，殷红殷红地跳动着。

母亲坐在那里，目不转睛地看着父亲的相片，那是我为父亲拍的，那年清明，在福州的东郊扫墓，东郊的草木特别的绿，父亲很健康地笑在那里，我说，爸，别动，拍一个。

母亲说，走的前一年，父亲的脸上一点皱纹也没有，怎么说走就走了。

母亲说，要走，也是我先走，怎么也没想到会是他先走。

听到这些话，我想，为什么总是想到谁先走而不是都留下呢？

叔叔在那里一边折着金元宝，一边问一些写字的事情，比如黑体怎么写，宋体怎么写。

两个叔叔忽然对美术字感兴趣了起来，原先都是跟着父亲学颜体的，怎么写着写着，忽然想写美术字了。

叔叔说，我们兄弟中间就你爸的字最好。

其实，说到最好的时候，那也是一种“粗平直”。

叔叔知道我20世纪80年代花了大本钱学设计，而且，设计中作为基本的训练便是手写各种字体，包括美术字，有一年从日本回来的时候，我带了一张手写的英文字，就像铅印的一样，父亲看了大为惊讶，说，如果在早先，你可以到印刷厂设计字体了。我那时呵呵地想，80年代末，一年学费十万元人民币，回来印刷系统设计铅字，一个月挣个几十一百的，不是亏大了吗?

想归想，但没说，怕伤了父亲。

父亲在1949年以后，因为家道中落便辍学了，开始当起印刷学徒工，那时才13岁。

父亲学的是铸字，因为铸字，便也学着刻字，因为刻字，便也学着写字。

小时候，看到我们写字，便在边上摇摇头，说，看我的。说着便在我的写字本上写着，这时，如果祖父在后面见到，便会大叫，你不要“螺精通”的，学你的字会“夹弊”的，明天我写几张你拿去学。

当然，如果这时候叔叔或是伯伯经过，看到边上没人，也会匆匆忙忙地教我几个字，然后很有快感地走了。

也因此，我从小就不喜欢学他们的字，倒喜欢没人的时候，拿出毛泽东的手书，临摹他的草书，而且在学校里忽然写几个草书出来，可以把同学惊得目瞪口呆，很是受用。

后来看到怀素的草书，便买来偷偷地学，父亲看到，大摇其头，说，不可以不可以，这样写会“夹弊”的。

“夹弊”就是积弊的意思，是很严重的，严重得仿佛可以毁掉一个人的天赋一样，当然，如果有天赋的话。

那时，他们忙着生计，字写得少了，倒是祖父偶尔有人请写字，还写一些，每到祖父写字的时候，父亲和叔伯们便围在边上，一边看，一边赞叹，然后轮番地回头看看我，意思是，看着，这才叫写字。

祖父写的是欧体。

到我高中毕业了，便自己到文化馆学颜体去了，也没和他们说，怕听到他们“夹弊”“夹弊”地说。这样写了一年多，觉得还行的时候，便裱了一张，挂了。

那天，祖父来了，看到我的字，大惊讶，说，这圆管走得好呀。

父亲看了，也说，啊，好，什么时候学的。

我拿出一本帖子，给了父亲，是晒图纸晒出来的。父亲便说，你不临了？

我说，差不多了。

过了几个星期，回到父亲那，看到父亲开始写颜字了。

又过了一段时间，看到父亲的几个兄弟围在一起写颜字，每当我回到老家的时候，他们最喜欢的便是听我说“折玉钗”或是“屋漏痕”之类的写字的体会了，为此，我特意买了几支拇指粗细的大笔回去，每每这时，祖父便说，是这样。大笔写小字，是这样。

没几年，祖父走了，再也听不到祖父的“夹弊”“夹弊”的慨叹了。

现在，连父亲也走了，这让叔叔伯伯忽然觉得寂寞了许多，于是，也只有看到我回来的时候，便又唤起了他们说写字的欲望来，而最为激动的，便是四叔的大开大合的写字的比画。四婶说，你叔叔越写字说话越粗。

我不知道四婶说的说话和这写字的中间有什么必然的联系，只是嘿嘿地笑着。

我说，父亲这里还有几支笔，都不错的，你们就拿去用吧。

说着，到了父亲的书房里，拿了三支笔，那些笔都是父亲生前用过的，也不知道父亲最后一次是什么时候用的，洗得干干净净。

伯伯一支，三叔一支，四叔一支。

母亲说，可以烧纸钱了，你父亲要带了他的纸钱回去的。

伯伯说，不急，中午过后入阴，他只要明天鸡叫之前回去就行了。

如果祖父在，一定又要骂伯伯“螺精通”的，可现在伯伯最大。伯伯跪在父亲遗像前叩首。母亲说，大哥，不能这样，你比他大的。

伯伯说，逝者最大。

我看看烛光，又在那里跳动了几回，据说，这说明父亲还在，还在我们身边忙这忙那的，或许我们刚才在谈论写字的时候，父亲已经急得在地上写了很多字了。

伯伯起来了，我便开始祭酒，当我跪下的时候，有意无意地特别看看地上，似乎没看到什么，但又觉得一定有什么不一样。

2010-5-22

29. 扫墓

清明放假三天，第三天，清明。

往年清明多雨，寒湿逼人，加上心情阴郁，所以常有欲断魂的慨叹。今天没有。

人活着活着便活到坟墓里去了，这话听起来有些残酷，但是现实。不仅是现实，而且还没完，比如坟墓里的人活着活着又活到这个世界里来，这多好呀，至少很多人是这么想的，也因此，要祭祀，要扫墓，要有供品，要有香烛，要跪拜，要烧纸钱。

其实各种宗教有各种关于灵魂去处的说法，唯福州人很实在，生着的与非生的，就像白天与黑夜，一起存在。用更环保一点的说法，应该是，他们所使用的环境是一样的，只是生着的白天使用，非生着的晚上使用，用过去的更为严谨的一种说法是，非生者入阴的时候出来，三更的时候回到墓地里。我很愿意这样相信的。

早上到莲花峰的父亲坟前祭扫，那里是一个很大的陵园，一排排，一座座，就像一个偌大的小区。到入阴的时候，也一定有很多的车马声从那里传来，一定有很多的喧嚣，很多的邻里间的往来故事。我想，我宁可相信这样。

有一年做梦，梦见自己来到被称为陵园的莲花峰，满眼生气，就像一个密集的住宅小区，隐约间看到走来的人，仿佛熟人。

我说，你见到我的父亲吗？

那人说，连刻还在这里，会不会又去听经了？

父亲生前喜欢佛道，退休后也拜了师父，也穿了道袍，也一遍一遍地诵经。父亲诵经的时候心里想的都是家人都是子孙，比如身体健康，平平安安，做事顺顺利利。这些看起来很一般很通俗的字眼，在当代的国民做起来，而且能够真的做到的，怕也不是很多，这是父亲走后我才能深切体会到的。

我循着那人指示的方向，看到一个圆形的操场，那上面恍惚有个讲堂，就像当年在武夷山虎啸岩前面看到的那个讲经坛。远远地看去，在众多听经的人群中，居然还真看到父亲在那里，盘坐在蒲团上，手上好像就捧着我为他抄写的《金刚经》。

我平时很少读书，记得当年去日本的时候，只带了两本书，一本是《庄子》，一本就是《金刚经集注》，而且很天真地以为，《庄子》是在日本的时候白天用的，《金刚经》是在日本的时候晚上用的。于是，晚上没事的时候便翻翻《金刚经》，翻到后来，便翻出这样的句子：

须菩提！若有人以满无量阿僧只世界七宝，持用布施，若有善男子、善女人发菩提心者，持于此经，乃至四句偈等，受持、读诵、为人演说，其福胜彼。云何为人演说，不取于相？如如不动。何以故？

一切有为法，如梦幻泡影。如露亦如电，应作如是观。

于是，也在那时候，便忽然地生出写经的心情来。但想归想，这一二十年来因为过得匆忙，没什么时间可以坐下来写经。记得十年前，日本的老师武藤信一先生去世，很想能够坐下来为先生抄一部《金刚经》，可还是腾不出时间。

一直到2009年父亲去世，那晚，朋友陪我守夜，我忽然便开始通宵地抄起经书，朋友陪着，也通宵地刻起寿山石来。那是我为父亲抄的第一遍《金刚经》，也是从那以后，每年正月，便关了门开始抄经了，抄的也还是《金刚经》。到了清明的时候，将手抄的《金刚经》在父亲的坟前焚化。这样的年复一年，渐渐的便成了习惯，若是临近了还没抄好，便觉得心被烧灼了一般，也因此，这几年写下来，越来越熟练，也越来越快了。

今年正月，终于抄了两部《金刚经》，一部给父亲，一部想焚给武藤信一先生，也算了却十年前的一桩心愿。可怎么给呢？寄去日本吗？不妥。等来年带去吗？来年又不知道什么时候。忽然便想，这空间的远近恐怕只对于生者而言是一种障碍，至于非生者，怕是瞬间的事情吧。想好了，便拿着经书，在工作室走廊的尽头，一边念着老师武藤信一的名字，一边焚化着《金刚经》，焚化的时候，感觉不过就是几秒钟的时间，而且，忽然觉得有一阵风从走道里吹来，将轻盈的字迹依稀的灰烬卷到天空里去了。

每回都是这样，我说。

什么这样？弟弟问。

我说，每回烧经的时候都非常快，而且都有一阵风。

弟弟有意无意地左右看看，然后看看父亲的墓碑。

碑上的字是当年写的，那是父亲病重的时候，瞒着父亲写的，三年过去了，那文字里的红色也渐渐褪了，不像当年那样殷红。

弟弟说，还是自己写的好看。

我说，明年记着带笔来重新描一遍吧。

说着，我们又将碑石擦了一遍。

2012-4-4

第三辑

我可以不说一句话地过一天，但不可以什么也不想地过一天，而那种空蒙，仿佛什么也不想地过一辈子。

选自《台湾十日》

30. 富士山

越靠近山梨县，就越能清晰地看见富士山了，那一年去的时候是秋天。

富士山前面有一个湖，很清澈，富士山就倒映在湖水上，长年白雪被清水一漾，一带带地白净地飘起，就像很白净很温柔的东京的女人，连那些湖边的苇草和倒挂的树枝也被漾出了无限的情韵。

湖上三两的雁鸟或栖或游或惊起，在你一个人踟蹰的时候，会想起很多人、很多很美好的事，这些人和事仿佛是筛选过的，不带点乖戾的味道，不让你有一点点的忧心。

仿佛被称为日本的这个地方的上空，总隐隐地飘动绛色的幽香一样，富士山会给人以绮思，给人以超出视觉的一种冲动，给人以在日本待下去的很多理由。

我记得庞德写过地铁的诗，像是用潮湿的树干来比喻，很有一种幽密的美，就像偷情的夜，而富士山是很公开的一种飘柔，一种温情，会让你不断地在东京的地铁中进出，去感受那种并无实体的家庭的幻觉，就像被波纹漾起的湖光中的雁鸟，做孤单的梦。

而天色在你的祈愿中还真是迟迟地暗，同学们犹在半山的别墅里生成晚霞的炊烟，就像现在在潮湿的故乡回忆起他们一样。

第二天我们进山了，就像经过了娓娓的叙谈之后的东京的女郎和你，一个并不相识的人，在穿过无数的善解人意和慰藉之后，摸着光滑的石块拾级而上。

那些精心修剪过的树木花草就像飘香的整理得很松软的乌发，洁净得没有一丝尘埃，贴着你，洗着你的风尘，而且不急不缓、弯弯曲曲地引你去想去的地方，那是一种很怪异又很心动的感觉，周围是很清新的冷韵，仿佛少女的肌肤随着你的抚摸而起伏而舞动，而你的呼吸却一阵接着一阵地急起，自内而外迷离的热浪冲击着富士山，冲击着东京，冲击着被称为东方古韵的绮丽的和服，只有这时，你才能真正了解樱花，了解富士山，了解被称为日本的这个民族。

我说，这就是富士山吗？与恰才所见到的完全不同，你已经看不到她的全貌了，只有呼息还听得见，四处是很倔强的岩石，很高潮的冷，很宽广的一片滑滑的雪，最后是很抒情的云，她说，你想象过吗？

那一年的秋天是真实的，真实得让人想出家。

1997年

31. 睡袋

一

那天，一个朋友要我写一篇关于东京的文章，我想了很久，不知道该写什么。可写的很多，但细想过去，合国情的却不多了。再说，已经离开五六年了，该褪色的也褪得差不多了，余下的只有大喜大悲大气味的记忆还可以写写……

而大喜大悲又纯属个人心事，比较客观的就要属大气味了。

二

和他通过电话，他没有多说一句话，只让我直接找他。

从丸内线转东西线，出了地铁站，便看到一栋银灰色的大厦，像阴天的颜色，我从电梯上了阴天的27层。

那走廊的气息让人想哭，很刺鼻。我把注意力全部集中在指示牌上，仿佛经过很长的过道，在写着伊藤事务所的牌子前停下，在敲门前我不断重复着伊藤的日文发音，我怕叫错，我的日语发音很差，带着很浓的福州腔，听起来可能有点像我的祖父讲国语吧。

在东京要找份合适的工作不是很容易的，伊藤是我老师的学生，算来是我的师兄了。日本人挺讲究师门的，想到这些，我又有点感激起我的老师了。老师说：林君，你还年轻，挣钱是次要的，跟你师兄多学学设计，这很重要，你师兄是很棒的设计师，明白吗？

我说：是。

但我心里还想着钱的重要呢。

接待我的是一个很典型的日本女子，职员打扮。听了我的介绍，马上拨内线给伊藤，接着便带我到伊藤的办公室。

三

我的老师武藤先生年轻的时候在电通做设计，他说：那时常常通宵，困了便四仰八叉地躺在自己的工作台上，所有人都这样，所以也成了那时设计室的一道风景。

我想：那大概是20世纪六七十年代的事情了，那时可能还没有睡袋，而且那时的日本在我想象中也是银灰色的，如这栋大厦的色彩。而且是彻夜亮着灯的。

老师说，这风景是日本文明中很重要的一个亮点。

记得第一次在看资料的时候，看到东京奥运会的广告画就很受震动：画面是一个蝶泳者隆起的背，四周是碧蓝的水，远看像一个阳光下不断向远程推进的岛屿。

我很喜欢那气势，很有力度，而且坚韧不拔。这在四五十岁以上的日本人身上还常常感觉得到。但这样的气势转移到那些同年龄的下里巴人身上，则成了狭隘的民族主义和残忍的军国主义，那是很令人烦的，就像那些油漆得黑糊糊的右派宣传车一样。

四

推开师兄的办公室，有股异味，窗户紧闭着。

没开灯，幽暗，模糊里看到师兄的头和头发，小姐开灯的时候，我看到一个比我大一轮的男子——伊藤先生——师兄。师兄有点不好意思，上午十点还在睡，草草披了西装。让我坐下。

师兄的头发像爱因斯坦，眼皮浮肿，胡子很厚，像鲁迅。我挺喜欢。

桌子的一角露出半个睡袋来。

伊藤说：你就是武藤先生的学生，林君？

我说：是。

伊藤说：我就是你的师兄了，叫我师兄，我叫你师弟，请多关照。

师兄站起来找书架上的东西，还穿着短裤。

师兄说，我们是师兄弟了，把外套脱了。随便点。

我唯一的希望不是脱外套，而是开窗户。但师兄似乎还没考虑到这个问题。

师兄搜出一个册子给我，然后倒了两杯酒，边喝边聊。

师兄给我看的是画得很精致的小车的册子，师兄说这是他刚毕业的时候为三菱画的挂历画。

金属的光泽画得很精妙，可以叫绝。师兄很得意。

师兄现在的画架上放着正在画的观音画，很生动，那云烟被渲染得像达利的超现实的钟表。而且光源完全是自己凭空想象的。

一杯酒下肚，师兄的精神来了，拨了内线，叫全体员工都来，他们鱼贯而入，站满了一屋子，有的站在外面，前后仿佛有顺序，像排行。

师兄指着我说：林君，我的师弟，大家多关照。

大家异口同声说：是。

很像军队，但服装是乱七八糟的。他们一一自我介绍了，我也一一回礼，最后是叫花野的，负责接待的小姐。师兄对她说：按规矩做。

花野转身出去了，不一会儿工夫，手里拿着睡袋进来。我觉得诧异，师兄说：这是你的。

我想告诉师兄，我已经结婚了，家里有老婆，而且每天等着我回去睡呢。再说，我住的地方也不远，电车四十分钟。但我没说。

记得弟弟第一次来东京时，我去成田接他。我想给他一个比较奇特的东京的印象，便带他坐地铁，这一坐，便坐到东京的三丁目了，出来五分钟便是我的临时寓所了。这是东京的一大特色。无论在东京的哪个区，哪个町目，离地铁车站一定都不会超过五分钟的。从线路图看，东京的版图被地铁密密地分割着，又像旅行袋上的无数拉链。

五

我提着睡袋从师兄处出来，跟着花野到我自己的办公室去。

师兄的事务所是由两个商务套间打通的，一半是办公，一半是设计。整个结构很像现在中国的中小型广告公司。所不同的是没有那么多电脑，只有一台286可以作打字用。因而，整个的设计部显得有生气多了，每个人的桌下都有一个睡袋，边上都有一个喷绘架，墙上都是青一块，紫一块的，走廊也是。怎么说呢，这设计室像个蝴蝶屋。

师兄的事务所只设计三菱的活，这活是电通给的，又是三菱指定的，据武藤先生说。谁也无法越过代理公司，这是行规。师兄的事务所在十几个国家都有，基本上也是跟着三菱的产品和电通走的。

其实，从那以后我就很少见到师兄了，只是看到定稿了的广告版面时，才能从中依稀见到师兄的痕迹，那痕迹是一眼可以辨认出来的——即师兄的精细和睡袋的气息。

据前辈们说，睡袋的好处是可以延续你的想法，像冰箱的保鲜一样。有利于完成比较大的创意和构思。我也试过，而且屡试不爽。

又一种说法是，如果你的睡袋睡出自己的气味来了，那么你的技巧和创意就已接近成熟了。我不知道是真是假。

我没有嗅过前辈们的睡袋，更不可能嗅到师兄的睡袋气息，这和我的愚钝有关吧。但我自己的睡袋则是日复一日，年复一年地气息不对了，那是连我自己都无法忍受的臭脚的气味。所以，一直到今天，我的设计风格还留着当年的精美睡袋的感觉和歇斯底里的臭脚气味。

六

要离开日本了，我找到师兄，我小心地把睡袋的拉链拉严，怕跑出气息来，影响我们的谈话。

师兄说：要独立啦。

我说：是。

师兄说：好啊，我做顾问。

于是，我的第一个公司的顾问就由我的老师和师兄担当了，那是后话。

从睡袋一样的地铁出来，下了睡袋一样的国际航班，我回到了故乡。现在，每当我躺在杉木地板上想起那年的生活时，那睡袋的气息总是很浓烈地再现着，每每这时，我总是神经质地到处翻箱倒柜，寻找那记忆里的臭袜子……

2000-10-22 福州

32. 没完没了的石雕路

一

从惠安到崇武，有一条长32公里的直线大道，大道的两侧摆着1300多个大大小小、形态各异的石雕。这是全国首例，也是世界唯一。据说。

二

石雕来得很早，从我们历史时期的划分里可以见出，比如旧石器时代，比如新石器时代。当然，那时候的石器和我们现在所说的石雕有着本质的区别的。因为，那时候是工具，而且仅仅是工具，是不加任何雕饰的工具。

石器作为工具以及后来发展并丰富起来的用具，现在还在沿袭着，比如石磨，比如石槽，比如石桌石椅等。惠安有，不仅仅有，而且很多，很精致。

在惠安，被称为石器的物件没有摆放在石雕大道的两侧绿化带上，而是摆放在石雕店的门前，或是石雕工场的空地上。

这些石器已经不再是我们生活的必需品了，更多的是作为摆设。也因为这样，它们就必须更加精致，更加富于美感，更加可以作为一种审美对象而独立存在。由此而发生的，作为纯粹的审美物件，石雕作品便产生了、虽然不能确切地知道是从什么时候、什么地方开始的，但可以很确切、很自豪地让我们看到，现在，它们被摆在惠安人所建设的长长的石雕大道上了。

就这个意义上来说，这样的一种陈列，仿佛可以成为惠安人审美意识的完美展示。

三

一千多个石雕作品陈列，会让你感觉出一种阵势，一种排场，一种艺术的演绎。让人发省。

据说，古希腊人的美学研究实际上是一种感觉研究，那么，对于惠安人的石雕的研究，能不能也作为一种感觉的研究呢？我想可以，我想这样可以让事情变得更生动，更有趣。

记得小时候，见到石雕时总喜欢用手去触摸，有的在石塔上，有的在寺庙门前，有的在石桥的护栏上。若干年过去了，那时的触觉还潜藏在记忆里，时时想起，依旧鲜活。惠安人是不是也曾这样呢？我想是的。

我对惠安人了解不多，走的地方就更少了，但仅从资料里看到惠安的魏晋时期以及唐宋时期的作品，印象便已经很深了。比如唐五代的石将军，比如岩峰寺造像，虽然工艺不如现在的那样圆透，而且，某些细节还带有原始浮雕的质朴的特点，但是，作品的神情肃穆，体态浑圆，不仅有极高的历史价值，而且有极高的审美价值，哪怕是在今天。

肃穆，是的，这是一种面对远古艺术的共通的心情，是我们今天从石雕中所能读到的，也是当时的惠安人对于石艺的一种敬畏，对于当时所雕刻对象的一种敬畏，而且，我不知道，这样的一种敬畏在当时是否是一种普遍的心情，它又是通过什么样的雕刻语言或仪式净化而来的。

这让我想起更早时期的红山文化，那是一个玉雕，是一只猪龙，没有更多的细节，只是很抽象地刻画着猪首蛇尾，但作为权柄的一种高贵感已经表露无遗了。

石雕而成为艺术，我以为始终是一种心情的体现，离开了那种心情，物象便失去了它的内质。

所以，我崇敬那时的惠安人的那种心情，那种感觉。

四

石雕路上的石雕应有尽有。

据说，石雕路上的这些石雕都是惠安各个石雕厂家所捐献的，且不说这些石雕的艺术水准达到怎样的境界，仅就这样的行为本身，便饱含了他们的自豪与自信。

这一阵子，通过对石雕的了解，粗略知道了惠安的石雕有这样的一些形式，比如圆雕，比如凹雕，比如浮雕，比如线雕，比如影雕。

若谈及具体的工艺，似乎就更复杂了，比如有手工雕刻。比如有半机械化加工雕刻品。比如有全自动数控机械加工的雕刻品。比如有喷砂制作的雕刻品。比如有化学腐蚀雕刻品。等等。我想，随着科技的发展，将来也一定还有这样那样的新工艺登场的。

由这些方法所制作的产品，一件件地排列在大路的两边，细细观摩，除了影雕不便陈列外，其他形式的雕刻作品似乎都得以体现。

当然，就外行而言，若能将每件作品的工艺形式细细地标明，那长长的石雕路便可以成为一条工艺沿革之路了，这当然是我个人的期望。

五

一路上，我想了很多，尤其是看到惠安人利用现代的工具进行割石，镂空，研磨，赋予石头以新的材质感和美感的时候。

工具的改变一定会带来审美趣味的改变，就像我们在惠安的街头常常看到的那些熊猫作品一样，可以将普通的一块石头打磨出两种甚至三种颜色和质地，让人惊叹不已，我甚至用手去触摸过，看是否是两种石材经过打磨拼贴而成的，我没有找到答案。

因此，我想，就当今惠安石雕工艺的发展和精妙而言，能出其右的恐怕已经不多了，无论过去或是现在，无论国内还是国外。可以说，在惠安，只要你想得到的，惠安人都可以将它用石雕的形式表现出来。于是，我们不得不将有关石雕未来的探讨从工艺回归到“想”字上来。

“想”表现什么？

“想”怎么表现？

还有多少“想”法？

“想”，恐怕也是几千年来石雕艺术发展的根本所在。

我思故我在，是的，这是惠安人当前的艺术生存状态，也因此，惠安便有了“石都”的美誉。因为，对于惠安人来说，对于艺术的思考已经等同于对于生活的思考了，从这个意义上来说，惠安，是最富艺术生活的所在。据说，惠安人每年都有一个石雕盛会，世界的和传统的交替进行，可惜我没有参加过，好在有机会看到这些展览的部分展品，确实让人耳目一新，同时，也间接从中知道了一些惠安人的所想。

石雕作为艺术，首先是为了生计，为了市场的，这无可厚非。因此，在制作工艺以及造型上，如何创造出人们所喜爱的形式以及内容，是至关重要的。其实，从石雕的演变史来看，也应该是这样的，这或许也是惠安的南狮子产生的一个很重要原因吧。

也就像当初发展出南狮一样，如何独立地传承与发展，如何开心地去思考中国人特有的意境，我以为在当前是很重要的一个环节，因为，就东西方艺术最本质的区别而言，便是向内的与向外的两个向度的表现，而就东方而言，便是意趣。

六

听说惠安有一个石狮子园，听说那里有各种各样的石狮子，那一定是很别致、很有意趣的一个石雕公园。

我说意趣，是因为石狮子、麒麟或是龙凤一类，都不是在我们这片土地上能够看到的，但又都是我们这个民族心里实实在在存在着的心像，是我们最可以细细研究的对象。因为，从这里不但可以看到我们作为装饰的审美趣味，更为重要的，在这样的趣味背后，还积淀着古老的图腾崇拜和祈福意识。这和西方的纯粹装饰或是纯粹纪念性的雕塑完全不一样，是中国所特有的。

西方的抽象艺术石雕发展了一百年。

西方的纪念性艺术石雕发展了几千年。

这些风格或是样式我们都可以学，但一定不是我们的专长。记得车子经过石雕大道和惠安县城交汇处的十字路口时，看到两只巨大的石狮子，虽然造型很传统，但由于体量的巨大，感觉很震撼，很美，自然也很吉祥。

有意境！

有趣味！

七

从惠安到崇武有一条石雕大道，也许，你可以耐心地将一尊一尊的石雕看个遍，但若要细细地回味进去，那一定是一条没完没了的路了，我想。

2008-5-17

33. 心晴天柱山

一

长泰在哪里？我问。

在漳州和厦门之间。朋友说。

在年前的一次饭局上，因为座上有长泰来的，而且这还带来了长泰的柑橘，是很小、很甜的那一种。吃了柑橘，好吃，故而随便问问，问问也就忘了。

大概过了十来天，朋友到我的工作室喝茶，喝着喝着不知怎么的又聊起长泰来。

朋友说，怎么样？明天和我们一起去长泰走走。

我想，年关近了，反正手头该做的事也做得差不多了，走走就走走吧。

第二天，带了几件随身更换的衣服，便随着朋友去了。

说起来，长泰离福州并不远，车程在三个小时左右。如果没记错的话，这一路上很像是先到了厦门，然后才进入漳州地界的龙海市的，而后是在一条国道旁这么一拐弯，便进入长泰县了。

长泰的旅游区就在离长泰县城不到一二十里的地方，而且就在去县城的路边，交通倒是很便利。

在进入接待大堂的时候，上面有很醒目的一行字“天下第一漂”，而且是“水”“陆”“空”全方位的游玩。也许是我年龄渐大的原因吧，对于“水”“陆”“空”这样的一种定位总觉得有点迷糊，不知道所以然，倒觉得远没有那“天下第一漂”来得响亮，来得直接，来得有主题。

据说，来这里不漂是不行的。

据说，这里的漂，可以一漂就漂出几公里。

想来几公里一定是很长的一段水程的，可惜是在冬天，而且是福建冬天中最冷的几天里，别说漂，就是单想到一个“漂”字，上下牙就已经颤得厉害了。因此，这本来最有特色的长泰的漂便漂不成了，漂不成还能玩什么呢？

第二天早上，在吃早餐的时候，向导告诉我们：我们今天去爬山。他还特别强调是“爬”字而不是“登”字，因为“登”使用双脚，而“爬”是除了双脚之外还必须加上双手。这说得我有点怕怕的，想一个老大年龄的人什么路不好走，要到山上去爬，多累呀。

我说，有抬轿的吗？

导游笑了，说，乐趣就在爬的过程，再说，即使有轿，也抬不上去的。

这一说，我的心就更寒了。想一想，我最后一次登山也是15年前的事情了，何况那时还是登，使用双脚的登，这次则要爬着上去，要将一个人活生生地轮回到猿的状态中去，这不是有点残酷吗？

汽车沿溪边的小路上山，风景应该不错，可我就是集中不起精力来看风景，整个大脑中老是环绕着各种各样的爬行动作，有狗的，有老虎的，有猪的，有猴子的，可就是想不起人应该怎么爬，而且还爬得很无忧，很快活。

一直到山脚的时候，向导说，到了，这是森林保护区，现在开始就要登山了。

我还是胆怯地说了一句，我可以不上去吗？

朋友在边上说，说什么话呀，到了这里不上去，不就等于没来吗？

不就等于没来吗？我想，看看四周，那山，一点特别的地方也没有，和我所去过的其他的山根本就没得比。

记得第一次在崇山中忽然看到武夷的丹霞地貌山峰的时候，人都快要叫出声来，那心情别提有多开心了。现在看看眼前这长泰的山的外貌，实在是再普通不过了。要看这样的山，根本不需要坐3个小时的汽车，在福州周围有的是。随便挑一座，也比这要漂亮得多，雄壮得多，我想，我有点失望了。

这是一个山谷，山谷对面是一片芭蕉地，因为怕霜冻，那些芭蕉都被农民用塑料纸包着，蓝一块，白一块的，像一排穿着补丁衣服的人在冬天的山坡上站立着，总觉得特难看，特寒酸，我想，要是能拿一件意大利西装或什么的穿在芭蕉树上，笔挺的，黑压压地站满了山冈，倒也有一点《黑客帝国》的大场景的感觉。我当时没有把这想法说出来，怕大家觉得我怪诞或神经，至少，不说出来也是正常人之成为正常人应有的理智，不是吗？

福州来的有六个人，加上两个向导，共八个人，也勉强算是一个班了。我们这个班就这么向着山中挺进了。

二

这谷叫龙凤谷，向导说。

好俗的名字呀，我在心里叫着，这一定又是哪个没有文化的人想出来的。

山谷很窄，中间一条溪流，哗哗地流着，倒也美丽，悠闲，很像很不在乎是否有游客似的在那里流着，终日地流着。我又想起应修人的“妹妹你是水/你是清溪里的水/无愁地镇日流/快乐的常是笑”的诗句来。

记得这诗句也还是二十多年前读的，因为喜欢，便记住了，而且每见到溪流就想起这几句诗来，多的也想不起来，我想，不过，这几句也已经够美了。

够了吗？只听得导游说，这山一年四季都有水果的……

他说了很多水果的名称，而且像倒背课文一样，一月是什么，二月是什么，三月是什么……我忽然想起《诗经》中的《七月》来，我想，这诗，尤其是远古的所谓的诗，会不会也是这么一个向导，带着这么一班子人，这么边走边说出来的呢？

好久没有在这样的荒郊野外行走了，大约走了二三十分钟，往日很多尘封了的感觉仿佛又冒出来了似的。我扶着一根老藤，活动活动了手脚。觉得有一股气流沿着手脚扩散开来，浑身舒泰，痛快呀。我不自禁地说道。

还没到三分之一呢，向导说。这里上去，可以分成三个阶段，我们连第一个阶段都还没到。

我们基本上是在溪边的灌木丛中走着，阳光透过树丛一圈一圈地落在我们的头上，身上，仿佛是一句句很抒情的诗。

34. 几句茶话

忽然的想到茶话，便有些些夜话的感觉，也就是茶余饭后，闲来无事，秉烛闲话的意味。

从炎帝或是神农尝百草开始，便仿佛有了茶，只是那时只将茶当作一种药物来使用，据说，茶可以算是百药之药，意思是可以治百病的。

又因为可以治百病，所以便跑出了药的行列，正如无所不能的人总常常跑出人的行列而成为神人一样。

福建有安溪的地方，善产铁观音。正如福建有武夷的地方，善产岩茶；福建有福安的地方，善产绿茶；福建有漳州的地方，善产水仙；福建有永春的地方，善产佛手。等等。可见铁观音在福建也就是普普通通的茶罢了。

1999年年初，同学说，一起去安溪一趟如何？

我说，好呀。

只要有茶的地方我都乐于去，因为，那里的茶一定好。

我们之所以去还有一个原因，那是因为另一个同学要到安溪挂职了，据说是副县长。

那时，同行的还有张先生，据说是个半仙。

安溪很破旧，溪小，弯弯曲曲的，在临近县城的时候忽然绕了一个大弯，然后直奔县城。要挂职的同学指着那个大弯对我们说，我们要在这里办个茶集市，你们看看可不可以做，怎么做。

我匆匆地拍了几张照片，心里惦记着喝茶，便催着说，离县城还有多远哪，要不先到那里再谈？

那时是五月初，白天还不是很长，记得大概五点左右，安溪已经笼罩在夕阳的余辉里了。

挂职的同学说，先到县城还是先看清水岩。

张半仙说，还是先上清水岩吧。

我现在已经记不得清水岩在哪个方位了，觉得那车只是在路上颠来颠去，弯来弯去的，一会儿便说，到了。

那是建在崖壁间的一座寺庙。

永泰也有那么一座寺庙，仿佛更为险峻，记得当时红狐从法国回来的时候，我们一起在那上面住过一夜，叫方广岩，有点阴森，因此，那夜我们几乎没睡，天南地北地侃了一个通宵，第二天筋疲力尽地回到家里。

我站在清水岩的亭子上，望着山对面的落日，希望它慢些下去，因为，我不习惯没有太阳、没有月亮、没有灯光的时空。可是，你越这么想，那太阳就落得越快，面对着还没掌灯的寺庙和周围笼罩在阴影中的山峦，情绪低落至极。当然，如果这时有那么一壶茶，或是可以听到那么一两声曼妙的歌声，自然又另当别论了。

到得县城的时候，尽管夜色遮住了大半的街市，但还是无法掩饰其破败。

铁观音原先是黑褐色的，这是我小时侯的印象。自20世纪90年代中期，台湾的乌龙茶传入福建之后，铁观音便开始改良了，据说，改良的不是品种，而是工艺，对此，我是一窍不通的，所以不好多说。

记得那时，茶研所的人拿出了几泡新茶，一字地排开，泡了。茶汤一律的清淡，只是有的微绿，有的微黄。那时的人们才刚刚开始喝这样清香型的青茶，面对这样的阵势，便觉得有些奢侈。

而且，据说，那茶已经开始贵了，因此，那样的两泡三泡后便倒掉，只感觉喝茶的心在滴血似的难受。

第二天，看了文庙，再喝了茶，再吃了饭，再提了两袋青茶，便回来了。

回来后看了一些茶的历史资料，以及安溪的掌故，便开始拟了一个茶叶市场定位的文字，大意是希望将那里的茶叶市场和茶文化挂上钩，用更大的视野，更广的包容性，建设一个中国茶都。当然，我想，那时如果不是安溪，而是其他的什么产茶的地方叫我去喝几杯，我也会有这样的想法，因为，我以为，这不是仅仅扩大一个地方的茶叶市场的问题，而是怎样去建设一个宽松的环境，让各处的茶叶以及茶文化在这里繁衍生根，变成一个绝好的、包容性极强的茶以及茶文化的集善地的问题。

现在想来，那是很天真的想法，因为，同学不过就是两年的挂职，而茶人和茶文化又总是一种借用和被借用的关系。

在后来的几年里，我基本上只喝茶，不问茶事。而且，只要有好茶便喝，对口的便喜欢，才不在乎它的贵贱。

喝茶会上瘾的，比如有一次和朋友到厦门，忘了带茶具，晚上便到处找茶艺居，结果发现厦门的茶艺居居然都掌着红灯笼，门后都坐着一排妙龄女郎，很不像一个喝茶的去处。因而，那晚便熬了一夜。

再后来的几年里，我越来越少出门了，原因之一，就是茶具的累赘，可是，没有好的茶具，这茶瘾又很难排遣。因此，便选择了在自己的工作室喝茶，朋友们知道了，也便隔三差五地来喝茶，尤其是休息或假日。

今年的国庆长假，奇怪，朋友们都消失了，剩我一个人在工作室里足足泡了五天，在第五天的时候，当年挂职的同学来电话了，说，那次之后你还去过安溪吗？

我说，没。

他说，怎么样，去看看当年的作品。

他说的作品就是当年的茶都的策划以及后来的建设。

其实，这几年铁观音的流行已经是有目共睹了，去年参加的茶产业协会的会议，其会员基本上也都是铁观音者流，让人觉得很是扫兴，会后，我忽然觉得那应该叫做铁观音产业协会而不是茶产业协会。

我说，可以呀，看看去。

那两天台风罗沙要登陆，他说，要不改期。

我说，还是去吧，逢上了，还可以感觉台风中的安溪，也是一件妙事。

那天，汽车到达安溪的时候我吓了一跳，原先的小溪流不见了，代之以偌大的湖，他们也给这个湖起了个名字，可惜我忘了。

当年的安溪茶都就建在现在的湖边，不高，占地千亩左右，多为白墙橙瓦，可以见出当年的一些状况。比如资金的不足，因而从外观上不是那么富丽；比如趣吉的需要，便选择了暖调的橙色瓦；比如交易的需要，便将花园的位置转化为停车场；等等。不过，较之纸上的设计图而言，已是蔚为壮观了。

同学不无热情地介绍了这个那个，而当地人更是动情地说，县长看孩子来了。

当年来的时候住在什么地方已经忘记了，一定是不怎么样的。这次不同，同学将我们带到四星级宾馆去落脚。虽然这四星标准和北京和上海的不可比较，但在安溪这样的地方居然敢开四星级宾馆，确让人刮目相看，喜欢。再看那些官员相，也比当年光彩多了，肥硕多了。

据说，安溪的铁观音始于两姓，魏氏与王氏。其中有些许的传说未必可信，比如托梦云云。但至少可以相信这两家的祖上都应该是挺有创新精神的农民。

在那里，我们逢上魏氏的后人，生意做得挺红火的，喝了他的茶，据说是传统制茶法制作的炭焙茶，觉得有些火味，而发酵依旧如现在的青茶，临了，一个人两袋，包装精美。

安溪，没有台风，至少我没感觉到台风。

第二天回来的时候还是没有感觉到台风，据说，台风直接到上海去了。

下午，回到工作室，我第一件要做的事情，便是挑一款炭火最足的岩茶，将一个紫砂壶塞得满满的，泡了，喝了，以解这两天的茶瘾。而后长舒了一口气，便慢慢地将安溪的点滴汇集起来，也仿佛有了考虑铁观音得失的闲情了。

2007-10-11

35. 悟性不知身外事

悟性不知身外事，这是武夷山慧苑寺里的一副对联的上联，盈首为大禅师祖印。朱地金字，刻板。不见下联。

一

一天晚上，朋友来电话说，有个武夷山的茶厂想做包装，约我们见个面。

第二天，他便带了五六个人来我的工作室，一看，确实是茶人。他们都有一种很让人喜欢的朴实和谦逊，皮肤上也还都流溢着山里日照的颜色，且说话不多。

朋友介绍说，这是厂长，这也是厂长，这是厂长的叔叔，是制茶的。

凡制茶的一定是茶艺师，怎么说呢？因为一泡茶的好坏，在制茶中一定需要手摸，眼观，鼻嗅，而且还要口尝的。

我说，还是茶艺师叔叔来冲泡吧。

喜欢喝茶，其实更喜欢在喝茶的过程中谈茶。谈茶也不一样，俗人谈钱，比如一斤多少钱。而会谈的人只说着茶的好坏，比如香气，比如茶形，比如水色，比如口感，比如留香。

但是叔叔只一味地泡茶，不说。最多只说，这是肉桂，这是水仙。但看泡茶，则非常麻利，粗大的手转动滚烫的盖碗，一点也没有凝滞的感觉。

这是中秋前的事情。

中秋放假，朋友又来喝茶，谈起此事。

朋友说，做了。

我说，做什么呀。

朋友说，做茶呀。

这朋友是个很易激动的人，说做就做。其实，喝茶、做茶和卖茶有着天壤之别，朋友说的做茶其实不是做茶，是卖茶。于是，我便和先前的朋友通了电话，由先前的朋友安排上武夷山。

星期五下午我们成行，四个人。坐车六个小时，晚上九点多才到。安排住下已经是吃夜宵的时间了，那时候才知道，厂长叫阿明。阿明带我们在溪边的露天大排档吃饭喝酒。阿明挺会喝酒的，他还记得在福州的时候我说的，白天不喝酒，晚上喝一些。而我们吃饭的时候已经是晚上了，所以必须喝一些。这一些，就是几瓶啤酒，我不胜酒力，喝了酒总觉得别人醉了，自己还清醒似的。于是，看别人的时候仿佛都在歪歪扭扭地走路，只有自己走得正。其实相反。

记得有一次还在国外的时候，我和同事说，我一喝多了，就可以看到人的原形。把同事给吓得睁大眼睛，很认真地问，我的原形是什么？

我说，是人。说完就躺在路边的草地上睡着了。从此之后，他就再没有和我喝过酒了。

武夷山的风吹在身上很舒服，尤其是在八月的夜晚，让你觉得走路是飘飘地行去。

厂长阿明说，找个地方喝茶去。

我们都说，好呀。

阿明开着车，在三姑的街道上兜来兜去，十有八九的茶庄都已经关门了，最后找到他的不争气的表弟的茶庄里，阿明说的不争气，应该是生意大小而言的。

进店里一看，空荡荡的，表弟在店的深处蹲着，看着地上的泡沫盒出神。

阿明说，干什么呀。

表弟说，刚钓回来，太大了，不知道怎么吃。

我们围过去一看，呀，好大的一条鲤鱼。

表弟说，溪里钓的。

阿明说，你不要吃了，明天我请客，就吃这鱼。现在拿茶来。

因为阿明生意做得不错，可以看出来，在表弟面前说话还是挺大声的。就像第二天，他从他弟弟的店里出来时抱怨的一样，买什么电脑，开着店夫妻在那边玩电脑，怎么做生意。

其实，那时候才八九点，街上空空荡荡，有什么生意可做呢？玩玩电脑也没有什么呀，我想。

阿明说，我没有什么爱好，有时间就想生意，生意是想出来的。听了，仿佛觉得有些道理。

表弟拿的是陈茶，阿明泡了，很一般，我没说。

回到旅馆，大家余兴还在，而且我的住处有一个方桌可以泡茶。同行的带了茶叶，也是陈茶，但茶水要比阿明的表弟拿的好多了。

不知怎么的，我对于陈茶一直不是很喜欢，以为有点玄虚。倒不如重火的新茶来得痛快。

喝茶有五个人，阿明泡茶，有朋友聊着茶的生意，有朋友听着听着偶尔插那么一两句。我更多的在想第二天的事情。

二

约好九点半吃早饭，阿明早早地就在旅馆下面等着，让我觉得有点不好意思。

阿明说，我已经做了很多事情了。

因为这次上来是为阿明考虑包装的事情，因此，阿明整天要陪着我们转悠。如果我们太早起来，阿明便没有时间做其他的事情了。这样一想，便仿佛为自己的睡懒觉找到开脱的理由似的。

家人常说，我总会为自己的行为找到很冠冕堂皇的理由。难道不是？

阿明的厂房在路边，是进入武夷山风景区的路口，地点不错，青砖瓦房，是当时公社的供销社的旧房子，挺有趣味的。

我们喝茶的地方就在旧房子后面的天井里，是临时搭盖的瓦棚。那天太阳很大，烘烤着瓦棚热烘烘的，即使开了电风扇也无济于事。

阿明的叔叔来了，阿明拿出了自己生产的茶叶来，他叔叔泡，一泡两泡三泡，不知道是天气的原因还是环境的原因，总之，喝不出一个感觉来。

阿明的厂房门口就是一条大道，边上有一个不大的沟，厂房前面有一片空地。我一直在考虑这空地怎么处理。

阿明的厂子是一个刚起步的企业，以往，都只是卖一些粗加工的材料，这一两年茶叶的价格越来越高，阿明也想直接进入市场，这样，价格便会卖得高一些。

我细细地在阿明的厂房里转悠着，一边拍着照片，一边考虑着怎么改造这个厂房。不知是谁，忽然谈起当下的奶粉问题，大家调侃着，喝着茶，让我突然联想起茶叶的问题来。

那年到闽东做调研，那里的人说，原先的茶叶都是出口的，后来人家检验出农药和化肥的残留物，便中断了贸易。当年，闽东出口的是绿茶。

前两年做铁观音买卖的朋友来喝茶，聊起铁观音的种植说，现在的茶树一两年就要翻种一次，这样产量才能上去，而且，农药和化肥也用得很厉害。好在铁观音的市场是在国内，而且，居多是通过茶庄销售的，其卫生检验自然不是很重要了。这是铁观音。

那么，现在的岩茶呢？

喝茶的有七个人，阿明，阿明的叔叔，厂长小刘，和我们四个。

三

我们这里做茶的不排挤，大家都玩得很好，都希望共同发展。阿明说。

饭后，阿明便带我们到厂长小刘的家里。那里叫什么村已经忘了，只记得门口有两棵大樟树，一只母狗躺在地上，三只小狗一会儿睁开眼睛看看我们，换一个睡姿，睡去，一会儿在我们周围走走，听我们聊一些摸不着边际的事情，摇摇头走了。

小刘的家很凉快。对面有一个水龙头不断地流出水来，看了使人难受。小刘说，那是山里的水，不要钱的。尽管如此，看了还是难受。

小刘拿出一泡水仙，说，这是老丛水仙，是自家的茶山上留下的。

老丛水仙泡出来的汤水虽没有正岩的茶叶香，但很是醇和，也就像一个耐着性子听你说话的人一样，这也是一种安慰，我想。或至少，他可以让你觉得你已经有了足够的话语权，尽管你什么都没有。

我们现在的社会很需要这样的水仙，我没说，只是想想。

山风可人，到处是树木，忽然看见树木中间的一座类似碉楼的筒楼，觉得奇怪，我说，这是什么房子？

小刘说，烤烟房。

因为烤烟房的边上总是斜斜地安着一个烟囱，而且是从下到上的斜，让人忽然觉得不是烟囱斜，而是房子在斜，这感觉很奇妙，比小刘所泡的老丛水仙更让人寻味。

小刘说，那里面是空的，只在烘烤的地方有一层一层的架子，放烟叶来烤的。

朋友一听说烟叶就来劲了，说，有没有有没有？

小刘说，多着，等下带一束回去。

朋友高兴了，我们又继续喝茶。

老丛水仙其实和一般的水仙是一样的品种，只是生长的时间长，少说也要几十上百年，才可以称为老丛的。

现在老丛不多，因为老丛的水仙采摘困难，不能够机械化的用机器像推平头一样地推剪茶叶，而且产量也没有新种的水仙高，因此不为推广。但是，单一个“老丛”了得，喝茶的一听“老”字便肃然起敬，于是，在市面上便有了这样老丛那样老丛的，真伪难辨了。

小刘说，家山没有多少老丛，只有十四棵，一年也产不了多少，就这些，因此，只有好友来的时候拿出来喝喝。

我相信，看着身边的一袋茶叶，再看看盖碗里的纯净醇和的深褐色的叶片，你仿佛不再生活在物欲横流的社会里了。

我说，要好好地保护那十四棵，哪怕挣不了多少钱，它的价值远大于它的产出。

我忽然觉得这与文化或是艺术仿佛便有了共通之处似的。

喝茶的有七个人，阿明，阿明的叔叔，厂长小刘，和我们四个。

四

阿明的叔叔也在这个村子里面，是一处新盖的小庭院，围墙上整洁地排着一排木材，那是烘培茶叶时用的。

到得阿明叔叔的茶室，很简洁，除了茶桌和椅子，还有就是墙上一排的奖状，是每年的茶王赛的获奖证书或是茶王赛评委证书。

阿明的叔叔是一个制茶的人。

每一年茶王赛后，都会留下一些茶样，阿明的叔叔先拿出三四年前得奖的茶来，算是陈茶吧，但是奇香无比，而且还多了深厚的韵味，因为是一两年就要烘培一次的缘故。

现在有很多卖陈茶的，我以为是普洱的余孽，什么七年八年的。阿明的叔叔说，那已经不是茶了，其实，茶叶再陈也不可以超过五年的。这一点我比较赞同。因为，茶叶喝到什么茶味都没有的程度，不是茶仙便是茶痴，而且这茶痴绝对是一种什么都不懂得痴呆。

武夷山的茶叶讲究两点，一是产地，二是火候。

产地也奇怪，比如三坑两涧的茶叶和其他的正岩就不一样。

正岩和半岩就不一样。

半岩和外岩就不一样。

这很像人的德性，不行的就是不行，再怎么装腔作势也没有透骨的香气。

也有一些茶叶是拼凑的，他们说是拼茶，就是将几种茶拼凑在一块，这样仿佛有了岩骨，又仿佛有了韵味，于是，便可以扩大好茶的面积，也可以卖出好价钱来。

我说，有一年，我拿到两罐茶叶，一罐正岩，一罐外岩，因为舍不得将正岩的喝完，便将两罐搅和着喝了，以为透骨的岩韵便可以从一罐变成两罐了。后来喝了才发现，不是变成两罐正岩，而是变成两罐外岩，是不伦不类的怪物。

我说，当时若能够将正岩的重新挑出，我一定会挑出的，可是黑乎乎的一堆，我已经无法分辨它们了。

大家哈哈大笑起来。

大笑者，阿明，阿明的叔叔，小刘，还有同行的朋友。我没笑。

五

傍晚，朋友说去慧苑寺。

慧苑寺从牛栏坑进去，经水帘洞，鹰嘴岩，流香涧，便是。

我说，天心在哪里？

朋友说，就在这座山的背后。

其实，说“就”字，走起来至少要半天的，这就像当年我在武夷山游玩的时候一样，问当地的人，他们总说很快很快，很快很快的我和同学一直走到太阳下山还没看到天心寺，于是只好在马路上，铺上雨衣睡了一个晚上。

或许是年龄大了的缘故，记得中午吃饭的时候我说，当年天心寺的师父还在吗？

阿明说，叫什么？

我说了之后，阿明即刻打电话问当地的熟人，已经没人知道了。

我说我还记得当时在一家农家吃了一碗面，是一个村姑煮的，特意放了两个鸡蛋。吃完后，我们要算钱给她，她死活不收，说，不就是面吗？我们说，还有蛋。你说那村姑说什么？说，蛋是鸡生的，又不花钱。可惜那村姑的名字没能知道，不过，那时的武夷山这样的人是很多的。

阿明说，现在还很多。

看看阿明，我说，我相信。因为我相信爱喝茶的人一定会遇上爱泡茶的人的。

就在流香涧出口的地方朋友大叫一声，法喜师父。

一个僧人也打高远的慧苑寺的大殿上大声回应着，啊，什么时候来的呀，快来喝茶。

那僧人个头不高，清瘦，眼睛有光。

慧苑寺的前殿不大，仅一尊佛祖像，奇怪的是，每根柱子上都刻着古时闲人的对联，其中也包括朱熹的，内容可以二分，一是参禅警世，一是描景逸怀。我不及细看，只一味地拍照。只听得师父说，吃茶去吃茶去，想来吃茶去也成为当下的时髦了。

我忽然觉得有些不好意思起来，因为，我原先的博客就叫吃茶去，自然也想从赵州那里寻一些禅趣的，但绝不是为了时髦，而现在这样的一种语汇已经成为时髦了，想来不换是不行了，那么，改换什么呢？还没想好。

慧苑寺后面是一个庭院，三面环山，很让我想起当年到过的桃源洞，只是桃源洞里的植物都是桃花，而这里的植物是什么呢？现在忘了，但一定不是桃树。

出家人叫法喜，法喜一边泡茶，一边吸烟，一边很欢喜地和大家谈因缘，意思是任何事情都有缘由的，这我知道，这大家也知道。但法喜不知道大家知道，因此越说越愉悦。

这时候，有人打来电话，我便离座，选了一块石阶坐下，边接电话，边逗起阶下的秋草来。我想，秋草也没有想到一个满身烟味的城市的俗人会忽然在秋风中与它这么相视了许久。

万物有情啊，我想。

万物有情啊，秋草飘忽了一下。

一泡茶过后，我们要动身了，当我走到后院的廊下的时候，忽然看到了一副对联的上联，我正要拍照的时候法喜说，你能对出下联吗？

我说，我试试，如果能够对出下联，我一定写了寄人拿上来的。

在回来的路上，我的脑海里一直翻腾着这几天见到的人，这几天知道的事，记得的不记得的，我都在想着，尤其是这一句：悟性不知身外事。

我想，假如这是真的，那么还有下联吗？

假如还有下联，那么上联该怎样理解呢？

2008-9-23

36. 禅心独爱山里人

奇武是制作岩茶的高手。我以为。

喜欢奇武的岩茶，不是因为他所用的茶青有多好，而是在他烘培茶叶的过程中，对于火候把握得恰到好处。让你觉得有炭火的香而没有炭火的焦，这很难得，我想。

其实，喝岩茶和喝炭火的韵味是分不开的，岩茶不像绿茶或是其他的青茶，只要自然的芬芳。岩茶一定是要有火味的，我以为所谓的岩骨，便是在这样淡淡的火味中得以品味茶叶的硬朗与霸气，这也是岩茶不同于其他茶种的原因之一。可惜现在喜欢这样岩韵的人不多了，当然，也因为现在可以制作这样岩韵的师傅不多了，很幸运，我结识了不多的制茶师傅中的一个。

那天，在奇武师傅的茶室里，我说，我要做奇武的徒弟，明年春天上来做奇武师傅的帮手。奇武师傅满脸通红地笑了，笑的时候犹带些些的羞涩。

一处的自然养一处的人，像我这样从小喝着污浊的自来水长大的人，即使跟着再好的师傅学做茶，怕也是做不出硬朗的茶叶来的，有的只是不足或是过分，难道不是这样吗？

我又想起慧苑寺的那副上联：悟性不知身外事。我一直在想它的下联，忽然想起奇武的岩茶和制茶来，我想，是不是可以这样续它的下联：禅心独爱山里人。

是这样的，一个人根性再好，也敌不过环境的污染。前几天，环保的朋友委托设计一套招贴，说现在的污染若落实到实处，无非“水”“声”“渣”“气”。城市的人们在这四大污染之下生存，难怪不作出许多的荒唐事出来的，比如六十岁干部猥亵十一岁小孩，比如六个警察殴一个百姓，比如学生可以灭教授，比如毒药可以做奶粉，还有很多很多的比如，还会有很多很多的比如吗？

那天，和朋友喝茶，感叹道德的沦丧，于是想写一篇关乎沦丧的诗歌来，可怎么写都写不出来，不知道为什么，倒是将奇武的好茶喝得差不多了。

后来想想，也是，诗歌总不能太过贴近新闻的，它总是对于现实的一种升华，可我还真没学会如何从当前现实的新闻的愤慨中升华开来的。于是我想，现实的物质污染较之当代道德的沦丧来，怕是次要得多了。

前两天小孩拿了一篇作文给我看，是他考试的作文，写得不好，题目是“微笑面对生活”，孩子举了两个例子，一个是连续两届奥运倒霉的射击手，本来可以拿冠军的，可总是在最后一枪脱靶。一个是得诺贝尔奖的霍金，说身残志不残，微笑面对生活。我说，这样的例子都举得太远了，而且，两届奥运历时八年，最后一枪脱靶了，那微笑一定比苦笑还难看呀，能笑得出来吗？而且霍金，若是没有残废而还能得诺贝尔奖，不是更美满吗？人活着，有时候确实是没理由微笑的，比如读了以上的那些新闻。

孩子说，是呀，怎么会是这样。

于是我想，喝茶也是这样，一味地求香，绝不是喝茶的本意。

记得有文章说，毛泽东喝绿茶的时候，是连茶叶也一块嚼进去的，不知道是不是真实的。不过，我倒是真实地嚼过绿茶，只要嚼进去，你便发现它已经不再是你所以为的清香了，而是一种苦涩，但苦涩之后，哪怕你是喝一小口清水，便也觉得清甜，我以为，这才是吃茶，也只有这样才能说懂得生活。

那天，一个朋友问，岩茶过去是怎么喝的。我说，煮。

忘记了读哪篇文章，说到唐宋时的喝茶，是将茶饼烘烤碾碎，和汤一块煮的，想过去都喜欢，原因有二，一是不浪费，可以没有茶渣地喝了茶叶。二是这样的茶汤一定浓郁已极，韵味深远。当然，也一定有他的不便处，否则也不至于演变到今天的状态。

因为觉得奇武的岩茶好，下来的时候带了几斤，几个朋友一分，便没了，于是又交代奇武师傅再发几斤，那天，茶叶到的时候，迫不及待地泡了，一喝，觉得不像上泡的火味，于是，便打电话问奇武师傅。师傅说，一样的，就是上次那包里的茶。我觉得很奇怪，再喝，还是觉得不同。

那天，奇武师傅来福州，我将这茶泡出来给他喝，他一喝，说，这什么茶？我说，便是你这次寄来的。

奇武师傅二话没说，便要将他寄下的茶叶带回去重新做。我不让，我觉得很过意不去，我说等下次吧。

于是，奇武师傅说，每次烘培，一笼只可以烘上七八斤。我见过武夷山的烘焙房，那是靠墙的地方一排的炉子砌过去，那灶膛很深。奇武师傅说，那里面的炭火可以烘焙一周的。原来这样，我想，在一周之间，前后烘焙的怕也就不一样了。

当然，喝茶喝到这样，其实也已经背离了茶道了，甚至有些过分，想想，又觉得有些难受起来。

第二天，奇武师傅来短信说，他又寄了茶下来，我没有急切地去喝它，只静静地包着，放在工作室的一角。

我忽然想到所谓的大隐隐于市的说法，怕是那些六根不净又想高标的人的说辞吧。就像污染之与身体，那不是知觉可以感觉得到的转变。

于是，我忽然地喜欢起自己的下联来了。

2008-11-10

37. 台湾十日

一

二月二十二日到三月二日，刚好十日，在台湾。

二

那天，台湾的海峡注满了水，海水，很深，和天空一样的颜色，像一杯永远喝不完的酒，这是后来想到的。

但那天的海水和天空确实是一样的颜色，就像后来我在金门的官窑写的四个字："海天一色"。混沌得像个鸡蛋。那幅字还在吗？在哪里呢？忽然想起。

空蒙蒙的，就像那时对台湾的感觉。我可以不说一句话地过一天，但不可以什么也不想地过一天，而那种空蒙，仿佛什么也不想地过了一辈子。

是的，一直到金门码头的橙色柱子出现，我才从混沌中醒来，上岸。

当年喜欢禅宗的时候，有一句叫"宝筏渡人"，渡人是将人们从这个岸渡到那个岸上，没说为什么，仅此，一点都不精辟。接着是这人上得岸之后居然"负筏而行"，想想便开始捧腹，再想想便觉得可以理解，还想想便又觉得可怜。很现实的问题呀！

我们上岸，我们是两个人，我和刘登翰师，背着拖着，如负筏而行的人，而去。

而我的脑袋像注满了水，海水。

三

前年，李锡奇师带着金门高粱来福州，席上，喝得差不多的时候说，怎样，到台湾玩一玩。

刘登翰师已经去台湾无数次了，因为他做的便是华文研究，据说，现在的《台湾文学史》教科书还是用他编写的。

章绍同师也因为音乐的关系，去过台湾好几回。

秦岭雪师籍香港，爱去便去的，自然也不新奇。

于是发现，那“玩一玩”的，仿佛是为我而说了，当时我说，好呀。便将一杯高粱酒喝了。

于是便有了这次的越界·四人行，按刘登翰师的说法：

越界·四人行，是来自福建和香港的四位艺术家，刘登翰，秦岭雪，张绍同，大荒（依年龄为序）赴台湾举办的一次综合性的艺术展。四位艺术家虽然业有专攻，拥有学者、诗人、音乐家、平面设计师的不同身份，但心境无界，表现出超越自己专业的艺术追求，以书法的行草和墨象，音乐与电影，设计与雕刻，创作一个多维的艺术空间。

四

金门很空旷，空旷得只剩下文化，闽南文化？还是战地文化？我想。

来金门接我们的人很多，都是文化人，比如画家李锡奇，朱为白，李重重，潘钰，徐瑞，策展人蔡志荣，设计师卢根，诗人古月，贤志文教基金会董事唐经澜，企业家吴安安，还有金门县文化馆的，数不过来。

但还是觉得金门空旷，因为偌大的码头外面，只有我们这些人，而且，一路上也没见到多少人，这让我有一种耳目一新的感觉。

空旷好，空旷常给人自由的感觉，就像天空。

金门的天空是给鸟飞的，那时有鸟，有大鸟，有玄鸟，很自由。

在空旷旷的金门，我忽然有一种鸟的感觉，觉得到处都可以飞，什么都可以想，甚至可以说。

凤鸟，是的，《山海经》里有记载，凤鸟五色，有文采。这五色在后来的人文附会中忽然便成为仁义礼智信的象征，以切合中国千年的龙凤寓意，太凝重了。我还是喜欢五色而毫无寓意的自由而美丽的凤鸟。

我不知道来到金门为什么忽然会想起凤鸟来。是来到金门的第二天，我们来到金门的一个公园，看到关于金门的宣传片，据说，因为当年的炮战，这里成了禁区，也因为成为禁区，便可以保留了几十年的原生态。我的印象，到处是花，是鸟。只有看到金门菜刀的时候才让人想起曾经的炮战。

时间是美丽的，就像这里那里一片一片长出的紫色的薰衣草一样，什么被覆盖了？这不重要，重要的是眼前的美丽，我想。

我们的四人行展览从到达金门的第一天下午就开展，忽然不知道从哪里冒出很多人来，有公务员，有学生，有家庭主妇，而且，仅有两万多人的金门，在同一天里，文化馆居然有三个展览同时开幕，匪夷所思。

到了晚上，李县长做东，桌上依旧是满满的金门高粱，怎么也喝不完的金门高粱。席间，诗人郑愁予带着歌唱家夫人姗姗地来了，也是一杯一杯喝着，一杯一杯敬着，忽然的，郑愁予便作出一首诗来，大意是：

装在瓶里的不是酒
倒在杯里的不是酒
喝在口里的不是酒
只有和朋友在一起
才是酒

五

第二天，几个朋友喜欢画陶瓷，便由李锡奇师带着，到金门陶瓷厂画陶瓷去。

我们四个由诗人古月带着，参观坑道去了。

我很难想象这么平静的地方到处都是坑道，而且，金门的碉堡之多，是可以成为一道独特风景的，据说，当年的几个装置艺术家曾在这些碉堡里做过很著名的装置艺术，可惜现在都没有留存下来，有的只是萋萋的芳草和类似云烟一样的记忆。

战争，当年的战争。

坑道阴森森的，从地面延伸到地底，海水从坑道的另一头灌入坑道，静静的，若有所思。几个园林管理员用清水和抹布非常小心地擦拭着扶手，静静的。

里面有营房，有汽车可以开进的过道，有运载船可以驶入的水道。战争让整个大地变得虚空，变得不可思议。

古月师说，每次楚戈来，他就坐在外面的空地上，不肯进来。

古月师说，因为他参加过建设坑道。

古月师摸着石壁上的名字，说，这些就是开凿坑道的死亡者的名字。

远处是洞口，是直接连到大海的，就像一声叹息，光亮得让你睁不开眼睛，我想，当初在坑道里的人们，是不是也有这样的感觉呢？

六

去年到惠安采访，才知道南狮子出在惠安，才知道南狮子和北狮子的区别。

中国的狮子有别于西方人眼中的狮子，就像中国的龙绝不是西方人眼中的龙或恐龙一样。中国的狮子是神物，是有表情，有护法护院作用的。

据说，北狮子比较威猛，故适合辟邪，因而，官府衙门常多摆设。而南狮子比较温和，嬉皮笑脸的，因而，比较适合家居或商贾者使用。

金门则不同，金门也是狮子，但却是风狮爷，风狮爷是整个的人立起来，嘴角下垂，圆睁双眼，作望穿秋水状，太生动了，一眼就让人喜欢。

金门，旧属闽南。我问同是闽南出生的刘登翰师，闽南有风狮爷吗？

登翰师说，没有。

闽南没有踮着脚跟的风狮爷，闽南没有引颈翘盼的风狮爷，闽南更没有将葫芦拟作生殖器的风狮爷。

这是金门，所以有风狮爷，我想。

七

金门是酒门，一进入金门，便进入了高粱酒的世界。

那天，下了船，直接到金门县政府，县长李炷烽先生热情接待了我们，在介绍了金门的人文地理特点之后，便拿出一瓶酒作为馈赠，是马英九专用酒，金门高粱。

喝酒是很痛快的一件事，但因为不善喝，故常吐，吐了，便觉得不痛快了。也因此，郁闷之余，便也羡慕起那些常喝不醉的人。

其实，福建应该多米酒或是地瓜烧，高粱酒，当是北方的好。因此，在金门，我问他们金门高粱是什么时候开始的，他们说，是当年那些北方来的官兵，因为念想家乡的美酒，便也在落脚的地方酿起酒来了。

当然，酿的便是家乡的烈酒。这很像一首歌《九月九的酒》里唱的。思乡而至于酿起家乡的酒，而至于办起酒厂，而且，办成了高粱酒的名品来，可以见出这乡情的壮丽和伟大。

上一回，在福州喝金门高粱的时候，诗人辛郁喝着喝着便唱起民歌来，而且，很纯正地唱着，唱的是陕北的民歌，那种沧桑，那种豪气，那种歇斯底里，没有浓郁真切的思念是唱不出来的，每回，听着就感动。

于是我想，到台北的时候一定要叫辛郁再唱一回。

金门酒厂在金门的什么地方已经记不清了，总是车来车去的，倒是那天的情形历历在目，在酒厂的接待室，先是看了金门酒厂的建厂片，之后，大家品着最好的金门高粱，安静地听绍同师带来的音乐，其中有《酒狂》。据绍同师介绍，《酒狂》，古代古琴曲中有，但绍同师的《酒狂》，则是以交响的形式，在乐器上结合中国的古筝等，合成了具有现代气息，博大，同时又有中国古文化韵味的交响乐。在浓浓的高粱酒香里，忽然便觉得那精神癫狂了起来。

美！

八

我们是第三天到台北的，那天有雨，微雨。

台北机场不大，在市内，有一个名字，但忘了。

那天，我们一行从机场出来，锡奇师将我们送到旅馆，旅馆也不大，但很漂亮，底楼有一台咖啡机，可以自由取用，咖啡豆也挺不错的，我们四人乘锡奇师办理住宿手续的时候，各磨了一杯咖啡，身心疲惫但不失愉悦，这是很奇怪的一种体验，就像一种透支了的灵魂，在可有可无的心情里，飘忽着。

我们打算晚上和台湾的画家们、作家们一起共进晚餐的，因为，他们希望为我们接风，而且，吃饭的地点也已经订好了，甚至连需要喝的酒水也可以想象出来的，那就是金门高粱。但是，我没办法去，因为秦岭雪忽然觉得身体不舒服了，于是，我便决定留下来，一方面可以陪秦岭雪，另一方面也可以借此了解秦岭雪的书法。

秦岭雪首先是个诗人，在他年轻的时候写过一首长诗，类似乐府的，叫《蓓蕾引》，是一则爱情故事，类似于《孔雀东南飞》的，读后让人唏嘘。

他说，有一天，香港的福建书法协会忽然叫他当副会长，书法的副会长不可以不写书法的，于是，便开始写起书法来。不知道这是哪一年的事情。

在金门的酒厂，看到秦岭雪写过，是绷着劲的，仿佛一个气球，随着气流在那里飘动。又像流水，绕着那些曲曲弯弯的河道在行走，一抑一顿，皆成趣味。

秦岭雪是写草书的，虽然也写行书或正书，但最为生动的还是草书，且正锋侧锋兼备，变化奇崛。

但是，这个时候他已经飘忽在他的梦境之中了，只留下我在他的房间里揣摩他的书法。

空气很静谧，是的，偶尔，我的想象也会飘到他们的酒场里，想象他们粗着脖子劝酒的行径来，然后开心地一笑，没有声音的一笑。

一会儿，锡奇师带着登翰师、绍同师，还有安安、张钰他们来了。说我晚上没去，很可惜，说《创世纪》的诗人们每每还问起我。

是啊，可惜。我想。

九

台北的第二天，我们去了西门町。

喜欢西门町这个名字，原因可能和早先在日本的时候有关，那时，只要告诉人住在哪个町目，一定找到，那一町目一町目的，就像一块块豆腐，很规矩地切割着。

台北西门町，据说是旧时的残留物，是老街。

那里很繁华，是一条年轻人的购物街，也是台湾小吃街。在那里，我们找到了红楼，那是旧时的剧院，里面还贴着旧时的海报，那些当年的明星依旧年轻的笑在海报里，让人看后觉得需要感叹这么一声似的，感叹什么呢？

留声机还在，可听不到当年钢针划过胶木的音乐声了，红楼还是红楼，在怀旧的气息里依旧站立着，圆圆的，仿佛十字路口的一声京剧的清唱。

我忽然想起前一阵子的一首歌，里面的歌词很像是，手捧着绣花鞋，站在地安门外。等待什么呢？西门红楼，这个台北的老情人。

从那里出来，登翰师提议，去看看“明星”咖啡馆，说当年的台湾艺术家几乎都在“明星”咖啡馆里待过。

忘记了是怎么走的，很像过了几条街，在一个不大的巷子里，看到“明星”咖啡馆不大的牌子，是二楼三楼。

就在入口的地方，摆着许多旧时的名人物件，有画家，有作家，有表演艺术家，我只在一堆艺术家中找到我认识的，诗人罗门，和他写在咖啡馆的诗，如下：

“明星”咖啡厅浮沉记

茶在沉思
咖啡在沉思
文学在高谈
艺术在阔论
时间在笔下奔驰
空间在稿纸上展开
“明星”它曾是被骚人墨客
题诗描画的一盏彩灯
亮丽了三十多年多彩多姿的
岁月与回忆

自从摇滚乐 敲打乐
速摇带打 闹进台北街头
卡拉OK由忠孝东路
一直吵到西门町
先是与它为邻的“田园”
老早就停放了田园交响乐
一群人跟着悲多芬从“田园”出走
另一群人踩着电子琴
带着樱唇柳腰与啤酒
笑进来

在玻璃大厦四面反射的光里

在杂志封面亮出么多
袒胸露背的女“明星”中
也只好暗淡下来
冷冷清清
望着一个个灯下的沉思者
熄灯离去
一个个抢着公司行号
开灯坐下来
要谈便谈股票
要看便看钞票
让茶与咖啡冲出来的
纯文学
现代文学
只好流落到旧书摊
不声不响

罗门

这是我近二十年来第一次又读到罗门的诗，读了，让我伤感，说真的，一点也没有当年罗门的诗的那种灵气了，而且，这实在不像是一首诗，更不像是当年罗门的诗。不过，可以作为西门町“明星”咖啡馆的一段历史来读。

就像诗不再是诗一样，咖啡馆也不再感觉是“明星”咖啡馆了，那里是吃中饭的地方，到处是牛排的气息，这里那里坐着的，是毫无艺术气质可言的普通食客。我忽然觉得，只有我们几个傻乎乎地跑到这里凭吊当年的台湾艺术来了。

十

李锡奇，金门人，台湾当代艺术家，马英九的艺术顾问。

李锡奇的画在台湾，是很现代的，偏向于构成一类。近来，锡奇师结合福州的脱胎漆器的做法，制作了一批以大漆为主要材料的，既有现代感，又饱含传统色相的现代画，很有冲击力。

这晚，我们便在锡奇师的家里吃饭。

锡奇师的太太也是台湾著名的诗人，古月，是《创世纪》诗社的骨干。

那晚的晚餐，都是古月师一手制作的。

早先听说古月师是湖南人，便想由她经手的菜肴，一定带着湖南风味的。于是，我们都带着准备吃香喝辣的味蕾去了，等到上菜的时候，一品尝，才发现远不是那么回事，完全是闽南的风味。

我说，不辣呀。

古月师说，怕你们不吃辣。

而锡奇师压根儿就不在乎什么味道，稀里哗啦地饕餮了起来。

而我印象最深的，是挂在他们大厅的一幅锡奇师的画，是一半漆黑、一半殷红的交接的地方，透出一角金色的圆弧，就像刚展露一角的太阳。

十一

第三天上午没有什么安排，我便一个人遛达到“国父纪念馆”去了。

“国父纪念馆”，也就是“孙中山纪念馆”，就在旅馆的附近。

国父也好孙中山也好，我们都知道指的是同一个人，只是观念不同，便有了不同的称谓罢了。

一个民族因为观念的不同，在过去的几十年里演绎了无数的是是非非恩恩怨怨，值得吗？不值得吗？这是我在这段短短十天的台湾行的日子里，无数遍拷问自己的问题。

人们最喜欢说，相逢一笑泯恩仇。

与其说泯恩仇，不如没有恩仇，我想。而且，年龄越大，越觉得因了政治的原因弄得家破人亡，妻离子散，离乡背井，且只在几十年的短短的生涯中匆忙地去演绎，值得吗？

纪念馆里空荡荡的，中间坐着一尊巨大的孙中山坐像，那些卫士像蜡人似地站立着，仿佛一种僵化了的思想，却擦得锃亮。

忽然，蜡像发出了奇怪的声音，叫了什么，没听清楚，只听得噼噼啪啪的响声，原来从幽暗的过道里，齐刷刷地出来几个卫士，像在移动，又不像在移动，他们可以将连贯的动作分解成一系列静止的状态，让人觉得有些滑稽。

我忽然想起憨豆的恶作剧了，要是憨豆先生在的话，把不准会想出什么让人兴奋的小动作的。我不觉得小笑了一下。

又是一声听不明白的口令，新旧卫士们交叉在一块，开始甩动手里的枪，那些枪被擦得明晃晃的，钢白木黑，仿佛玩具。你一定想不到那是杀人的工具。

一切都在艺术化，在时间里，战争也好，政治也好，工具也好，卫士也好，是不是也包括了今天的观众？包括了我？

我对历史一窍不通，原因在于年轻的时候，你花了九牛二虎之力去记忆，去认知历史的时候，忽然有人告诉你，那历史是假的，让你崩溃，包括信仰。

当然，这也难怪，现在如果有个朋友告诉我，说十年前的某月某日，我说过一句什么话，让他记恨了我几十年。我首先的反应则是，我那时真的说过吗？当事人尚且如此，由此推及，何况历史。

我只静静地观看卫士的交接班仪式，那年到南京的中山陵，也看到一尊巨大的孙中山坐像，只忘记了我们有没有这样的卫士，有没有这样的仪式，应该有？应该没有？

十二

台北时空画廊，不是一个画廊。下午，到达时空画廊的时候，主人叶先生说。

确实不像画廊，有大家喝茶的地方，而且喝茶的地方占据了画廊绝大部分的空间，还有一半的空间是作为讲座交流用的。

这是艺术家交流的地方。主人叶先生说。

这次王性初回福州，说了一句挺让人回味的话，大意是，在美国一年见到的朋友不如在福州一天见到的多。

我想套用这句话，在福州，一年见到的艺术家不如在台北一天见到的多。当然，这是锡奇师的人缘。

记得，那天到达时空画廊的时候，已经有很多认识的不认识的艺术界的朋友在那里了，围着锡奇师，或谈艺术，或唠家常，好不热闹。

有画家朱为白，李重重，林文强，杨识宏，徐瑞，钟经新，何肇衢，钟俊雄，有雕塑家李茂宗，有设计师、诗人张国志，卢根。有画家兼诗人的楚戈，有诗人张默，辛郁，罗门，郑愁予，碧果，管管，古月，辛牧，丁文智，有小说家黄春明，有策展人蔡志荣，还有许许多多叫不出名字的人。

我的记忆力不好，而且是天生的不好，所以，我在后天也就不再努力地想让自己的记忆力变好，比如对于人名的记忆，比如对于地名的记忆，即使是在写这样的随笔的时候，我也只好对照当时他们分发给我的那些名片去将一个个人的人脸给对上，所以，每到这个时候，我特别感激那些将自己的人头印到名片上的人。

还有，就是千里迢迢从台湾背回来、现在还散落在我的案头的那些朋友们的著作或是画册，于是，我便将这些人的名字和我在台湾所拍摄的这些朋友的合影一一对照起来。

有时候，我是挺佩服台湾这些艺术家的，比如那天，他们可以从台湾各地纷纷赶到台北，他们的年龄即使年轻的也已经在四五十了，年长的则七老八十，但他们的激情依旧，谈起艺术来依旧两眼放射着光芒。

年轻的时候，很多人很喜欢艺术，也从事艺术，十年二十年过去了，当重又聚首的时候，他们或官腔，或商腔，或陈腔，或低腔，总没了当时的那种纯真和激扬。甚至有些很有才华的，倍加让人扼腕。但台湾的这些艺术家不同，他们依旧，半个世纪过去了，他们聚首的时候，依旧像年轻时一样，该争论的还在争论，该调侃的还在调侃，无论生活得怎样。仿佛生命从一开始该怎么样就是怎样似的，于是，我觉得这仿佛便是人生的常态了。

近来，或是有时候，我也常常反省人生的本来意义。

什么是人生的本来意义呢？记得当时和朋友聊起这类事情的时候说，鸟在天上飞，鱼在水里游，都是本来，若是错位，自讨苦吃。

那么，怎么知道是不是错位呢？朋友说。

看三代。我说。

可惜我们现在的三代，居多也已经不是本来了，于是，便有了迷失的感觉，而且，用短暂的一生去迷失，苦。

因此，我们特别羡慕台湾的艺术家们。

十三

年轻的时候很喜欢罗门的诗歌，每每读来，总有一种飞的感觉。痛快。

记得他的诗《逃》中有一段是这样写的：

……

要不是鸟笼
使原野瘦了
翅膀怎会想自己
是天空的两扇门
眼睛也不会望成
窗外的风景

其实 逃就是一种飞
就是鸟说的那种空阔
即使云为了远飘
将山的阶梯推倒地上
那也只是起伏与浮荡
从不经过伤口

不经过伤口的逃
便用不着去想

铁栅等不等于那只豹的视线
那把箭能不能将旷野追回来

当春日逃过一片片的花瓣
夏日逃过一阵阵的浪潮
秋日逃过一林林的叶音
冬日逃过一山山的雪景
远方逃过一目目的氤氲
只要去想起云与鸟
天空便会一把抓你成为
那朵美丽的形而上
……

听说，他曾经是个飞行员，后来因为写诗，便辞了公务。

辞了公务之后，便一直写诗，一直写，一直写，除了写诗，再没有其他的事情了。每想起他这样的生活，才知道什么叫作诗人。

后来，每逢到锡奇师或古月师的时候，我总是问起罗门。

他们说，罗门呀，如果知道你这么喜欢他的诗，一定高兴得不得了。而且，他说起话来总没完没了，理论是一套一套。

我想象罗门一定是一个很潇洒，很幽默，很纯粹的诗人，因为，从他的诗里，你会有这样的感觉的。

那天下午，锡奇师说，罗门来了。

我回头一看，啊，罗门，整一个像泡在酒里刚出来，或是还没睡醒的样子，瘦瘦干干，摇摇晃晃，留着长长的头发。

罗门很匆忙地将展览厅瞄了一圈，然后回过神来，听说我喜欢他的诗，很高兴地将我拉到一角，从他的不知道哪个超市里使用的环保袋里，拿出一本他最近刚写的，类似艺术宣言的手写影印件来给我，然后开始阐释他的美学观点。

那天，朋友很多，对我来说都是第一次，因此，在我还没听明白罗门的艺术观点的时候，便又被拖到新朋友的面前，介绍这介绍那，等我回头再找罗门的时候，不知道他又走向哪里了。

到得晚上，我们依旧是晚宴，很多朋友都来了，罗门也来了，来了就要在我的边上坐下，可主人不是这么安排的，主人希望罗门和画家们一张桌子。

罗门说，这样不行呀，我和大荒的谈话还没完呢。

主人说，等下再谈吧，等喝过酒后。

罗门忽然地大声了起来，没有对象的，又像是对所有人的，说，你以为你是画家吗？你只是画家，却不是艺术家。你以为你是诗人吗？你只是诗人，却不是艺术家。

说完，走了。

空气紧张了一会，好在金门高粱很能够让人忘记诗人或是画家与艺术家的区别的。

但这事怎么的总觉得有些梗，回到旅馆，第一件事情便是将罗门赠我的手稿影印件拿出来看，题目是《创作半世纪，留在诗眼扫描镜中的一些景象》，读着读着，我忽然知道了罗门说的艺术家是什么了：

……

如此可见一个在实质上名副其实的真正艺术家，绝非任何作家乃至台面上被大众指点的所谓作家（包括各门类的艺术创作者）能冠上荣衔。也因而顺理成章的将“艺术家”推想与定位为完美与永恒存在的另一个“造物主”。

……

再往后看，而且也知道了他在离去的那一瞬间所说的话，实际上是他的这篇文章的原文，原是想小声告诉我的，没想到一激越，便成了对在座的所有诗人画家的鞭挞了。

2009年

38. 济南的泉水

很凑巧，在济南的时候，住在济南泉城路一号。

第一次到济南，觉得这城市挺干净，挺大气的，喜欢。

因为登了一天的山，从泰安坐火车到了济南，就想好好休息一下，而泉城一号里的旅馆，安静，幽谧，正好可以休憩。

第二天一早起来，吃过旅馆里的早餐，便和朋友出去闲逛了。

一路上，朋友总是说，济南是他的故乡，至少是第二故乡。

朋友说，要带你到我小时候喂鱼的地方。

朋友小时候喂鱼的地方是趵突泉，他说，是天下第一泉。

从泉城路一号的大门出来往右拐，一桌吃早餐的汉子说，绕墙走，就可以到大明湖，坐船，穿过大明湖，出来不远就是趵突泉。

我们按着他的说法，进入边上的巷子里，巷子不大，一个小姑娘和我们擦肩而过，过了又回头叫住我们，说，叔叔，我是义务导游，我带你们看王府泉好吗？

看小姑娘的眼睛，就像一湾泉水。大概在小学六年级左右。

这里的巷子仿佛修整过的，清一色的灰墙黑瓦，且墙头屋角一概的浑圆厚重，不像闽派的建筑，时不时有个尖翘的飞檐。

小姑娘说，这巷子出去是繁华的街市，你们刚才出来的地方就是一个旧王府。我们这里有个特别的地方，就是王府泉。

一会儿，便到了一个开阔地，有很多游客，和我们一样，都是被一个一个的义务导游的小学生引到这地方来的。

那是一个足有篮球场大小的石砌的池子，池子里冒着水泡。

小姑娘说，那就是泉水，终年不断，而且温度常年保持在18℃。

当地的很多老者在池子里游泳，还有的人爬到边上的条石上往池子里跳水。而池子的周边就是民房，黑屋顶，灰墙，石板，清水，不富丽，不浮夸，有一种很实在的生活气息。

我们停留了一会儿，别过小姑娘，便穿到小巷里了。

福州的三坊七巷也修整一新，但很多朋友看过，觉得像影城。这不是没有道理的。虽然我们保留了很多院落，修整了很多院落，但那些院落的原住民不见了，陈设不见了，或者简单地说，生活不见了，有的只是一个很好看的空壳。

济南的这些小院落不一样，巷子里的门户一个挨着一个，里面依旧有居民居住着，门口依旧有自行车停放着，偶尔从门洞里出来的老妪，依旧提着菜篮子上集市去了，很生活，很风俗，于是也很文化。

泉眼在小巷里时隐时现着，其实有点像我们这里的井水，只是我们这里的井水不能用了，十有八九都被填掉而济南还留着。

那小泉水通过沟渠相连，汇集到巷口的一条小河里，河水清澈见底，河底漂满了长长的水草，随着河水的流动飘忽着。河的两边是石板的道路，宽一些的，就是集市，这集市不像旅游区的那些商店，卖的都是千篇一律的旅游品。这里卖的都是他们手工制作的用品或工艺品，比如老太婆自已织的手机袋，比如艺人自己刻的鸡蛋画，等等。而河对岸呢，是刚刚起来的人们，将茶椅茶桌搬到河边一字排开，我真想过去坐在河边喝一杯绿茶。可朋友说，下回吧，现在没时间，我们还要去趵突泉呢。

我喜欢水，也喜欢和水有关联的事物。

记得有一年，一个朋友在靠山的地方买了一套公寓，让我去参观，也怂恿我在附近买一套。我挑来挑去，最后还是在闽江边挑了一套，前面是人工湖，边上是江水。

集市的尽头是一条主干道，对面就是大明湖。大明湖的湖面是福州西湖的不知道多少倍，看边上的介绍，说过去济南的湖面占去了城市的一半。我没想到在北方可以看到这么大的湖面。湖边种满了柳树，那些柳树有了一定的年份，长长的柳条披散了下来，在风中阿娜着，情致万千。让人动心。

问了身边的人，趵突泉在哪里？

那人指了一个相反的方向，说，是大明湖前面的大路直走向左拐，然后再直走，右边就是。

济南人的指路是不拐弯的，都是直走直走直走的，让我们的思维一下子转不过弯来。这时候，我们倍加思念济南的好友了，思念阿磊和阿宇，哪怕是留一个在济南也好，可他们双双都去了太行山画画了。

济南的孔庙就在路边，看看还有一点时间，便也拐了进去，还是规模，那规模比福州的孔庙不知道要大多少倍，光边上的七十二贤人的等身塑像密密地排列过去，也是我所见到的最为开心的一次儒者的陈列。那些名字你记也记不住，倒是朋友有心，找到姓曾的，说，啊，祖先啊，我的祖先居然是大儒啊，要好好拜拜。

而我依稀记得孔子的学生里有一个叫林放的，据说对于礼的理解甚是了得，孔子有一句话，泰山不如林放乎。可惜，匆匆走了左半边的庑廊，就是生生的没见到同姓的先人。

我对于济南的孔庙印象最深的也应该是水，在孔庙的后面，有一座石桥，拱形的，下面就是清澈见底的流水，想是从周围的里巷里流来的，边上建着两个亭子，不认真看，以为是一样的，细看才大为惊讶，原来一个是方形的，一个是圆形的，这大概也是出自孔学的，无规矩无以成方圆了。寓教于建筑，这算是最为明了的象征了。

济南的趵突泉就在一条大街的边上，这大街叫什么呢？依旧是记不起来的。看起来是一条主干道，异常的喧嚣，可就是在这样喧嚣的大街的边上，并行着一条很安静很清澈的小河，小河里画舫游动，流水潺湲，因为是休假日，画舫里传来的都是孩子的声音。

在还没到达趵突泉的路上，好像还有一两个挺大规模的泉水公园，我们没有逗留，直奔趵突泉，其间也忍不住停下来拍拍流水拱桥，垂柳假山。

到了趵突泉，朋友的脸一下子亮了起来，按朋友的说法，这里应该是他最快乐的童年的记忆吧？是他的母亲带他来这里看泉水，喂鱼的，以至于时隔四十几年，他还是记忆犹新。

朋友在排队买票，他说一定要他来买票，他说这是他的家。

趵突泉啊，到处是水，大大小小的水，各种各样的泉，珍珠泉，金线泉，还有什么泉什么泉的，应接不暇。到处都是假山，那些石头多为白色的，有点像大理石的假山，伴着幽草佳木，每一处都可以成为一幅很好的水墨画，我拍了很多，忽然想起阿磊来，我想，阿磊之所以成为著名的画家，是不是和这样的园林有很大的关系呢？

啊，趵突泉，朋友说，就是这里。

趵突泉四周围满了人，大人把小孩高高地顶在头上，观望着池子里的景致。近处的人可以拍照，可以观鱼，我们挤不进去，只好将相机高高地举起来，拍了拍，算是来过了。

三尺不消平地雪

四时常吼半天雷

这是趵突泉的亭子上挂着的草书联，想当年的泉水应该是轰轰地往外冒的，今天没有，也许是看的人太多了，那轰轰的响声是听不见的，倒是三尺雪，像雪一样白，冒出的水泡接连不断地涌动着，连成一排，很是壮观。

这样的泉水，这么亟不可待的、连续冒出来的泉水，倒是第一次看到。

从趵突泉转身，便看到皇英庙，应该是尧的女儿，舜的妻子。是娥皇和女英。

也就是，这一带应该是舜部落的活动区域了，回来一查，天哪，历山也好，雷泽也好，都在济南一带，亏我刻了雷神，也拓了无数雷神，还提了无数遍雷神和雷泽的《山海经》的条目，居然不知道就在济南这个地方。

我忽然又觉得这济南这么多的泉眼，会不会是雷泽的水从地下冒出来的呢？

而且，从《山海经》揣摩，好像少昊的部落也在这一带活动的，比如人面鸟身，长着雷公嘴的，昨天的泰山还历历在目，今天的泉水便不断地从地底冒了出来，这地方也太《山海经》了，我想。

皇英庙的后面，又是我惊讶的一个去处，李清照故居。

喜欢李清照的词，和喜欢柳永的词一样，他们总是那么享受人生，而且是很美、很真切地享受着，我一直觉得只有江南的男女才会有这样的受用，尤其是李清照。

试问卷帘人，
却道海棠依旧，
知否知否，
应是绿肥红瘦。

把自己放逐在苏杭的酒肆间作这样的雍容，应该是再恰当不过的，怎么也想不到却是在泰山的脚下，大明湖的边上。而且，年轻时的喜欢，总很少问及出处的，因此，李清照这样那样的词读了一遍又一遍，总没有想要知道她的生平或是生活在哪里。现在想想，济南这地方，真的是可以思如泉涌。

前两年，朋友向我推荐济南的女诗人阿宇，说她的诗很好，后来读了，确实让人惊讶，你真不知道她的那些想法是怎么来的，比如《低调》：

一片叶子落下来
一夜之间只有一片叶子落下来

一年四季每夜都有一片叶子落下来
叶子落下来
落下来。听不见声音
就好像一个人独自待了很久，然后死去。

天哪，这样的思维就像冒泡的泉水。

回到福州，我还在和朋友念叨我所看到的济南，朋友很惊讶，哪里？济南？你不知道吗？那里的人说，那地下都是装着喷泉的。

啊！我目瞪口呆。第二天，还是不甘心地问另外一个去过济南的朋友，那朋友说，济南？20世纪80年代去过，那时就看不见泉水了。

啊！我一直想象不出没有泉水的济南会是什么样的，想求证，我所感觉的济南是真的济南吗？

2012-10-14

第四辑

关于这些树，他想起一个笑话，说沙漠里有无数电线杆，一只狗被尿憋死了，你说为什么？

选自《并非一个人的早晨》

39. 并非一个人的早晨

他昨晚没有洗澡，肯定的，那些本来黑白分明的长毛已经粘成一团，在风中僵硬地摆动着。

天很冷，冷得让人阴郁，而树还是绿的，他想，这是在经过第几棵树的时候想起的？抑或是经过了第几次的时候想起的？他已经不在乎了，可以肯定的是，自从他开始走这条路的时候，这些树就已经存在了。

关于这些树，他想起一个笑话，说沙漠里有无数电线杆，一只狗被尿憋死了，你说为什么？他想着的时候又走过了几棵树，他觉得实在好笑，虽然天气很冷，但还是好笑。

他的年龄具体有多大了？这并不重要，当时从哪里来，在哪里逗留，现在又去哪里，这也已经不再重要了。他只模糊地记得，当时只是不喜欢脖子上的那根皮带，所以离开了那个地方，但究竟是哪个地方，反正也回不去了，记不记得住又有什么干系呢？

幸福总是那么短暂，即使曾经有过，当想不起来的时候，其实已经不存在，或根本就没有存在过。

十字路上的指示灯有点恍惚，又有点发疯，人们停了下来了又走了，走了又停下，在没有太阳的清晨。

他不觉得自己很特别，他想，他没办法理解那些看他的眼神，是喜欢？是憎恶？是可怜？有这些必要吗？

而风还是那么冷，冷得让人觉得路远，而且没完没了。

他走走停停，在一个超市门口逗留了片刻，若有所思，然后摇摇头，而且很细腻地耸了一次肩膀。

大概今天也就和昨天一样了，他想。

昨天是什么样的？他已经忘得一干二净了，所以今天是什么样的，他还必须好好地想一想，或是憧憬憧憬。

他忽然闻到一阵油条的味道，在清晨的空气里是那样温馨，那样迷人，仿佛空气能够飘到的地方都弥漫着这样的气息，令人快乐的气息，而且还带着些许的温暖，是那种类似家的温暖。

他想起他的初恋，那个黑白浑杂的姑娘，他喜欢她的叫声，总是像唱歌一样的叫声，尽管很多事情他都已经忘记了，可有一些事情是永远不会忘记的，他想。

看来今天的天气是暖和不起来了，他摇了摇头，沿着路的一侧，消失在灰白色的早晨的空气里。

2006-5-30

40. 寂寞

寂寞是本来的生命状态，就像不甘寂寞是本来的生命冲动一样。这是我在忽然的一天里想到的一句话，为什么想出这一句话，这是谁说的还是自己说的？就像为什么不想出这一句话一样的无关紧要。因为生命的状态就是这样。

记得年轻时读《庄子》，读到他的《庄子·应帝王》篇，中有一个凿死混沌的故事。文中说：

南海之帝为倏，北海之帝为忽，中央之帝为浑沌。倏与忽时相与遇于浑沌之地，浑沌待之甚善。倏与忽谋报浑沌之德，曰："人皆有七窍以视听食息，此独无有，尝试凿之。"日凿一窍，七日而浑沌死。

假如想要形容那时读到这段话的感觉的话，只有两个字：不懂。不懂但记住了，记住了并在后来的生活中慢慢地懂了起来，而且是一点点地懂了起来。

其实，庄子在这里提到所谓的死活不是死活，就像佛教说的生灭不是生灭一样，那只是一种生命的状态转化为另一种生命的状态罢了，因此，当我们回头再读这篇文章的时候就发现，那混沌死了，其实便成了现在的自然界了。我记得《圣经》上也有类似的故事，说从前天和地是不分的，上帝花了六天创造了世界、人和花草，在第七天休息了。但这些仿佛不能说明我记得这个故事的原因。

刚才，为了确认我记得有这样的一个故事，便重又翻了《庄子》，证实了自己的记忆，也因此可以一字不漏地将这段录下。

我觉得这段更生命的一种解释会不会是，人的混沌状态，或类似于这种状态的混沌时刻，比如早上刚起来的时候，比如什么事情都还不想做的时候，比如什么人都不在身边的时候，其实是一种很幸福的状态，就像寂寞，可以让很多的思想或不思想，在那里滞留或愉悦，当然也像倏忽本身的意思一样，这是一种短暂的滞留或愉悦，而且，你还只可以享受这寂寞，这混沌，却不可以弄清它。

但从另一方面来说，人虽然来源于寂寞，却又害怕寂寞，甚至忘记了寂寞本身就是人的本原，于是，便常常做出倏忽所做的事情，改变环境也改变自己，仿佛这样可以离开混沌而变得有序起来，一直到失去自己或不是失去的那种状态的变化。这很无谓。这又让我一次次回到佛家所说的本原，或本来意的思辨中去，其实，那是一种很简单的寂寞。

人在现实是已经回不去了，这是倏忽的痛苦也是人的痛苦，这痛苦是很寂寞的，于是才有酒，有烟，有那些狂歌劲舞，有那些堕落和非堕落的许多消遣。而同时，我又常常想起“苦”“集”“灭”“谛”这四个字，但我不相信极乐世界。

我知道人是有灵魂的，而且灵魂是有轻重的，但我不在乎这灵魂会不会结成舍利，因为，即使结成舍利那又会怎么样呢？

所以，我更喜欢去细细地品味寂寞，比如吃饭的时候去细细品味大米的香气，穿衣的时候去细细品味衣服的细腻，在自己的空间里去装饰一些自己喜欢的物饰，在行走的时候寻找一些自己喜欢的线路，于是，你会发现，这样的寂寞还真不希望有人来打破，也就是，我喜欢这样的寂寞，就像现在。

昨天，一个参禅的朋友来，我说，近来还打坐吗?
他说，没有，事情太忙。
他说，真希望每天有个打坐的时间。
我想，这也是一个喜欢寂寞的人。

2006-7-4

41. 九九

九九，数中最老的数，正所谓老阳，从前是登高节，其实，现在完全可以定义为老人节的。

平生不爱登高，因此，便少了一些登高的乐趣和做人的气象，但不说明不喜欢高处，假如有物可以借用以至于忽然间便觉得已经身在云端了，那也是一件很快意的事，比如坐飞机。所区别的，只是在飞机上没办法打开窗户，感觉不到外面的风和日丽。

会当凌绝顶，
一览众山小。

俗!

俗在于无论怎样的人每到登临一座山顶的时候，总是除了这句话便没有下文了，此其一。

其二，俗在太过勉强，太过功利了，想那么一个小小的山尖，竟引得无数的人为之弯腰，为之大喘其气，放喻到现实中，不变作营营的钻营了吗？不喜欢。

当然，若将之喻在学问上，固然有点想不开的嫌疑，但对于修身还是有所得的，只是学问也是不可功利心太强的。比如，什么是学问的绝顶，是学术中的地位吗？还是学术中的登峰造极？

杜甫一生写诗，每到收句的时候，总是比较忧郁，因而让人觉得郁闷或沉重，唯独这首写泰山的，却越写越凶，越写越高，想是那时候的景况大为改观了不成？

前一阵子看到电视台上播出了很多大家，发现一个个大家都像平原而不是山尖，怎么说呢？山尖容不下多少人的，而平原倒可以一马平川，任你驰骋，这才有大胸襟。这才有学术的包容性，而恰恰是在现实中作出大家状的，延其学术或是诗文读进去，结果连个小丘也不是，真难受。

介子纳须弥，
须弥纳介子。

这可能是和尚登高的情怀。

和尚本不应该多情的，但既然感慨了，便必须有一些说法，于是，便有了一心一世界的说头了。不过，这样的说头倒蛮有想象力的，既然一心一世界了，我们生活在世界里和生活在心里便没有区别了不是？

而我体会和尚当时的处境应该是这样的，设想，那时的和尚已经生活在心里了，当来到须弥山前的时候，当庞大的须弥山的阴影扑面而来，完全将和尚吞没了的时候，当和尚在强大的须弥山的阴影之下，无论怎样努力也看不到上下左右前后的时候，和尚便慨叹了，原来自己是多么渺小呀，原来这须弥还真纳了咱介子呀，原来唯心的不可以到现实中间来呀。但即使这样，这和尚还得继续走，继续修炼。有一天，当和尚到达山顶的时候，他的心又忽然大起来，而且忘记了当时的惊恐和诧异了，因为他看到了无数的山峦臣服在自己的脚下，无数的风云生生地从眼前飘过，他说，不说了，说了你也不相信的。于是，便有了介子纳须弥的慨叹了。只不知道那时的和尚是不是也在重阳的这一天登高。

背负青天朝下看，
都是人间城郭。

这是毛泽东的诗句。

这是从《庄子·逍遥游》里化出的。当时庄子就看不惯鲲鹏，说你飞什么飞，把天空弄得阴沉沉的，说几千几万里的飞，为什么？还不是要落下来歇息？这和麻雀有什么不同呢？无非是远近不同、高低不同而已，实质都一样，飞上去，落下来，飞上去，落下来，多累呀，倒不如不飞。

但是不飞不行，革命者说。

鲲鹏展翅九万里，
翻动扶摇羊角。

我以为这最重要的是要翻动扶摇羊角。如果麻雀可以翻动扶摇羊角，当然麻雀也可以。如果蝙蝠可以翻动扶摇羊角，当然蝙蝠也可以。于是，那之后，这扶摇羊角倒还是真的被翻动了起来，而且，还比任何的登高都来得猛烈，来得彻底，来得长久。因为，用翅膀的毕竟比用脚的来得快，来得高。所以严格上说，这不是登高，是飞高。

一年一年，登高的人散了，登高的人又来了。一年一年，山还在那里，天空还在那里，可大地不一样了。

我没有大襟怀，我不喜欢九九，我倒喜欢三阳开泰，或是春暖花开，我喜欢初阳。

2006-10-26

42. 孤独之门

有朋友是公司的职员，整天忙于应酬，到坐下来喝茶的时候说，其实，人是孤独的。

我惊讶，这话对于边防站的士兵或是哪个孤岛上的气象员来说，还是可以理解的。可对于一个整天根本就没时间坐下来喝茶聊天，整天围着客人转的负责业务的职员来说，这孤独从何而来呢？

从字面上看，孤和独，在某种意义上来说都是单一的意思，因为单一而感觉无依无靠，因为无依无靠而产生孤独感。但是细分进去，这孤和独还真有一些不同的，比如孤，多指孤苦伶仃的小孩，如孤儿。孤儿不可以称之为独儿，因为独儿实际上是独子的意思。再比如独字，多指没有依靠的老人，老而无依的时候，那悲哀是浩淼的，是一种奔流了一辈子却发现尽头是沙漠的悲苦。

孤者因为小，还可以通过自娱自乐，或是幻想使自己不那么寂寞无助。也就是孤者还有梦可以做。

独者不一样，独者已经到了没有梦可以做的年龄了，而且，只知道死亡已经临近，却不知道是在哪一天。

我说，你说的孤独是指哪一种感觉？

朋友说，你怎么这样说话，这不是咒人吗？

我说，没有呀，我说的都是书上写的，当然，是过去的书上写的，也许现在的孤独不是这么一回事吧。

那么现在的孤独或是现实的孤独是怎么样的呢？我思前想后，觉得可以用这样的一种物件来形容，那就是，门。是的，孤独是一扇门。

门是避风防盗用的，在心，则称为自闭。当前的社会可以让人自闭的理由太多了，其间的关系很复杂，有官场的，有生意的，有人际的。如果没能处理好，轻则影响你与周围的关系，重则危及自身的生存。于是，那些小心者，那些唯诺者，那些有求于人者，出于设防的需要，也出于达目的的需要，很容易便在自己的心里建出一道道防线来，用科学一些的字眼，可以称为生存理性，而通俗一些的比喻，就是心里的门，简称心门。

这心门一经建立，便也越来越繁复了，我将之分为工作理性，交友理性，恋爱理性，甚至家庭理性。也就是，在人的不同的活动范围里，都有一扇可以自我保护的理性一样的门。这样的门越多，这个人仿佛越能够应付当前的社会环境，但也因此越无法知道自己的初衷了。

我说，你求人的事情越多，是不是越觉得小心？

朋友说，这还要你说吗？

我说，这很重要，因为孤独感就是从这里出来的。

我说，孤独感来源于欲望的达成，同时也来源于对这样的欲望的达成的不自信甚至崩溃。

孤独的人不知道什么时候开始建造这样的一扇门，但可以肯定，建造这样一扇门的最初时间是一种快乐，是一种安宁，甚至是一种类似历练的养成。但是，久而久之，发现那扇门不一定想开就可以开了，因为，任何一扇门的开启总是要有一个对象，当你失去了对象的时候，这门便成为墙了。

我很愿意和朋友聊天，甚至很安静地听朋友说上半天，当然，如果有朋友比我更安静，我也可以在朋友面前聊上半夜，无论用怎样的方式。因为我觉得这可以让我们相互的心门开合着，透透气，不至于感到孤独。

是这样吗？我说。

是的，朋友说，可是平时就是忙，没什么时间释放。

这让人叹息，我说，有时候，在找不到对象时，不妨写写博客，或许可以释放一些，去想象一种交流。

实际上，网络也不是纯粹的想象或虚幻，因为虚实本来就是说不清楚的概念。

你有吗？朋友问。

我有，我说，我将博客的地址给了朋友。

太阳从东窗上来，月亮从西窗下去，生命开始在无声中轮回，而心，却跳动得那么真实。

能够不孤独，而且快乐，就像抽空和朋友同品一壶好茶，同煮一壶好咖啡，多好。我说。

朋友的手机又响了。

刚才上网，看到朋友的留言，感觉惭愧的同时，真想直呼他们到我的工作室喝一杯咖啡，那是朋友从美国带回来的星巴克的咖啡，可惜不能。

忽然想起，在福州鼓山的山门上有一副对联，

净地不必扫，

空门何须关。

心想，和天下人交往若都能这样，还有什么孤独可言呢？

2006-7-22

43. 七夕祭

上网的时候忽然看到中国情人节，觉得有点诧异，一问才知道是农历七夕。

七夕是七月的第七个夜晚，是很好记忆的一个夜晚，因为两个都是七字。

公历的七月七日也是一个很好记忆的日子，那是“七七卢沟桥”事变，看起来一个让人高兴，一个让人悲哀，但实质上，就我个人的理解和记忆来说，似乎是一样的阴郁。

只记得小时候在老院落的大门口，那里有一些石板凳，长长的一排，像是专门为纳凉而铺设的。每到七夕的时候，先是院落的小邻居们各端着一碗盐水蚕豆，大家各自分着吃，可以是你吃我的，我吃你的，这样，便将这一年的恩怨一笔勾销。这事情看起来有点幼稚，但细细琢磨进去，仿佛还真有一些情调、真有一些道理的，因为，这样之后，我们邻里的小孩间还真没有什么可以隔年的过结了。

这还不是最重要的，重要的是夜深人静的时候，祖母总会一遍一遍地给我们讲牛郎织女的故事，记得故事梗概是这样的：说织女因为动了凡心，便下凡和牛郎结为夫妻，生下一男半女，被王母知道后，硬是将织女抓到天上，让他们两地分居，但长期分居又不行，所以定下每年的七夕相会一个晚上。

我说，那第二天呢？

祖母说，牛郎又回到人间了。

祖母说，牛郎上天的时候是将家里的一头牛杀了，剥下牛皮，一头挑着儿子，一头挑着女儿飞上天的。

那时，我只想到那牛的可怜，以及那牛皮作成的可以飞动的衣服的血腥。

到我长大的时候，渐渐的，也越来越觉得这故事凄美的背后透着一种诡异的期冀和不可为的冲动。

且不说任何的一种神话都是现实的折射，单就牛郎的所为我就不以为然。

首先，是一个放牛的，放着那么多的村姑不去爱，却偏偏爱上一个貌美的仙女，这不但匪夷所思，甚至让人觉得这牛郎太不务实了。

其次，当知道了她是王母的女儿却依旧穷追不舍，假如还原到现实中，则有点趋炎附势的嫌疑了，而且还得每年杀一头牛才可以上天，实在不敢喜欢。

所以我以为，这故事的真正结局应该是、也必须是，一年一度，织女跨过鹊桥翩翩而下凡，还在牛郎生活的那个乡镇那个村，看看自己留下的子女，和牛郎聊聊天，然后离去。

七七真不是一个很好的数字，但因为西方有情人节，中国也必须有，这让人觉得不是滋味。

其实，我觉得即使是从真正的七夕的故事来思考，正解也仿佛是在告诫人们，生活是现实的，幸福是人间的，逾越了自己的条件来实践自己的爱情或是理想，都是非现实的，而且居多是神话，居多是很人为的悲剧。而且，单就人的自身来看，二十岁三十岁还可以挑着子女飞到天上去，四十岁五十岁呢，还挑得动吗？还飞得起来吗？

七夕而成为节，也还是现在的事，在农村好像叫什么七月半，那是最繁忙的“双抢”过后的一种小憩，有的地方是和中秋合着过的，这要看他们的收获时间。那时，大家这里那里轮流喝着丰收酒，这很开心，但不是节日。

假如一定要将七夕作为一个节日，那我觉得也不应该叫节，而应该叫祭，祭是伤感的，是对于悲剧的记念，是对于无法忘怀的往事的追忆，这追忆不但是为了无法忘记，而且还为了不要忘记，就像公历的七七一样。

当然，看到七夕这一天，那些男男女女的高兴劲，便也觉得不好泼他们的冷水，其实，现实中间的物事不过是找乐而已，没有较真的必要，况且，连鬼节也都可以成为狂欢的理由，还有什么不可以成为节日呢？

有朋友发来短信，七夕快乐。

其实，这和天天快乐一个意思，但总不能一天发一条短信说快乐，所以，我也总是很逗趣地回上：七夕快乐。云云。

2006-8-3

44. 无法挽回

我们无法返回过去，无论是现实的还是心理的、当我喝茶的时候在想。

天气晴朗的时候忽然会想起在同样晴朗的天气里，那些远足，那些心情。

最近一再想起那些远足，不知道为什么？其中包括回忆那时的心情，在那时的晴朗天气下的心情。比如和朋友躺在江边，因为是逃课的原因，所以那种躺在江边的感觉就特别好。现在想想，还好那时常常逃课，因此还留下这样好心情的记忆来。

可我们无法返回过去，看着那些一天天改变的街市，我们无法回忆起那些事物的原貌，哪怕是一座房子或是一棵树。但有时，我们还是会记起那些好心情的。比如在电影院里，比如看完电影后可以在路边的小吃店吃一碗面，比如吃了面在那里聊天，聊着聊着便忘了付钱。

我说，你还记得这码事吗？

朋友说，怎么不记得？

怎么不记得，是啊，那是很无忧的日子，仿佛很远，又仿佛很近。

天上的云已经不再是过去的云了，街上的人也已经不再是过去的人了，甚至连空气都已经不再是过去的空气了。我们常常这样感叹着，难道不是吗？

我不是一个守旧的人，但我是一个喜欢美好事物的人。虽然这现实是我曾经所憧憬的，甚至在现实的建设过程中我也曾经出过一份力，我甚至为了这现实的改变而努力过。但我还是觉得这和当年的憧憬有很长的一段距离。我也说不清楚这距离在哪里。

记得那时，和一个写诗的朋友最喜欢的就是在西湖边上的那条路上走，而且是在晚上，那是一条种满了梧桐树的路，不大，另一边就是西湖，这西湖的得名只是因为在我们这个城市的西边，是很小的一个湖，和杭州的没得比，但也漂亮，有水，有亭台楼阁，有夏天的风，很清凉。

那时，我们这里还都是一些老建筑，还有河流，这里那里的河流将这个小城分成几个方块，人们就生活在方块里，被水围着。

可现在没有了。那天，这写诗的朋友回来说。

是没有了，那些河都藏在路的下面。我说，那是养蚊子的地方。

写诗的朋友喜欢自然，所以到大山里教书写诗去了，他的诗越写越清新，多是一些花花草草，还有一些农村的小孩子，而且有时候你分不出究竟是花草还是孩子，朋友很快活。

有一次，和另一个朋友一起到过他的大山里，在一条溪流里，夏天，我们拍了很多泡在水里的裸照，是黑白的，头上顶着芭蕉叶，还用一个芭蕉叶遮着羞处。回来后将照片洗了并寄给他，他看后来了一封信，大意是，你们这些城市的流氓，竟然勾引他做出伤风败俗的事情来。那时，我们都年轻，不大理会什么俗不俗的，而且年轻有很多年轻时忙乎的事情，他的信只随便瞄一眼，便丢到抽屉里了。

我不应该总是回忆过去，我总是这样不停地提醒自己，可我还是不停地回忆着。

我总觉得回忆实际上是对现实的一种否定，尤其是处处总觉得过去如何如何美好的时候。

是不是把理想成为现实的时候都会多多少少地变形呢？就像那些为了理想而奋斗，但最终还是失望的人一样？我不知道。

今年“五一”，我们几个朋友到武夷山看望一个老朋友，一路上我发现，怀旧的远不只我一个人，无论是人还是事，抑或是物，总觉得过去是那样美丽，那样生动，那样洁净。我知道，我们这代人的现实或心理，无不出现问题了。也就是，这怀旧，无论是意识的还是无意识的，总觉得现实应该是更好的。

我虽然不知道过去人或是我的那些朋友们的期望是什么样的，但我知道，至少我的期望随着年龄的增长，已经失落在无法返回、无法再续的岁月之中了。

2006-6-12

45. 想的日子

我们能够想多远呢，比如这条路一直走，走到尽头，但我们常常还没到尽头的时候就已经厌倦了，厌倦了还在行走。

我们厌倦于自己的想和不想，甚至厌倦了因为这想的缘故而毫无理由一路走去，走去而又更加的厌倦，厌倦而又无法罢手。

记得小时候跟着祖父到鼓山游玩，沿着那些石阶走着，那仿佛是没完没了的石阶，可以让你上气不接下气的，在大概三分之一的时候我说，爷爷，休息一下吧。

祖父说，到欲罢不能的地方歇息。

现在想来，祖父说的欲罢不能的地方，应该是不上不下的境地，也就是，假如回头了，那路程和到达山顶是一样远的，这会让你觉得不甘心，这甚至可以让你听到那些骑到老虎背上的人的叹息。

平生没有骑过马，那天，和朋友到漳州玩，那里有马，大家都骑了，朋友说，也骑一下吧，既然来了。

我说，我不喜欢马身上的气味。

朋友说，不会的，骑在上面闻不到。

我看看夕阳，看看苍茫的山色，便骑上了。

古代人骑马一定不是绕着操场玩的，一定是为了到很远的地方买一包烟或是一瓶酱油什么的，无论如何，至少是要有一些事情才骑马的，我在马上想着，可我想不起来我在马上会有什么事情，哪怕是叹息都不会有，唯一想起的只是古道西风瘦马之类，还没走两步就想下来了，可是下不来，被一个陌生人牵着，毫无意义地走着。

毫无意义地走着，是的，在每天早上或是夜深人静的时候我常这么想着，比如现在。

到了半山的时候祖父说，看，到了，休息一下。

我抬头一看，那石壁上还真刻着“欲罢不能”四个字，是颜体，苍劲有力，让人看了还想走路。

但我不喜欢走路，甚至厌倦了走路。因为一开始走路，便有了没完没了的感觉。

我需要休息，我常对自己说。

祖父已经休息了，是在那次上山后不久，休息了，那休息是一种走到尽头的人的句号。

可我没有休息，也没能休息，一直到现在，我对妹妹说。

妹妹说，把眼睛闭起来，出来玩几天。

我说，好呀。

我的朋友已经玩了一圈回美国了。

还有朋友已经玩到海拔四千米的高山上了，那天还不无自豪地说，要在海拔四千米的山上给我通话，终究没通，我想，这是信号不好的缘故。

总之，一想到玩，便觉得天空的美好，我甚至可以看到一个充满色彩的世界了，或者有山，或者有水，或者什么都没有，除了色彩以外，像面对着一幅抽象的画。

有时候要懂得可怜自己，这样才不至于麻木。妹妹总是这么说我。

我知道。我也总是这么叹息着，回答着。

是的，这叹息就像一棵大树，让你得到片刻的安宁，让你看不到酷热的太阳或什么你不想想到的东西，因为，除了生命还能有什么呢？

就在还没走到尽头的时候，有时候也会失去梦想，仿佛已经看到尽头，毫无趣味的尽头，其实不然。

就在生命的每一天，除了睡觉吃饭仿佛还有很多事情可以做，可以考虑，可以合作。但是这一切又仿佛非常遥远，远得让你无法想象，远得仿佛只剩下吃饭睡觉。

忧郁的云总在一刹那布满天空，那是前天的事，说是台风，让你有了睡意，有了睡意却还是睡不着，仿佛还有很多东西没有想到，其实不然。

就像窗子和眼睛，当窗子无法打开的时候你会怀疑眼睛是否出了问题，这是一个很复杂的计算题，但只要去想，问题就简单了，那些人常说，因为无虑，所以复杂，我是这么想的。

在想起这些事的时候，这算是心事吧，我想，在想起这些事的时候我已经离开了朋友的办公室，我还记得他为我沏的那壶茶，那是壶好茶，在很好的下午。

一切都会好的，他说，

就像很好的一个下午和同样好的一壶茶，这是前天下午的事情了。

现在，在和妹妹通完电话之后，上网又看到了很多朋友的问候，以为我出去玩了，可是我没有，我连上网的时间都没有了。

我虽然把事情做完了，可事情并没有结束，不会结束，我对她说。

就当我没做这件事一样，让我重新做起。她说，那就不好意思了。这是下午和朋友通的电话。

当手头的事情停下来的时候我总是在想，我或者我们，还能想多远呢？

就像这个下午。

就像这个下午只是这个月的一个日子。

就像这个日子只是今年的一个日子。

就像这个日子只是这个世纪的一个日子。

但是谁也无法跳过这个日子。

除了休息。

我想。

2006-8-13

46. 吃茶去

不知道什么时候读了赵州和尚的吃茶去，且一读便记住了，且喜欢吃茶的时候便想起。

古代不用喝茶而用吃茶的一大缘由，原以为是方言的缘故，其实不然。据说，唐宋时期的喝茶是煮出来的，而且，还在茶里加上一些豆类的食物，比如花生什么的。

记得当年在喝福建闽北的擂茶的时候，那也是一种吃的感觉，因为，那碗里的茶汤是浓稠的，那茶色是乳白的，入口是甜腻的，简直就像花生汤，可以做点心的一类。于是，我想，这吃茶去会不会也是这样的一种景况呢？相当于现在的吃点心去？

中原文化南移，在福建这个蛮荒之地被保留了许多，这倒是要归功于福建的落后，因为落后，便没有了变迁，便有了类似南音一样的活化石了，当然也包括闽中方言。比如现在的福州人在喝茶的时候也还是吃茶吃茶地说，就像喝酒也总是吃酒吃酒地说，小时候和北方来的那些子弟聊天的时候，忽然也会冒出吃茶吃酒的言谈来，也引来这些外来人的讪笑，也隐隐有种身为土人的羞涩。忽然的一转眼便来到了新世纪，也忽然发现了禅宗大师的吃茶去，于是，也忽然发现这吃茶仿佛有些时髦了，因为，可以不说喝而说吃，这中间仿佛便是一种文言似的骄傲。

当年的吃茶是真的吃茶，这已经有很多可以佐证的资料了。而与吃茶相对应的，便是那时的煮茶。因为，煮了吃也是人之成为人的很重要的标志，也就是文明的标志。当然，泡了喝虽然较之煮了吃要简单些，但也不见得就失去人所固有的文明，不是吗？这仿佛又有点像当代艺术与传统艺术的些许区别，传统艺术总还在工艺性地展示其艺术的精妙特质的时候，当代艺术已经通过大色块和粗线条来表现内心的意趣了，当然，这只是其中的一派。

吃茶去，那天，我对朋友说。

没空。朋友说。

吃茶去，那天我对另一个朋友说。

没空。另一个朋友说。

吃茶去是要有空的，我忽然觉得这仿佛就是当年大师爱说这话的原因了，而且，我还觉得这吃茶去不是一般的偷闲，而且是人闲心闲的一种表征。在当下的社会，恐怕这样的表征不是人们所期许的，我想。于是，我便很寂寞地一个人吃茶去了。

关于吃茶去这三个字，记得写过几次，一次是给自己写的，是在早先的时候，现在也不记得丢到哪里去了。一次是给李君写的，那时，李君拿了一本册页，里面有很多名家的字画，李君说，也帮我写几个字，我想来想去，写了这三个字。我想，当时的李君会不会以为我是在调侃他呢。其实，我的意思是想告诉他，追求艺术是不可以忙碌的。但这绝对没有偷懒的意思。还有一幅是写给另一个朋友的，那朋友开茶庄，那天，我们都在她那里喝茶，临了，一人一饼普洱茶，无以回馈，想想，便写了几个魏字。这吃茶去的意思和李君的吃茶去和我自己的吃茶去都不一样，这实际上是将那朋友的茶庄当作吃茶的去所，尔尔。

有朋友是一个怪人，春节后老往武夷山跑，那天，这朋友的朋友说，他回来了，又带了一些好茶。

那天我去了，一个人。这怪人朋友拿出几泡，有水金龟，有肉桂，有水仙。

这朋友的茶都是正岩茶，正岩茶指的是武夷山景区内的，景区外的一般只称岩茶。正岩和普通的岩茶还是有很大的区别的。特别在茶香茶韵上。正所谓的岩韵。

一般好的岩茶能有个百分之十的正岩就算不错了，怪人朋友说。

怪人朋友这次回来，泡茶也别致了，几种茶同时泡，各自斟在一个小碗里，一字排开，碗里放着小汤勺，品茶时自取一小勺放在自己杯里品尝。

啊，无聊。我想。这哪里是喝茶，简直就是过家家。

因为和怪人朋友不是很熟，便没将这想法说出。

这些茶至少要两三千元一斤。怪人朋友说。

我说，是呀，量很少。

尤其是品种茶，一般一年也就产那么几十斤。

不过，尽管如此，也还是个茶叶而已，我想。但还是没说出来。

那天，我已经答应买一些回来送给我的另一些朋友，听怪人朋友这么说，我就再没吭声了。

昨晚，电视上看到普洱茶第二季度普遍下跌，价格不到第一季度的一半，而我的想法是，还会跌，其中也包括铁观音，其中也包括岩茶。因为，毕竟是茶。因此，必有茶的本身价值。况且，喝茶是闲事，是为了打发日子。

况且打发日子的方式还有很多很多，绝不至于非要这么昂贵才足以打发的。

于是，我又想起吃茶去这句闲话来。

2007-7-7

47. 喝茶心情

2008年重新读了一遍宋代黄庭坚的《西江月·茶》，发现那时闲人的喝茶要比现在喝得闲，喝得深，喝得有心情。

龙焙头纲春早，谷帘第一泉香，已醺浮蚁嫩鹅黄，想见翻成雪浪。
兔褐金丝宝碗，松风蟹眼新汤，无因更发次公狂，甘露来从仙掌。

我特喜欢“已醺浮蚁嫩鹅黄”句，拆白了说，就像热锅上的蚂蚁，为什么呢，想茶，呵呵，所以便有了“想见翻成雪浪”的一续。

昨天朋友拿了两块茶饼，是竹缘堂的，包装甚是合意，竹缘堂三字为墨书，底为压纹金纸，复以朱竹绘之，蛮简约的，就像忽然的一个清代的头颅伸进你的窗棂。

我本来不想就喝，因为现在的工作室有得是岩茶，可以慢慢地从远处喝到近处的，奈何朋友三催，说，喝喝，喝喝。

我说，你没喝过吗？

朋友说，没。

当年黄庭坚的喝茶，想来也是这样的茶砖的，想来因为是茶砖的缘故，也还需要很多烘呀凿呀碾呀这些工序的，而且，这些程序总可以见茶末茶味散发在空间中，让你在还没开喝的时候便已经被茶香醺得按捺不住了。现在没有，现在制作出来的是一块类似巧克力饼一样的茶砖，手可以掰开的。

前天晚上，看了《环球地理》的节目，很认真地看，因为，那是一群顶尖的科学家在比较人和猩猩的区别在哪里。他们做了一个试验，在一个封闭的箱子里面放一个人或猩猩喜欢的东西，然后科学家示范，上面敲两下，左边敲两下，打开前面的小口，东西便取出了。果然，人和猩猩都这样将喜欢的东西取出。于是断定，人和猩猩的模仿记忆能力是一样的。接着，还是这个箱子，只是将密闭的变成透明的，箱子里的东西一目了然。人呢？还是上面敲敲，左边敲敲，于是便拿到东西。到猩猩试验的时候，猩猩连考虑都不考虑，便将透明箱子里的东西直接取出，送进嘴里，而且还咧着嘴笑看着人类。我忽然觉得，这个地球究竟是人进化了呢？还是猩猩进化了。

于是，科学家们得出一个结论，人类文明在于对一个秩序的承传。也就是，也许这个秩序不一定有用了，但人和猩猩的最大的区别在于，猩猩是完全实用的，人却更多是因循，但也因为这样的因循，便有了当代的文明。这很费解。就像艺术，为什么猩猩不写诗，因为没用。假如写诗可以帮助它们解决食欲或什么欲望的话，它们一定也会写诗的，这听起来很荒唐，但从科学家分析出来的猩猩和人类的智商来看，似乎是可以做到的。

于是，我又想到喝茶，据说，从明代以后这喝茶是越喝越简单了，从煮茶变成泡茶，从泡茶再到现在的易拉罐，这看起来仿佛是一种进化，但按照科学家的推断，其实是一种返祖现象。

我在想着这些事情的时候，用手掰开了茶砖，据科学家说，人类的平方面积的皮肤上所拥有的毛发和猩猩的数量是一样的，区别只在于，一个长，一个短，一个粗，一个细，仅此而已。

我用我的手掰茶，泡茶，然后喝，我忽然想到，如果我的毛囊里长出的不是这么细小的孔毛，那么，和猩猩还有区别吗？

朋友喝完茶，匆匆地走了。

我只怔怔地看着自己的手，想着猩猩的表情，咧了咧嘴。

无因更发次公狂，

甘露来从仙掌。

呵呵。

2008-12-14

第五辑

我们选择艺术的唯一一个目的，便是艺术比任何的一种宣泄的样式都来得彻底而且干净。选自《自由与诗歌》

48. 自由与诗歌

一

我很喜欢卢梭关于自由的那句名言：人生而自由，但无往不在枷锁之中。它的精辟不在于告诉人们关于自由的本质，而在于阐明了自由本身的状态与价值，也就是，如果不是现实的枷锁，这自由便成了一文不值的东西了。

而且，越是深地生活着，你就越会感到，那枷锁已经不再来源于任何一种政治的或社会的现状了，尤其在当前的社会环境中。

这枷锁来源于我们周边活生生的生活，来源于你的爱和被爱，来源于你的尊敬和被尊敬，来源于你的追求和被追求。

更具体地说，这枷锁来源于你的家庭，你的学校，你的社会。

于是，我们发现，有时候，这枷锁并不是一件不可以接受的事物，甚至有时候我们主动在追求着比眼前更大更完美的枷锁，包括写诗。

于是，我又想起闻一多的关于戴着镣铐跳舞的比喻来。

二

每当我们愉快或是不愉快的时候，我们总是会想起更为有效的一种宣泄方式，那便是艺术。我们选择艺术的唯一一个目的，便是艺术比任何一种宣泄的样式都来得彻底而且干净。绘画是这样，音乐是这样，诗歌是这样，还有很多很多的艺术种类也是这样。于是，我们便发现，那些艺术家们在这样的宣泄之中变得纯粹了，这仿佛成为艺术一个很重要的功能了。

因为，艺术让你变得完全自由，让你不再借助现实而是借助我们的精神创造性去排遣现实，让你将想不开的想开，说不出的说出。

这样的一种排遣，由个人的走向社会的，是任何人或任何一个社会都无法将之抹杀的，就像前人所创造的艺术作品一样，因为，一经产生，它便成为自在之物了，无论你高兴不高兴。

这里所说的艺术，还包括那些创造艺术的人，他们一方面吃饱了撑着，另一方面吃不饱也依旧撑着，而且，和物质的世界比较，更为在乎的是自己精神的自由，他们更多的是作为精神的人而存在着。这些人，我们都称为“有闲”的人。也就是不为现实所累的一个群体。

有一天，一个老朋友问我，这几年你都在写诗吗？没有断过吗？

我说，没有，有钱的时候，我是有闲的，所以写诗。没钱的时候，我是有闲的，所以写诗。

这让我想起庄子的一句话：物物而不物于物。听起来有点拗口，大意是，这个世界的物质我们可以拥有可以使用，但不要被物质所拥有所使用。

人到了这个时候，还有什么不自由呢？当然，我所指的也还是精神层面的。因为，哪怕是诗人，肚子也会饿的。

三

诗歌来源于这样一个有闲群体的创造，因而，从一开始便注定了它的精神的自由度永远高于任何的一种职业，这样的一种状态，若从职业论，从社会的分工论，诗歌绝对是应该被排斥在理想国之外的。

也因此，从本质上，诗歌便注定了不可能成为一种职业，它可以被任何的一个时代一种职业或一个个人所使用，但不可能成为诗歌的目的。

只有这样的诗歌，它所宣示的内在的精神才是自由的，它所宣示的现实的主题才是公正的，它所宣示的自身的情感才可能不被现实的价值观所桎梏。当然，这也还是一种理想的状态。

四

其实，诗歌没有这么复杂。就像精神的自由也并不是那么难得一样。

就个人而言，应该是这样的一种创作状态：想写什么就写什么，想怎么写就怎么写，可以拿出来给人看的，便拿出来给人看，不能拿出来给人看的，就放在抽屉里。因为，你的目的就是写诗，就是写诗的过程。除此之外，再也找不到第二个目的了。

这样一种纯粹的过程，可以让事情变得简单起来，比如在形式上，在表现手法上，甚至在诗歌主张上，你可以习得，但不应该成为创作过程或是自我表现过程的障碍。当然，这也只是现在的一种想法，作为现实的人，在刚刚开始写诗的时候，除了自我宣泄的目的之外，一定也还有很多很复杂的现实的目的混杂着，因而，也使得诗歌在很大程度上伤害了自身的纯粹与自由的达成。

就诗歌的本质论，我很喜欢“不羁”这个词，它不是所谓的狂放，当然，更不可能是一统，而是不被一种想法所局限的你的想法。

五

诗歌的自由除了写作的过程，当然也包括了学习写作的过程与喜好养成的过程，从本质上来说，只要是诗歌，怎样表现都是可以的而且是合理的。但是，这样的一种完全的自由所带来的另一个问题是：诗之所以成其为诗的内在的东西又是什么呢？我以为值得探讨。

尤其是刚从古诗里走出来，又被西方翻译诗无情冲刷之后的我们。

诗，尤其是汉诗，究竟是什么？

有没有应该的或必要的要素呢？

如果有的话，又应该是怎样的呢？

困扰，这样的困扰实际上是从“五四”以后便开始了。

这样的困扰实际上从一个人开始写诗的时候也跟着开始了。

一直到现在，没有答案，也不可能有答案。

一直到现在，也因了没有答案，所以才充分表现了诗的自由来。

我很喜欢闲来的时候，也就是喝酒、喝茶或抽烟的时候，读读自己的诗，读读别人的诗。

想想。

便好。

2009-10-23

49. 也谈新禅诗

前两天在网上看到有人倡导新禅诗，有人还写了新禅诗，作为诗，很不错。

那倡导新禅诗的文章具体写了什么，怎样的诗才可以称之为禅诗，等等，在繁忙的年末工作的冲击下，已经记不起来了，唯独这“禅诗”二字不断萦回在脑海里。

记得前几年为了喜欢禅诗，还特别买了一本禅宗诗集，很遗憾，读完之后发现禅宗诗集居多不是禅诗，而是写诗的人是禅门和尚。

后来在日本看到一些禅画，感觉上有禅的味道，但表现的内容已经离禅宗甚远了，这也让人很失望。

再后来，我买了一套《禅宗》全集，大有不弄清楚不罢休的决心，遗憾的是还是没有时间将之完全读懂，但尽管如此，也还是窥到一些禅宗的想法。

我来问道无余说，
云在青天水在瓶。

我是一个极没有记性的人，但这两句还是被我记住了，而且在迷惘的时候总是想起这句子，包括现在。

从六祖开始的禅宗，而且当时可以那么快风行起来的禅宗，决不是很深奥的东西，但一定是很有文化的东西，很可以实践的东西。就像六祖说的，砍柴吃饭，无非是道。假如砍柴吃饭就是道的话，是不是所有人都得道了呢？当然不是，因为这里缺省了很多因素。

正确的说法应该是：想修道的人，能够将想变得不是想，是在不知觉中去生活，去体味，那么处处是道，禅也就在其中了。

当然，这样听起来也还是玄，应该这么比喻，比如一个烟鬼，其实他抽烟的时候根本是连想都不想的，是不知觉地便抽了一根又一根，假如这抽烟就是悟道的话，这烟鬼应该就是禅宗大师了。因为他不像那些刚学抽烟的人那样有目的地抽烟。

当然，烟鬼终不会是禅宗大师的，虽然他可以在不自觉间抽烟，但毕竟有一天手头没烟的时候，他会痛不欲生的，这和禅宗的"随便"是大相径庭。

所谓"随便"，便是缘起则一念相随，缘尽则一念相灭。这是很难做到的，也就是，假如是那个烟鬼的话，抽烟是不用想的，拿起来就抽，可是没了的时候，他也只是很平淡地说，哦，没了。依旧做该做的事。

这些和新禅诗有什么关系呢？我也说不上，只是在触及禅这个话题的时候，不自觉地涌出这些语词来。

禅而能够成为诗或画或其他的什么东西，我觉得首先这个人必须是禅人，有禅心，而且有经禅的生活。用很现实的话是，想得开。功，想得开，名，想得开，利，想得开，禄，想得开。假如这些都想得开，那么人生多自在，出言多自由，这很像已经到了禅的边缘了。

接着是修为，人们说六祖是不识字的，这我有点不相信，但既然前人是这么说的，我也就没有理由不相信，因为与其不相信而去考证，不如用相信来得随缘。六祖说：

菩提本无树，
明镜亦非台，
本来无一物，
何处惹尘埃。

虽然他只是随便说说，但大家都将这几句当作绝好的禅诗。

其实新禅诗，假如有新禅诗的话也应该是这样的，它首先要学会诗的表现形式，比如诗的韵律，诗的节奏，诗的意境等。假如写的不是诗，那一定也更不会是新禅诗了。

其次，必须要有禅，乃至新禅的内容，而这新禅不仅是禅，而且是发展了的禅，是新时期的禅，我以为，如果从很实在的经禅角度来说禅的话，这应该是很难的事情，但不能说不可能。

因为在当前物欲横流的社会，禅，假如有更新的参禅方法可以摆脱这样的物欲，而且不至于沉沦其中，那真是一大福音。

于是，便有了一个早晨的关于禅诗的简单的思考：

假如你觉得生活很痛苦。

假如有一天你忽然发现可以让自己生活得不是很痛苦。

假如你还知道自己是怎样让自己觉得生活不是那么痛苦的。

假如你还可以用诗的语言告诉我你是怎样让自己觉得生活不是那么痛苦的。

这便是禅诗。

2006-1-22

50. 个异的诗歌和公共的审美断想

——关于朦胧诗讨论三十年和当前诗人的角色

一

仿佛从既定的隧道中走出，忽然的眼前一片白光，那些山川草木已经不再是原先的颜色，那些城市已经模糊，甚至那些人，那些思想也已经不再那么清晰的时候，你已经不知道自己身在何处，在想什么，在用什么样的修辞，表达什么样的情感以及思想，你有了断层的痛苦与快乐。这便是1979年的感觉。

那一次的朦胧来自自身也来自外界，是一种双向的模糊，是别人看你的模糊和你对身边全然不解的模糊，但是很美，很自由，就像莫奈的画。

那时候我们很青春，有着足够的热情和大把的时间，甚至要把诗歌当作一种事业，至于这个事业的指向以及究竟，依旧模糊得就像当时那场朦胧诗的探讨。

当然，现在看来已经不再朦胧的朦胧诗，现在看来已经不再朦胧的朦胧诗探讨，在当时，对于当时写诗的人而言，仿佛就像高速路上的指标。

二

只要是指标，就必然存在着社会的公共的审美认知，也就是，在当时以及以后的很长一段时间内，诗歌或者说一首好诗，几乎都是大家公认的。这很奇怪，仿佛千差万别的审美个体在审美的一瞬间忽然被一种磁力所吸引着，向着同样的一种趣味奔去。不可思议。我将这样的一种不可思议现象解释为当时的一种习惯性思维的延续。

也因为这样，媒体的，当时主要的纸质媒体的评判的标准几乎就成了那个时代的公共标准了，而且，也几乎成为大家认可的公共标准了。

公共审美，是的，至少那时是存在的。

前一阵子，当我们的同时代人在回忆当时的退稿现象的时候，几乎都有同样的一种经验，那就是，每被退稿，总会真实地认为是自己的作品出问题了，至少会认为，是自己的审美出问题了。

三

社会的公共的审美认知强大到足以让人否定自身的时候，无论这样的审美是原先的非朦胧还是后来的朦胧，都是一种时代梦魇的开始。

和审美价值息息相关的是社会价值观，很有趣的一个现象是，20世纪50年代活跃的年轻人几乎都在读书写文章。90年代活跃的年轻人几乎都在经商。2000年以后活跃的年轻人几乎都希望成为公务员。这仿佛可以成为近30年来的社会价值判断的大致流变。这流变同样也让人感觉战栗，仿佛暗示着国民性的某种很个异的特征，是什么呢？不知道。那么其中的诗歌又是怎样呢？其中的诗人又会怎样呢？

四

我一直觉得每一个人都类似于某一类动物，他们都有各自的种性或习惯的承传，都有各自的适合与不适合，他们不会异想天开地去改变自己的本来。但有一个前提，就是在常态的环境下。

我同样一直觉得，当代的绝大部分人完全丧失了这样的一种自主，他们不知道自己在干什么，他们不知道自己的传承，这普遍的现象仿佛让人看到鱼在天上飞而所有的鸟都没了羽毛。这样的一种合适与不合适的问题甚至已经威胁着他们的生存，他们完全被社会的价值取向所左右，换言之，他们完全丧失了自我。

那么当代的诗歌呢？那么当代的诗人们呢？

五

诗歌成为一种流派，应该更早地追溯到20世纪初，无论是西方的还是中国的，仿佛没有纳入一种流派便没有了立足之地，这样的事情在当前还时有发生，其实很荒谬。

作为一个独立自主、平等自由的人而存在的今天，需要的再也不是这样那样的社团的虚张声势，或者某个组织的认证，而是实实在在地去考虑自我，考虑我们的生存环境，用美妙的音律与文字去表达自身富于个性的情感与思想，这个过程远没有人们想象的那么复杂。

六

我一直觉得新诗从本质上应该与我们的文化是一脉相承的。比如诗歌的意趣，比如诗歌的韵律，在诗歌的表现手法上，尽其所能地做到形神合一，这是很不容易的，这不等于重复以往的诗歌，问题的关键在于，如何表现前人没有过的意境，如何创造出前人没有过的韵律。

我也很喜欢西方优秀诗歌，尤其是当代诗歌。我总是被他们所创造出来的特殊氛围所打动，我惊异于他们的视角，但很遗憾，在译诗之中很难体会他们本身固有的节奏。于是，我更喜欢听西方的音乐，从中去感受西方人所特有的当代情绪的律动。

七

20世纪90年代，电脑、因特网、论坛忽然普及了起来，一直到现在，博客忽然普及了起来。诗人，只要自己认为或者愿意成为诗人的，都可以借助因特网的力量得以传播，一夜之间，纸质传媒对于一般的诗歌爱好者来说，变得不再重要了，同样不再重要的是编审们的评判标准。这不是单纯的媒体变迁的问题，对于写诗的人来说，从本质上改变了他们的思维方式。

为什么呢？

自由。

八

在任何人都可以也都有权利发表诗歌的时代，我们忽然发现诗歌并不像纸质时代那么纯粹，那么艺术，可以用十年二十年来总结来探讨一次了，而是瞬息万变，充分表现出人性的个异来，这里，使用个异这个词，除了通常可以理解的诗歌的个性特征之外，还包含着人们无法理解或无法接受的个人的审美趣味。其中也包括各种各样的尝试，用现在的话说，比如审丑的趣味。当然，作为艺术的尝试，这一切的一切都可以包容，而且都可以在网络中和现实中得以展现。但是，另一个问题又凸显了出来，即，作为社会的公共的审美趣味的完全丧失，取而代之的是完全个异的表现，而且，这样一种完全的个异转而成为我们这个时代的共识、时代的主流了。确也令人费解。

九

不长羽毛的鸟绝对比长羽毛的鸟有个性，但已经拒绝了公共的天空。

2009-6-29

51. 越剧

想写一些关于越剧的文字已经很久了，这倒不是因为我对越剧了解得深厚，而是因为我完全是一个越剧盲。

现实的人可以看到一只完整的大象，也不过就是一只完整的大象罢了，这并不希奇，只要有目的人都可以共睹的，瞎子就不一样了，我们很难知道在瞎子心中大象的形状，也正因为这样，因而便觉得瞎子心中的大象才更神秘，更生动，更怪异，更有想象的空间，当然，也就更具审美的个性。因此，我想成为瞎子一样的人而道出我心里越剧的模样来。

很奇怪的是，在我的印象里，越剧应该和京剧一样长久才是，俗称北京剧、南越剧。前一阵子，一个偶然的机会才知道，越剧不过是百年的事情，如此这般，这百年前，也就是1906年前是没有什么越剧可以谈的。

记载说：越剧诞生于1906年，时称“小歌班”。其前身是浙江嵊县一带流行的说唱艺术——落地唱书。

福州也有评话一类，小时候听过一两段，基本上是还没听完就睡了，评话是只说不唱的。后来知道一种叫“且唱”的，这只是福州俗语的发音，学名应该叫作十番什么的，听过一两次，而且一次也就是听那么一两句，因此感觉不到其中的三昧来。

我想当时的落地唱书大概也就是这样的一种说唱吧，没有什么音乐伴奏，只一个口齿伶俐的人在台上那么说说唱唱的，将一个故事添油加醋地说唱一通，看看天色晚了，唱的也累了，听的也流干了该流的泪，便做散场。

江浙一带的语言比较婉约，适合女人言，不适合男人言，这是我第一次接触江浙男人时的印象，因为那时我的邻居中有很多便是江浙一带的。我们都开玩笑地说，即使他们吵架了也像很抒情地唱歌，只是这歌唱得有点动气罢了。

但作为戏，这江浙的语言倒是得天独厚的，因为它本身的音律就像唱的一样。

据说小歌班的时候都是男人反串的，就像现在的越剧都是女人反串的一样。可以想象，江浙的男人反串女人是不会有什么技术问题的，因为他们天生就有女人一样的好皮肤，好骨骼，甚至于好声调的。

有幸，前一阵子看了芳华演的《唐婉》，其中就有小歌班的，坐在舞台的两边，剧中的一些旁白呀，伴唱呀，都由小歌班来完成，这感觉很怪异，而且很现代，很有存在主义试验戏剧的陌生效应。假如萨特看了，一定会叫绝的。

据说，20世纪20年代初，该剧种被称为“绍兴文戏”。1923年7月，在嵊县施家岙开办了第一个女班。

我说，你会唱越剧吗？

我从小就爱唱，我妈也会唱。朋友说。这是我这么近距离地听越剧的唱，那声音在空气里挥之不去，那伤感仿佛是天生的。

朋友说，那之后越剧最大的特点就是才子佳人，加上生离死别，多是悲剧。

我想这文戏，应该是相对于武戏而言的，当然，文戏也应该是更优雅、更委婉、更细腻地表现情感，就像词中的婉约派或是花间词一般。是一种等又等不来，盼又盼不到，断又断不了，死又死不成的一种人生缠绵。

据说，1938年名伶姚水娟吸收文化人参与对越剧的变革，称“改良文戏”。这时期，最有名的演员是被称为越剧四大名旦的“三花一娟”，即施银花、赵瑞花、王杏花、姚水娟，小生为竺素娥、屠杏花、李艳芳；青年演员如筱丹桂、马樟花、袁雪芬、尹桂芳、徐玉兰、范瑞娟、傅全香等，都已崭露头角。

那天，朋友传来很多越剧界的老照片，里面便有这些越剧界的前辈们。那时侯，他们可是上海滩头的名优名角，其中更有后来将越剧无限光大并繁衍出流派来的越剧十姐妹（徐天红、傅全香、袁雪芬、竺水招、范瑞娟、吴小楼、张桂凤、筱丹桂、徐玉兰、尹桂芳）的照片，那实在是太珍贵了，从她们的装束来看，在当时的上海，实在是很新潮的人物：烫着头发，穿着旗袍，高跟鞋，俨然就是当时香烟广告上的典型形象。那时，她们还是风华正茂的年龄。

据说，那不久后的1946年，十姐妹里的尹桂芳和竺水招（原名竺云华）一起创建了芳华越剧团，在上海，据说当年是很有名的，《沙漠王子》《葛嫩娘》《秋海棠》《浪荡子》《光绪与珍妃》以及后来20世纪50年代的《玉蜻蜓》《西厢记》《宝玉与黛玉》等，都成为该剧团的经典保留剧目了，可惜我都没看过。

朋友说，今年是芳华建团60周年，也正是越剧百年的庆典，这画册无论如何要设计得大气、喜庆，而且必须要有越剧的特点。

这事情让我足足忙乎了一个月，但也因为这一忙乎，让我又想起关乎越剧的仅有的点点滴滴来，就像一个瞎子忽然睁开了双眼，拿起画笔，凭着印记描画起当年摸过的大象来一样。

那天，也是休息日，趁着工作室里就我一个人的时候，开始在ILLUSTRATOR10的软件里画越剧人物的形象来，那形象是这样的：头上是乌纱帽，身上是书生的长衫，手上却是飘逸潇洒的水袖。

朋友看了说，好呀，你把生旦集于一身了呀。

我说，这难道不是越剧的优美处吗？

因为，在我的感觉中，那些越剧的小生无论是怎样的英俊潇洒，那一转身处，却也藏匿着无限的江南女子的妩媚来，这妩媚，是可以震撼男人的精髓的。

2006-9-2

52. 玩石头

一

石头还是石头，却也可以玩出高低贵贱来，这让石头很想不开，我也想不开。

石头很多，而我想不开的是寿山石。

寿山是福州北面的一座山。

寿山石便是这山里的石头。

按克卖的石头。

可以卖十万百万千万元的石头。

寿山的石头。

二

年轻的时候喜欢写字，写得差不多的时候便喜欢在落款处盖一个印记，说是印记，当时人却告诉我，叫印章，这刻印章的，不能叫刻印，要叫篆刻。刻印是工艺，篆刻是艺术。我说，我知道了。

年轻的时候朋友拿了一个刻好的印章，说，这是寿山石，这上面的动物称为钮头，这边上的文字叫作边款，还有不刻钮头，仅在石头的四边上刻薄薄一层花鸟山水图案的，叫薄意。我说，我知道了。

年轻的时候朋友拿来一团石头，刻着一个古兽，很生动地趴在那里，做若有所思状。朋友说，这是圆雕。我说，我知道了。

年轻的时候朋友说，这样吧，找一部车，我带你到寿山去走一趟，让你知道石头是怎么来的。

石头在土里，这我知道。

土堆成山，这我也知道。

可我不知道这土堆成的却可以称为寿山，而且这山上的石头也可以与众不同。

我的朋友都是很认真的人，过不久，我们还真去了寿山。

三

那天下着大雨，下着大雨的山看过去和所有的山都一样了，就像被蒙着面纱的女人一样。

那时的寿山村是一个破烂的山村，村中间是一个破烂的石板路，路两边是夹道的、破烂的木板房，那房子的顶上是破烂的黑瓦，那雨水便沿着破烂的黑瓦楞急冲下来。

寿山村的家家户户门前都是白色的石粉，是那些粉身碎骨的寿山石残留下来的，被雨冲着，白白的一条一条，沿着小石板路弯弯曲曲地流着。

朋友说，先到这家看看，朋友是很熟悉寿山的，朋友那时在画院工作，这里的农民时不时地都得挑一袋一袋的石头到她那里卖。

我们进了一家石农的房子。那时，我身上没有什么钱。

朋友说，没关系，看看而已。

于是，我便战战兢兢地跟着朋友进去了。

那是一个很穷的人家，至少看过去是这样，上面的屋顶有几处还漏着雨，地上是夯实的泥地，被雨水泡得一地的打滑。

主人指着墙角一堆石头，说，看吧。

那黑乎乎的一堆，很难想象这就是现在那高贵无比的石头。

朋友说，别看现在很不起色的样子，只要裁成章，一打磨，再上些油，就可以登堂入室了。

我说，这一团一团的怎么看呀。

朋友说，搬到门外去，弄湿了，对着天色看。

那天，朋友在我边上说了很多关于石头出生的典故，比如什么样是洞石，什么是田石。洞石里头还有坑头，水洞，等等之分。可惜我记不住。

那天买回来的石头让我忙乎了好几个月，先是锯成章，练习着刻印，刻着刻着石头不够了，便将刻好的石头从中锯断，便又有两面可以刻了。

刻着刻着又没有石头了，再从中间锯断，这样周而复始，我手头的石头都成了不足一厘米高的石片了。

有一天，那朋友来了，说，你手头的石头想卖吗？有外地的人要买。

我打开抽屉说，这可以卖吗？

朋友一看，那些上好的石头都成了一片一片的，说，可惜呀，可惜。

朋友说，有没刻的吗？

我说，都刻了。

朋友说，算了，盖出来吧，我带你到周先生和石先生那里看看。

她说的周先生和石先生都是福州当时的篆刻名家，周哲文和石开。尤其是石开当时刚得了全国篆刻一等奖。

我说，好吧。我便在一堆白纸上印上我的印子，大大小小的一大叠，去了。

到了周先生处，周先生正在篆刻，周先生擅长阳文，很精细的，是冲刀切刀兼用的，是篆法森严的。

朋友说，把你的东西给周先生看看。

我说，不了，下回吧。

因为我忽然觉得自己瞎弄的东西简直不是篆刻。

又几日，还带着我的习作，和朋友到石先生处。

刚进他的客厅我便吓了一跳，那地上分明画着一个偌大的太极鱼，将所有的空地都占了，让人不知如何下脚。

石先生很谦和，知道了我们的来意，说，看看。

我们东一句、西一句地聊着，一会儿，石先生看了我刻的印子，说，篆刻要从汉印入手，街上有一本《汉印分韵》，很好。

后来，我还真买了《汉印分韵》，玩了一阵，便不玩了。

我没有继续玩石头是一大损失，当然，这不是说我继续玩下去就会成为篆刻家，我知道自己的秉性。损失云云，是仅就寿山石本身的价值而言的，因为，在后来的年月里，寿山石一年比一年贵了。

我把好石头都锯成一片一片的，那是无法弥补的损失，每想起这些，总有一种天下第一蠢的感觉，好在这几年下来，我已经喜欢安于自己的蠢了，便也不觉得如何心痛。

四

前几天，还在吃饭的时候，永钊说，看石头去，刻寿山石的。

我说，谁呀。

永钊说，石先生的弟弟。

石先生的弟弟也刻石头，没听说。没听说很正常，因为我根本就不知道石先生的任何事情。而且，石先生现在成了什么样子也已经想不起来了，只是偶尔从朋友处听到只言片语，那也是勾不成一个轮廓的。至于他弟弟，就更谈不上了。

到了石先生的弟弟家，阿圆已经在那里，据说阿圆和石先生一家渊源挺深的，因为阿圆总是说起。

阿圆是一个很早接触书画的人，而且老画小鸡，毛茸茸的，挺可爱。

阿圆在那里呵呵地笑着，代我们介绍了彼此，便开始看石先生弟弟的作品了。

石先生的弟弟叫闻千。这名字很怪，老让我想起佛教的什么广闻第一之类的名字。

一会儿，闻千抱出一堆刻好的石头，单从石头来说，烂石头，就像我在前几天说阿圆的石头一样。

我那天在博客上说，阿圆不失时机地拿出一块石头来，烂石头，阿圆每回的石头都不会超过五百元，又重，又没品相，但他很自得，这就好，不是吗？

阿圆看后好像还很不服，在我的博客里回说，大荒兄:别小看这破石头，它可是酒后窑缸里浸泡的、把玩良久的灵石啊，下辈子一定会长出多根绿毛来的，永垂不朽!瞧着吧……

但尽管如此，我还是要说是烂石头。

这不？闻千也说了，这些石头一般不超过一百元，因为超过百元，这手就刻不下了。而阿圆拿在手上把玩的石头就是这样的呀。

不过，当我第一眼看到闻千的烂石头的时候，我还是惊呼了，原来寿山石还可以这样玩呀。

据说玩寿山石，已经有1 500年左右的历史了，开始怎么玩的，我不知道，也不大关心。但是玩到现在，倒是了解一些。比如圆雕，我所见过的有刻人物的，有刻山水的，有刻花鸟的，其素材不超乎国画题材范畴。钮头的，居多为动物古兽，自然也有一些花鸟人物，但是不多，因为黔印时不好着手的缘故吧。也因此那些古兽又都必有合手的性质，不宜有太多的锐角。薄意更是如此。

当代的雕刻家也常有革新的，多在工艺方面，比如将一只小鸡套在一层又一层的笼子里，笼子镂空的，也是一层又一层，以示工艺精湛，但是意境全无。

世界艺术，或准确地说，西方艺术到了20世纪初，开始突破西方古典主义的约束与影响，这是两个方面的，技巧的与审美的。这与当年日本艺术以及非洲工艺传入西方有很大的关系，于是便有了类似毕加索、米罗、博拉克这样的领军人物。他们一方面破坏着现成的传统艺术的规矩，同时又开拓着现代艺术的审美趣味，这种趣味由西向东扩展开来，由架上向装置的雕刻蔓延开来，形成了今天的世界艺术格局。

这样的一种趣味，大到现在的城市规划，小到现在的工业生活用品，无不渗透着当时艺术先驱者的思考痕迹，其中也包括寿山石，尤其是闻千的寿山石的雕刻。

闻千雕刻的肢体语言是因石而异形的，仿佛一件件很现代的雕刻作品，这和普通的石雕的因形而异石是不一样。

因为因石而异形，而石头又是形状各异的，于是，闻千的人物花鸟鱼虫无不是随石而变形的。

因为因形而异石，那些石雕的艺人又总是可以将不同的石料雕出一样的物形。

这是两种不一样的思维方式，一是内收，一是外放。于是，便有了截然不同的审美情趣来。

当我们惊叹闻千雕刻的巧妙时，闻千总是说，不是我有灵气，是石头有灵气。

我很赞同他这样的表达，因为，小造者造物，大造者造化。

闻千的路子是造化的路子。

五

从闻千处出来，因为和阿圆是一路的，便一起走了。

路上，阿圆说，怎么样？

我说，粗了些。

造化者，自然也。但不是所有的自然都可以入妙的，否则，人们就不必寻胜访幽了。

寿山石刻也是这样。其实，传统的雕刻从技艺上来说，确已达到登峰之境，但是，他们的题材少了新意或境界，因而，常有雕了不如不雕的叹息。毕竟一块原石也还有让人遐想的余地。当然，这是很无奈的一种想法。

闻千固然希望造化自然，然而，又少了传统的精到。我不敢肯定这样的一种粗粝便是一种刻意。

我很喜欢鬼斧神工这四个字，没有别的，说的就是那一刀一式不是人可以想象出来的，这里不但有创意，而且还有技艺。

希望闻千内外双修，以臻造境。

六

阿茂，我的表弟，善玩石者。自刻一方印章，石三百主人。他的石三百，多为田黄的。无论大小，只要田黄就行，于是，常被我讥为石奴。

因为爱石，阿茂便有许多石友，有买石的，有卖石的。

从闻千处出来的第二天，我对阿茂说，帮我买一些石头，漂亮的，但要便宜。

阿茂说，没问题。我不知道这没问题是什么意思。

阿茂知道我每回兴起的时候总是会叫他买这买那的，最后，他将这将那拿来的时候，我总是惊讶地说，这是干什么？

他总是很无奈地回答，不是你交代的吗？

那天，我对阿圆说，我的烂石头多着呢。这烂石头就是这么来的。

七

又几日，见秃笔兄留言，说，想知道那晚闻千处的观感。

于是，便又匆匆写来，将一路的石缘道出，不知秃笔兄是否满意。

又因为写这石缘，便又忽然想起若干年前，在香港机场见到的朋友阿燕，便是带我找周先生、找石先生的阿燕，便是带我上寿山的阿燕。阿燕那时去美国，我去日本，机场相逢，之后，就再没有联系了，想想还挺留恋的。不知她现在怎样。

时过境迁，又到了要玩石头的时候了，又到了要玩石头的时候吗？我说，现在的刻刀怎样的比较好？

说这话的时候，永钊、秃笔、飞刀还有小不点他们都在。

小不点说，我帮你弄一把，准好。

我相信准好，因为小不点的父亲是个寿山石的雕刻家，没见过，但他们都这么说，所以知道。

到了再动刀的时候，我还是喜欢那些好石头，因为，好石头总是既有刀感，又比较软，刻起来手不会起泡。

2006-12-11

53. 经过

到了工作室，一下子感觉清凉了，窗帘拉得紧紧的，窗外的光线只是细微地透了进来，仿佛将时间提早或是推迟了12个小时，仿佛已经到了晚上清凉的十点。当然，现在是早上十点。

我要做点什么，我总是这样想着，尤其是一个人在工作室的时候。

这里那里都是石头，我要把门打开一条缝，好让昨晚画的调色油的气味散出去一些，那些气息很让人担忧，不知道那里面有什么有害的物质。

从前，只要看不见的仿佛都没什么可怕，比如红外线，比如什么气息，现在相反，只要看得见的都没什么可怕，因为我们可以选择，而看不见的，我们只好被动接受。

两米乘一米的油画，这是我画的第一张这么大的画。

完全是为了展览用的，他们都这么说。

我画的是英招。英招是《山海经》里的天神，长着人的脸，马的身子，鸟的翅膀。我不喜欢把物体画得太像，当然，画得像是没问题的，只是觉得一目了然的东西没什么韵味。

一方面很庆幸整个下午没人打扰，但一边又觉得很像缺了点什么，读到《世界文学》里的一篇短篇，说一个诗人七十寿辰，举国要为他庆祝，可他害怕这样的庆祝活动，便躲到山中的旅馆喝酒，喝着喝着又觉得寂寞，他说寂寞就像一只乌鸦，我觉得很有同感，乌鸦，是的。

我想靠在椅子上睡一会儿。

那个诗人所说的乌鸦并没有阻止我入睡，而能够入睡的也只有身体上的几个点，比如双脚，屁股，手肘，脖子，其余部分基本都是悬空的。本来工作室里有一张三人的沙发，被我坐穿了，丢了，现在只剩下单人沙发，这也好，不会睡死过去。我只是眯一会儿，一会儿还要醒来做事。

我躺在那里其实也没有真正意义上的睡，因为，不到一会儿便觉得手肘麻木了，那个部位仿佛不再是长在我身上的。

当我再次睁开眼睛审视那张画，那已经画了无数遍的画的时候，我忽然想将下角的两个小图案抹掉，是的，抹掉。

昨天写了一首诗，叫《画画或者历史》，是这样的：

当颜色涂抹上去
底色不见了
当颜色再涂抹上去
方才的颜色又不见了

我相信看不见的真实
就在看得见的背后

我把这首诗贴到博客上，朋友们喜欢背后的两句，看不见的真实，就在看得见的背后。

街上是蟑螂药的叫卖声，用高音喇叭，虽然已经关紧了窗户，可那声音还是穿透了进来，比如蟑螂药，老鼠药，蟑螂不死我死云云，听这样的叫卖声你还敢买吗？我是不敢，我神经质地跳起来，在狭小的空间里来回走着，便觉得有些内急。

等我从卫生间里出来的时候，那叫卖声已经没有了，有的是类似雨刷的巨大声音，那声音来自马路上轮胎的摩擦声，它们汇聚起来，就像浑厚的流动着的洪水的声音，或者像一个巨大的雨刷刷着马路的声音，天哪，多久没下雨了。

美国的朋友穿着毛线衣，幸灾乐祸地问福州还行吧，那是免费的桑拿。

我说，福州改名了，叫非洲。

福州不是没有树，用夸张的说法，锄头插在地上都会发芽，福州的树怎么种怎么活，但是，福州的树种得没有锯得快，谁锯的，城建。

我再一次将目光锁定在我的画面上，开始的时候，整个画面是绿的，英招只有一个从顶上伸下来的头部，牙齿很夸张的白着，有点狰狞。用了大量的弗洛伊德的笔触。这是因为朋友们老在我面前谈弗洛伊德，或是抱着刚买的弗洛伊德的画册喋喋不休。但是很狰狞，不喜欢。那幅画花了一个月的时间，涂掉了，它现在就睡在画布的底层，如果可以用睡字的话。

当一种画意在大脑里萌生的时候，你是很难描述的，我不相信一个画家可以很理性地将自己的腹稿完完整整地画出来，如果艺术是不可复制的，那么那原先的素描也好，色稿也好，其实也只是一个大概，因为你根本不知道下一笔的走势，当然，我这么说会将专业的画家气死的，这有点像蟑螂不死我死的强横。

前几天，组织几个朋友和艺术系的学生一起到马尾写生，天气暴热，没办法，找个阴凉的地方，大家坐下来，围着一个景色画，这本来是为了一本旅游画册而作的，必须一个人画一个地方，转来转去，却变成一个地方所有人都画，我不知道怎么向客户交差了。管他呢，我总是这么打发棘手的事情，因为不这么想，这问题也还是存在的，于是，我花了两天时间，将走马观花拍下的相片用电脑画了出来，自己的感觉还行。蟑螂不死我死，真死定了。

但我不喜欢狰狞的，我将画面改成肉感的，浪漫的，比如长满乳房的猪，长着翅膀的细皮嫩肉的英招，薄得像一张纸。

是这样的，一个人能留在这个世界上的，除了艺术就是记忆，而记忆哪一天消失了，这个人就不存在了，哪怕他还是活在世界的哪一个角落，当然，这仅仅是从单个人的知性而言的。

没有电话，我甚至可以听到冰箱的冷气在管道里流动的声音，很奇怪的声音，让人觉得不断地下滑，而且没有任何支撑点。

是的，悬空，我会将英招悬空了起来，让他成为天空的一部分，我要将那些临界的线条抹掉，然后将油彩加厚，我这么做了。

有一天朋友来了，看了我的画，说，很像西方的图腾。

我只好搪塞地说，还没画好。

语言是复杂的，在看似很平常的语言的背后，总是潜藏着非常丰富的感觉，或更准确地说，是知觉。记得年轻的时候读过《文字源流浅说》，里面从图到甲骨到金文，一路地列举下来，让你沿着它的思路了解文字的演变，但我觉得那只是字形很可以感觉的直接意味。比如古代的文字刻画人的时候，人总是跪着的。这在当下，以为是一种压迫被压迫的关系，其实不然。那时候的人，恐怕跪着要比站着尊贵得多。一个人，尤其在上古时期，恐怕只有酋长一类的人可以跪坐着，而普通的人不可能有一席之地，所以应该是立着，立字就是一个人站在那里。而且，也只有坐着的人看着站着的人，才有可能画出立字的图样来，那是仰视的一种感觉。这又引申出另外的一个字形，就是艺术的艺字，那就是一个人跪着，拿着麦秸一样的东西在那里画着，我想，那时的颜料恐怕就是泥巴一样的矿物质了。

当代绘画中有人重新发现了这样的材料。那天，和朋友出去写生，看到开挖了的山体上，因为大雨的缘故，流下不同颜色的泥浆，就像一幅很天然的抽象画。朋友说，那善用泥巴画画的画家，当年就是看到这样的情景萌生了泥巴画的。

这些都不是关键，四周忽然静寂了下来，或许有些专注吧，我想。那些文字，比如立字，为什么发音成立呢？再比如我们叫人，为什么其他民族就不叫人呢？这里面的区别恐怕才是我们这个民族特有的知性感觉。

当然，从现在的语言来看，各民族留下相通的发音的语言，恐怕只剩下一些最为原始的发音词了，比如啊的发音，比如爆的声音。

有一天，读到一个闽南朋友的诗，题目叫《林啦》，我念林啦林啦的时候只有两个音节，而朋友用闽南话念的时候，却变成林母啦，天哪，三个音节，其中一个音节通过鼻音来实现的。

艺术当它追溯到本源的时候，是一定需要借助读者的想象力的。就像人类在面对客观物的描摹的时候，先是不像，慢慢的变得像了，到现在又不满足于像了。

倒是中国很快地从像物里走了出来，因为，与其像物，不如像意。有时候，意所给人的成像远比客观所给人的成像要来得真实。

我的画面悄悄地在改变，我要丢弃技法，我总是这么想，但有时候难免会被客观的事物牵着鼻子走。就像明明看到绿灯，明明走在斑马线上，但是，你还是必须警惕那些拐弯而来的汽车，那是客观存在的。所以我更喜欢到野外去写生。

但现实的诱惑力太强大了，我画抽象画的朋友面对着风景的时候总是这么说。他的画，开始是抽象的，但面对风景的时候，会越来越具象，最后只剩下眼里的风景了，我总是将他画了一半的画稿拍下来，到他完成的时候再给他看，让他去比较。

我也这么做了。工作室很小，两米高的画拍摄起来，必须退到贴着墙壁才能拍完整。

那么就贴着墙壁拍吧，这有点像没有退路的一种行为，我看看工作室的四周，所有物件都是静止的，只剩下空调的吹气，仿佛还有一丝丝的生气。

2012-7-12

54. 雕琢

天然去雕琢，说的是最自然、最本来的一种意趣，出自言石，引申于人。是不是这样还有待考证。

但我想说的是雕琢未尝不好，只是如何雕琢的问题。

记得小时候随大人到山间扫墓，见到路边站立着的石雕，远看是一根柱子，到的近前，却发现是一个直立的人，便感到很惊奇，很吓人，以为是一种变化的石头，以至于在经过的时候还不停地回头，看什么时候可以又变回石柱。当然，总在还没变回石柱的时候就拐弯了，被这山那山给挡住了。

日本奈良有一座山，叫什么名字我忘记了，山上有很多动物飞鸟的雕塑，那些雕塑也不见得有多大，只是在树木草丛之间搁置着，仿佛真的一样。当你走近的时候才发现那些飞鸟动物的奇趣来，印象中都是类似古传说动物的，比如几个头的鸟，多了很多尾巴的狐狸等。记得《山海经》中这样的动物很多，我也很喜欢。

雕琢不是一件坏事，正如不雕琢也不是一件好事一样，还是要看具体情况。

那年到厦门的某个炮台，里面有一个石头馆，有各种各样的不经雕琢的石头，那上面有着很多的类似画呀文字呀一类的图案，尤其是有文字的那些石头，居然可以拼成一副对联，让人叹为观止。当然，这还因为我们想象得出这样的文字来，如果丢在国外的沙滩，那些洋人一定是不屑一顾的，因为不认识汉字。

前天吃饭的时候我说，类似寿山石的东西难道国外就没有吗？

我说这话的时候是紧接着谈中国玉文化的话题的。就像玉一样，国外也有，可独独中国将之发展为文化。记得《山海经》中关于祭神的描述时常有玉一块，什么什么若干云云。只不知道那时的玉一块是不是已经是雕琢过的。

国外应该也有叶腊石，只是没有寿山的漂亮。他们说。

就像国外也有玉石一样，只是没有去雕琢它，使用它，便无法形成文化。

玉不琢，不成器。不成器便无以致用，无以致玩，无以致爱，也就无以致文化了，看来这雕琢也还是有大用处的。

据说，雕玉的历史不过五六千年。

据说，雕寿山石的历史不过千年。

但是千年的雕琢，足够将可以开采的石头开采殆尽的，就像现在的寿山。

在我们谈到篆刻的时候，首先想到的是浙江和福建，原因就在这两个地方有可以雕刻的石头，原因也在于这两个地方的文人喜欢这样的石头，遍及开来，一块石头，便可以派生出圆雕、薄雕、博古、篆刻、边款等种种样式了，种种样式，也便演化出它们的文化来，甚妙。

身在石头成堆的地方，看着一块块的石头在那些艺人或是篆刻家的手里变成工艺品、艺术品，难免手痒，于是，便又开始玩起篆刻或是薄意来，所谓薄意，只是在石头上画画而已。因为在开采的瞬间有很多石头出现了裂痕，看了难受，便想法通过在表面的雕刻，顺着裂痕将它掩盖住，不碍眼，而已。

但是，当你顺着裂痕发现可以是一幅很有生气的画的时候，你会感到异常的高兴，尽管你的画还很拙劣，但不影响创造的喜悦。

朋友们知道我最近喜欢玩石头，便拿来几块原石，或是满是裂痕的印章。这些石头、印章整天盘桓在我的大脑之中，甚至连睡梦的时候都在刻画着，像着魔了似的。直到刻出心中玩物的时候，才仿佛松了一口气。

有一天，阿蔚来了，看了我的雕刻刀，说，不是这样的刀。

过一阵子，便带阿义来，阿义是雕弥勒的，他以此为生，且带来一把雕刻刀，为我示范了雕刻刀的用法，娴熟至极。

那天，我将工作室的窗门关闭，三个人在工作室里又是钻石头，又是刻石头，又是磨石头的，将整个工作间弄得到处粉尘，不过，开心！

而最开心的，是在一块原石上，略做雕刻，便可以化出一个很奇特的造型来。而不是通体雕刻，完全按照人的意愿来改造石头的形象。正所谓天工开物，或是鬼斧神工的，当然，这只是惊叹这样的艺术品，而不是我所能够把玩出来的。

但至少一个人在把玩一块石头的时候，那些石头的纹路以及那些将要出现的成品的假想，已经将一个现实的人牵引到艺术的天地之中了，这会不会就是文化之所以成为文化的最初的动因呢？

体验，是的。文化来自体验，无论是直接的还是间接的。

而一个人的成型，应该也是这样的一种雕琢与被雕琢的过程。正像古语所言，人不学，不知义。

2007-3-11

第六辑

野烟的朋友们很少这样相聚，我一直推咎于野烟这个名字，它总给人聚散离合的感觉，而且从不成型，总在变化之中。

选自《野烟一样的朋友们》

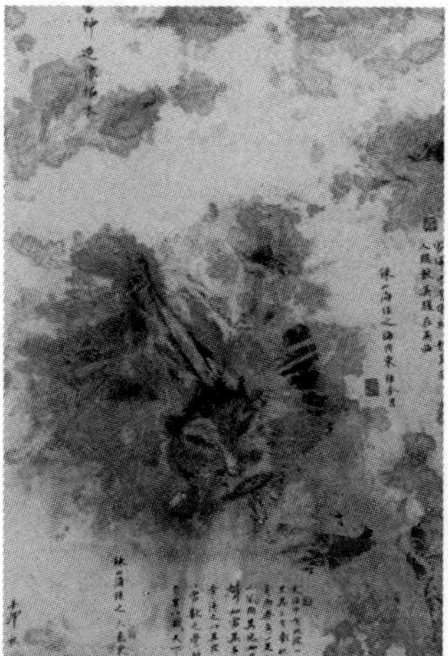

55. 野烟一样的朋友们

近来看了边城做的野烟博客，且读了鹤峰的《最后的浪漫》一书，忽然便想起野烟的旧事来，自然，也就想起野烟一样的朋友们。

那天，潮汐回来了，边城提议大家小聚一下，江成从南京赶回来，在福州的人自然一个也没有落下，比如青宇，沙舟，田默，川原，高子，阿丹，还有正好在福州的鹤峰。

那天，边城在电话里说，到江滨的万隆台的天水酒楼吃饭，六点半。

这是什么地方？没去过，我说。

你到了就知道，边城说。

在福州，凡是不知道的地方最好就是坐的士，这样，他们可以毫不费劲地将你载到目的地。那天，我坐的士了。

的士将我带到江滨灯光最亮的地方放下，说，到了。下来一看，那地方写着江滨公园，且犄角旮旯都找遍了，也见不到万隆台几个字，郁闷。

问边上寄车的，说不是这里，往下还有两站路。

一看，大家约的时间已经迟到半个小时了。没辙，只能走过去了。

紧赶慢赶，看到万隆台几个字，就是死活看不到天水，有的只有双林。打电话给边城，边城说，那么大的字就看不见吗？听口气有点不耐烦了。

我想也是，生在福州，长在福州，连天水酒店都不知道，还算福州人吗？可我还是不知道，只能问边上寄车的，他往边上一指，说，那不是？我说我找天水，不是双林。他很诧异地看着我，说，你眼睛不好？

我忽然发现是自己眼睛不好了，一个字可以变成两个字，且重叠在一块，于是便仿佛有了西夏文的效果来。

到得酒店，将这些经过说了，本以为足以说明迟到的原因，没想到他们不但不同情，且咧嘴狂笑，且不分男女，可恶。

野烟的朋友们很少这样相聚，我一直归咎于野烟这个名字，它总给人聚散离合的感觉，而且从不成型，总在变化之中。

但记得当时取这个名字的时候，大家都有一个共识，那就是独辟蹊径，超越现实。自然对于野烟所蕴含的其他意味，比如它的飘忽、它的聚散、它的无奈便没有过多的测想。

那时，大家都在福州，每星期必聚一次，且大家都带着自己的诗歌，朗诵，品评。很认真，有时也很尖刻。

记得，那时最多的是在边城和沙舟家，房子都不大，但很自由，大家可以大声喧闹，到深更半夜的时候，大家出来，一路骑车，一路学狼叫。

那时候潮汐叫得最像。我说。

不，是沙舟。潮汐纠正说。

记得好多年前，青宇就警告朋友说，将来写这段回忆录一定不能叫大荒写，他的记性糟透了。我当时很不以为然，但随着时间的冲刷，发现确实如此，原先以为铁定的事情，也不知什么时候，已经挪到另一个时间、另一个人的头上了，偶尔说出来，总让人莫名其妙。于是，近来便养成一种习惯，想记的，便写成诗或随笔，不想记下的，也就不去作想了。

但是有一件事情一定是没错的，当时，我们刻油印刊物，在我老家一个很隐秘的房子里，居多是和青宇一块，常常是一边刻，一边印刷，大热天的，关着窗户，赤着膊，满身的油污，很有些20世纪30年代地下工作的味道。

每到半夜，该吃的东西都吃完了，该抽的烟也抽完了，还想抽，怎么办呢？只好将丢落的烟蒂重新捡起来，将烟丝剥出，用报纸包了再抽。

这样我们出了八期刊物，基本上是一年一期的，到后面几期，因为有朋友帮忙打字，也是打在蜡纸上的，是铅字的，于是，我们才不再自己刻字了。到得最后一本，记得当时青宇写了超越派宣言，而且还写了一首《东南猎梦者》的诗，写得很好，于是，大家便用《东南猎梦者》做诗集名称，出了一本正式印刷的书，这是野烟朋友们唯一的一本正式印刷物。之后，大家便各忙各的去了。

忧伤啊，上帝——您为我
在西方绘出一道五彩缤纷的彩虹
您在我面前把火焰般的星光
熄灭在淡蓝的波浪里……
纵然您把天和海都抹上金色
忧伤啊，上帝！

我像空心的穗子 仰首伫立
怀着空虚的满足和舒畅……
陌生人觉得我的面庞平平常常
宛如恬静的蓝天
在您面前 我坦然打开心底
忧伤啊，上帝！

望着波上的落日斜晖

我像个和母亲依依惜别的孩子
差点儿哭哭啼啼……
虽然我知道 明早啊 朝霞还同样美丽
忧伤啊，上帝！

如今我迷途在茫茫大海上
无际的海天 哪儿是岸
我看见鹤群在空中翱翔
排成长长的一行
在波兰的土地上 我是多么熟悉它们
忧伤啊，上帝！

我常在坟茔上沉思
也许认不得家园
我犹如流浪汉
在风雨途中彷徨
不知何处是我的坟地
忧伤啊，上帝！

你将看到我的白骨
不会在花岗石板上腐朽
我羡慕在坟场上找到墓地的人
但命运已经注定
我只能有一张睡不安的眠床
忧伤啊，上帝！

祖国让无罪的孩子
每天让我祈祷——然而我知道
我的船并没在归航

却在四海漂荡
孩子们祈祷也无法帮忙
忧伤啊，上帝

在我死后百年
有朝一日
新的一代将会赏识
你的天使编织的绚丽彩虹
但在我走向死亡之前
忧伤啊，上帝！

这是波兰诗人尤里乌斯·斯洛伐斯基写的，题目是《忧伤啊，上帝》，记得当年我们常常朗诵它，尤其是在仿佛很怀才不遇的时候，但到了真正觉得怀才不遇的时候，又有几人会那么完整地将它背诵出来呢？而且，更值得怀疑的是，我们真的有才吗？这已经是一个很无聊的问题了。

只是我们聚在一块，有一搭没一搭地说些旧事，也感叹一些眼下，好在除了范民言不在了，大家都还健康，都还寻着各自的快乐，足矣。

幻若烟云。

朋友。

2007-8-30

56.《浮生》设计后记

一

每个人都有每个人的追求，尽管这追求着的有的说得清楚，有的说不清楚，但依旧都无怨无悔地追求着。或希望，或失望，或喜悦，或痛苦。会画画的便可以成为画，会写诗的便可以成为诗，于是，便有了《浮生》诗集以及诗集的插画。

诗是诗人古月写的。

画是画家李锡奇画的。

诗人古月和画家李锡奇是一对伉俪。

二

认识诗人古月是缘于画家李锡奇。记得前年中秋的前后，我们几个朋友在福州西湖边上的一个咖啡馆喝咖啡，那是一个露天的咖啡馆，和西湖只隔着一条路，隐约可以见到西湖的夜的波光来。

画家李锡奇说，等下她会来。

画家李锡奇所说的她，便是他的太太，诗人古月。

那晚的月色不错，风也有些清新，空气里带着些些的蓝颜色的透明，从西湖宾馆一直流连到我们喝咖啡的地方，诗人古月便是从这样的空气里走来的。

诗人古月是台湾的诗人。

画家李锡奇是台湾的画家。

我对我的朋友说。

三

《浮生》是诗人古月对人生的一种态度或是看法。

我始终认为这后记不是一篇诗评，是一篇关于《浮生》诗集设计过程的浅白的描述。我喜欢诗歌，而且，年轻的时候读过台湾诗人的诗作，比如罗门的，郑愁予的，洛夫的，等等。知道他们都是诗人古月和画家李锡奇的好朋友，便也很是谨慎地读了诗人古月的作品，说是为了设计，其实还是像当年那样，抱着学习的态度，希望从中学到一些有关诗歌的学识。因了这缘故，忽然的便对“浮生”有了一些了解。

记得当时读到《庄子》的《庄周梦蝶》的时候，很是惊讶，忽然对人世间有了虚虚实实的感悟。同样的感悟在诗人古月那里，现实成为很美的梦，是一直追寻现实背面的那个说不清道不明的实在的梦。浮生便如此。浮生的关键是，现实之下或是之上还有什么可以凭托？是前世吗？是来生吗？还是庄周的那个永远做不完的梦？《秋之旅之二》是这么写的：

……
时间是支变调的老歌
在半透明的薄暮里
捕捉不住一枚纹蝶
……

读诗人古月的诗集《浮生》，从一开始就被形而上的一种怀想所感动，无论是她的组诗《追随太阳步伐的人》，还是组诗《异象》，抑或她的组诗《浮生十帖》。读着读着，便让你感觉到人的一生是怎样的无助，是怎样的无休止的轮回于追求，迷惘，失望，再追求……的欲壑之中。这是一种很独特的生命体验，活生生的让你去感觉诗人古月所言的“浮生”的生命状态。就仿佛用不同的生命色块去构筑漂浮不定的生命空间，以及由这些时空自在地相互区隔着，相互印证着。其结果如《异象之二》所言：

……
而我仰着脸　你已跨驰在两条不同
方向的船　结局总归如一
……

结局总归如一，是呀，这便是我所能感悟到的一种空间的元素。

四

春天，画家李锡奇带了《浮生》原稿来找我，说把一切交给我了，这让我觉得很威压。因为，早先没有读过古月的诗，且对诗人古月写诗的经历不是很了解，要为她的诗划分几个部分还真是有些困难，为此，只好细细地逐首读过，到读进去的时候，忽然又觉得愉悦起来，因为，我觉得有很多的感觉是很可以共通的，比如《一句话》：

……
我要做你的诗人　每一提笔就有说
不出的寂寞　属于天性孤独者的寂
寞常隐藏在温柔的微笑下　就像
我的爱不能化作语言　未能成
形　如同野鸽子忧郁的咕咕声
……

大爱无形，大音稀声，这很是艺术家的通同的寂寞。

我说，可以不可以将诗集分成三个部分，比如异象，花事，浮生。一方面，可以是诗人古月的写诗的三个阶段，即早先的，中期的，现在的。另一方面，可以是人生感悟的三个阶段，就像见山是山，见山不是山，再到见山是山。

画家李锡奇说，好呀。我回去做插图去。

画家李锡奇所做的插图很快就传来了，私以为是对《浮生》的很美的诠释，很水的诠释。很水，因为他用的是水墨，且是在绵而长的纸上画的，画家李锡奇吃惊地问，你怎么知道。我说，那画上还有纸张残留的毛孔呢。不过，说真的，我还真佩服他的构思，细细地读进他的画，于若有物若无物间但见这样那样的色块和线条悬浮在意念之上，于若有求若无求间但见这样那样的情致氤氲在方寸之中，这也还是诗人古月的那个浮生的再现。

喜欢，我电话里说。

五

他们要来了，说今年于七夕的时候来，来福州过七夕。

这是一个很美的日子，也很凄迷的日子，我总是这么想。再想到他们双双牵手跨越海峡，来福州，来见福州的很多很多的朋友，又觉得这是很快乐的日子。

这日子临近了，好在我的设计也告一段落，于是，也到了该写《浮生》设计后记的时候了，写着写着，又仿佛见到那时缥缈着的蓝色透明的西湖的空气，又仿佛听到诗人古月的慢条斯理的优雅的声音来：

会心——浮生十帖之十

一面小小的镜子
是虚拟的诱惑之窗
自成一方居住的世界
在春日迟迟的空气中

以慵懒如蝶之轻
循着雾气穿人

她是蝶　是
凋谢了的花之魂
在阳光的背面
旧梦已是昨日之重
镜花是幻化后的红尘
遂从身花心恣意啜吮
欲找寻新生

浮生梦终会醒　一旦醒来
所有的激情都会烟飞云散
盛日如昨也会消逝
今日又将是明日的沧桑
境外的人生是杜撰的吗
剩下的回忆不是牛奶盒上的
永远不会过期

镜面光滑无痕
镜中人如长廊外那抹色
蝶一样扬长着缥缈之姿
蓦回首　予以不言的会心
终而自顾自地飞了出去
从留下温柔的牵痛　及
淡淡的愁绪

是为记。

2007-8-3

57. 王性初的250

一

读王性初的《美国 250》，就像读250个王性初眼里的众生相，形形色色，让人惊叹！

二

很多人第一次看到“美国250”这个题目，便被250所惊诧，以为王性初的这本《美国 250》，是关乎作者对美国的贬损，或是作者对自身生活的一种幽默，其实不然。

记得要取这个书名的时候，是在去年。王性初从美国回来，说要集250篇短文，加上自己拍的图片，出一本随笔集。因为250篇，便叫250，因为是在美国写的，所以叫《美国250》。

但只要有大陆生活经验的人，不难联想这250的含义，俗称250者，其实就是一个“傻”字，傻得不谙世故，傻得离谱。也因此，当好友云水兄知道王性初要取这样的书名的时候曾极力反对过，但是，王性初还是执意用了“美国250”做书名，王性初说，这样的文章有千来篇，还可以250、250、250地再出三本，于是，250便可以成为我的专利了。王性初说的时候很快乐，是哈哈大笑的快乐。

三

尽管对于这个书名会有这样那样的语义的读解，但是一经读进去，你就不再有惑了。原因是，我们通常所认为非250的，以为很是世故聪明的那些情事，从人本身来说，从人的终极来说，实在是250得可以。而恰恰是王性初的《美国 250》，让人回到了独立的自由的人的本来，而且，让你切身体会到，这样的一种本来，绝不是靠生命的个体去思考、去明哲出来的，而是靠生命的个体去生活、去包容出来的，是对这样那样的众生相的遭遇、思索与结集。我特别喜欢王性初在《“一二”与“八九”》中写的一段话：

有意思！一联是“常想一二”，一联是“不思八九”。人生在世，匆匆过客。你我来到这个世界，仓促地逛了一圈，一般活它个五六十载，再长些，混它个七八十年，够了吧？整天蝇营狗苟，做牛做马，从呱呱坠地到入土为安，吃喝拉撒，不是为生活劳累，就是为情感所困；要么颠沛流离，要么缺吃少穿；好不容易熬过苦难挫折，到了事业有成，子女发达，老两口已经腰弯背驼，两鬓染霜。一辈子操过多少心？几十年流过多少泪？不如意事，常八九啊。按张忠谋老先生的忠告，再苦恼也没用，不去想它，算了。还是常常想想一二成快乐的事吧。

四

于是我试着跟进，就像王性初一样，左看看，右看看。

于是我试着去理解他所写的，或曾经发生在他的视野里的事情，看看能不能和王性初得出一样的看法，结果，很难。

我以为，很多看法不是我们生活在这里的人所能够想象得出来的，也不是我们的传承所能够理解的。那是一种极大的包容性，时间的，空间的，历史的，区域的，民俗的，政治的。王性初似乎就是为了包容这个世界才睁眼来看世界的。比如，他在《人生次序》中讲了这样的一件事，平心而论，即使在当下的华人中，这样的事情又有几个能够接受呢？

笔者一对友人，起早摸黑，省吃俭用，好不容易把一男一女给抚养成人，实指望能按人生的常规之路，学业有成，然后男婚女嫁，成家立业，也不枉做牛做马，辛苦一场。谁知，如今的子女并不按人生的次序过日子，往往出其不意地搞出些长辈无法理解、无法容忍的事来。那个女儿，还未结婚，就大了肚子，最后只好把“婚外孙”生在家中。我的朋友虽然升级当了外公外婆，却老大不自在。至于那个男孩，更差点儿没把两位给活活气死。原来，儿子是位同性恋者，为他物色了多少女子，都兴趣缺缺。家中子女的这些表现，让友人整天到晚长吁短叹，只差没去拿根绳子上吊。

其实，什么事都要顺其自然，看得开些。许多人生的次序，不管怎么出轨，只要当事人不犯法，又活得潇洒，管他顺序怎么个调法，人家不是也活得好好的？

至少，如果是我，虽然不至于“被上吊”，但也一定没有王性初那样的真豁达，有的，也只能是“被豁达”。

五

王性初是一个真快乐的人，“一二”尚且快乐，何况他拥有“八九”之多，这也是我们最羡慕他的地方。他可以从诸事中（无论大事小事，美事丑事），寻出可以快乐的因素来，先是独乐乐，忽然觉得独乐乐不如众乐乐，于是再描述一番，引得周围的人也跟着哈哈大笑。他的写文章也是如此，比如有一篇谈到阿猫阿狗的事，是这样精彩的：

最近，有二则关于猫狗的新事，颇带花边。一说有人开了一间宠物快餐店，供应各式牛排、汉堡等美食。据云，主人带猫狗一起上馆子打打牙祭，是宠物一生中最痛快的事。又一则说，为了让宠物除了有“食”的乐趣外，还应有“色”的享受。过去，许多主人往往将宠物一阉了之，剥夺了它们“性生活”的权利，是侵犯了兽权。为了让

叫春的爱猫、发情的爱犬都能过正常的性生活，专家们发明了宠物避孕药，以成好事。（《猫狗新事》）

且不说这兽权是如何的尊严，可以一笑，居然从中还考虑到动物们的“性生活”来，真让人捧腹了，捧腹之后想想王性初的文章的用意，又觉得笑不出声来了。

六

过去的人常用一个“脱”字，如洒脱，如超脱，如脱俗。其实，“脱”是一种距离，是一种不黏着，用福州话说，是“不夹砂拌”。这很重要。就像距离产生美一样，距离也可以产生快乐。比如在美国，王性初常用中国的甚至福州的眼睛来看身边的事物，顿觉得处处新鲜而且快乐。于是便有了床垫叫“席梦思”——《“席梦思”的墓园》，选举叫“打洞”——《“打洞”与“画圈”》，中学教育叫“金苍蝇屎腹”——《金苍蝇》，凡此种种。

同样，这二十多年的美国生活，也让王性初用大洋彼岸的思维来看华人世界了，比如他的《东西乞讨法》有这样一段话：

据在下体会，中西乞讨法最大的不同在于，老家乞丐运用紧逼盯人法；而老美乞丐则采取太公钓鱼术。在老家，遇到乞丐，很难脱身，有时走过两、三条街，他们还形影不离。……洋乞丐就不同了，文明得很。多半席地而坐，然后，面前放个纸杯什么的，有的还竖个牌子，上书“没有工作、没有食物、没有Money”等，再有的还跟着猫狗之类的宠物。到此，他们的任务就完成了。

这里的“紧逼盯人”和“姜太公钓鱼”，恰恰是东西方思维的倒装，因此，读起来别样生动与贴切。

“脱”就具体的情状而言，是一种离开，也是一种飘逸，就像他在《“回”的迷思》一文中，对于“回”这个字的阐释一样，一边作为现实的家园，一边作为精神的家园，于是，说来说去，都是一个“回”字，也恰恰这个“回”字，泄露了他漂泊的心态，因为，如果不是一种离开，哪来的“回”呢？我想，王性初的洒脱和飘逸，是不是也是从这样的一种土壤里开出的花呢？

就像前几天在《印象闽江》诗歌朗诵会上，他用无比感人的声色朗诵了他的诗作《相思，第两千零一夜》一样，让人动容：

……
两千零一夜的相思
是我离别故土的全部
相思的两千零一夜呵
是我家乡的日落与日出
……

七

写到这里，用我们福州话说，我有些“晕甩”，因为需要“碎嗑”的太多了，好在有《美国250》的书在，可以为证。

2010-4-15

58. 行走的文人
——说林斌的散文

一

一个人走在乡村小路上。

一个少年走在乡村小路上。

一个乡村的少年向我们走来。

这是我读林斌《云水集》里的五十篇散文所看到的。

二

少年的时候，总有无休止的梦想，于是总喜欢山外，喜欢山外的山，山外的事物，于是便翻山越岭地去了。这当然是一种比喻，而现实的林斌，常从书里、从周围微小的细节里去揣摩、去憧憬这山外之山，于是，便显出了林斌的细腻来了：

在这大山里，在这湖岸边，山色苍莽，湖光滟潋，天地间就我孤寂的一人。天那么阔，山那么幽，湖那么深，人那么小。我想呐喊，我可以呐喊；我想放歌，我可以放歌；但我怕惊扰了这静幽清寂的美啊。（《晚秋·山中湖》）

这个世界，就佛家来看，是个有情天，有情者，不单于人而言，甚至世间万物，不是吗？

就个人的感受而言，处处有情，在于将心比心的一种体味，或自然的，或文化的。而人类的进化，恰恰是这样的一种体味的进步。

是的，在这暮霭炊烟中的村庄，你若留心，似乎还可以嗅到那百年前的缕缕书香。(《廊桥遗梦》)

这是不用理由的，这些花草树木风景，从表面看来仿佛只可以行走，不可以嗅到百年书香，但林斌嗅到了，这也是那个时期，那个少年的林斌有别于和他一起生长的其他少年的地方。

于是，我发现林斌的行走，更多的是精神层面的，是一种行走着的思想，就像林斌说的：

“行走”，一个充满动感的词汇，一个可以勾起我许多怀想的“姿势”。我想，人生长长的旅程不也是一场“行走”吗？幼年、少年时代的艰难行走尚不畏惧，又何怕青年、中年“行走”中的一点坎坷？岁月悠悠，白驹过隙。那年月行走的身影至今如影随形，它催促我，莫要停步，快快行走；它提醒我，不要迷失，辨清西东。路两旁人生风景从春到秋，走着走着，或许不经意间，把自己也走成一道别人眼中的美丽风景……（《我的灵魂在路上》）

三

我喜欢林斌的散文，我和很多人说过这话。

前两年，林斌出版了《沉香》，是散文集，至今还在我的案头。

林斌的散文有写小时候的事情，有写更远的甚至还来不及出生前的事情，有写现在的事情，甚至有写摸不着边的地方的人的事情。

林斌喜欢事情，喜欢变化着的那些事情，无论是不是发生在我们这个时代的，在林斌说来，总是娓娓道来，如在眼前，让人错愕。这仿佛是一种时空的分裂，但可以肯定的是，这是很有想象力的分裂。

我们生活的年代是一个文化断裂的年代，很多事情哪怕用你的一生去追究也无法穷思，我们都有一个近乎狂野的少儿期，近乎缺失的青年期，近乎迷茫的中年期。当我们反观自身的时候，我们的疑惑是无法形容的，甚至有些愤然。但林斌没有，林斌只是很安静地坐在他的书桌前，用他特殊的时空的裂变，一次又一次地从身世里、从回忆里、从书里、从现实里去寻找或还原这样的一种真实，仿佛要将这样一种文化的断裂愈合了似的。这是林斌可敬的地方，也是林斌犯傻的地方，而且傻得可爱！

这样的一种可爱不仅是愿望的，而且是知识的、是书本的，于是，便引发出林斌的爱书来，每言一事，必要旁证。

比如在说到花生的时候，他写道：

所以有古书上说它是“引蔓开花，花落即生”，说得很形象。我觉得花生就像是植物中的“魔术师”。（《植物辞典·花生》）

比如在他的《水墨江南》中这样写道：

在角直古镇，我伫立在叶圣陶先生曾经执教的“甫里小学”教室里，那数十年前的朗朗书声仿佛穿越过时空，回荡我耳边；

也因此，林斌好书，一直到现在，每月必列出长长的书单来，让人有一种喘不过气来的感觉。

鉴于此，记得前年春节，闲来便写了一副对联赠林斌，联曰：

好书如好色
作品即做人

四

在林斌的散文五十篇中，常常看到“母亲”或是“妈妈”的字眼，而且所占的篇幅达到近二十篇，这不是没有原因的。

林斌自幼丧母，在他的《莲塘的记忆》里这样描述他对母亲最后的印象：

我仿佛看见，塘面上水浮莲都惊愕地退去，蛙声戛然噤住，妈妈殷红的血洇红了莲塘的水，鱼儿也流泪了，它们忍受不了那血腥啊。那个冬天，很冷很冷！莲塘，以人间最残酷的方式，刻在我的记忆中了。

这是一个悲惨的故事，发生在特殊的年代里，我无数次地读他的《莲塘的记忆》，无数次被他凄美的笔调所震颤，这在他成长的过程中，影响深远。

从某种意义上来说，过早失去母爱的孩子，心理上是很难长大的，我一直觉得林斌是一个很纯真、很善感的人，有时候又有一些很孩子气的高兴，会不会缘于这样的一种境遇呢？

《那个夏日的逃亡》是林斌格外率性的关于童年的叙述，其中的故事整个围绕怎样寻找母亲，怎样在最后感动了祖父祖母，达成了愿望，但达成了吗？那时候，他说：

再见了，祖父！我不恨你，我爱你！可是我要去找妈妈。再见了，弟弟！我爱你，我不能带你去，但我一定会把妈妈的消息告诉你！

但等来到母亲生活的地方的时候，才知道：

我踏上了南行的旅程。但我根本不知道，也根本不可能知道，亲爱的妈妈早在一年前，不堪非人的批斗折磨，投水自尽了……

让人唏嘘，我无法想象幼小的林斌面对这样的消息的时候是怎样的一种哀痛，我只知道，那个夏日，甚至在若干年后的今天，林斌还在逃亡着这样的一种印记。

这在林斌也同样喜爱的摄影作品中可以得到佐证。记得有一次，林斌在他所见到的草地里拍了一个很开心的小女孩，那小女孩的笑脸让人可以觉察到她的母亲就在身边。

包括林斌的很多抓拍，也都时不时地抓住女性的那种美丽和被爱心渗透了的气韵。

五

有时候，我真无法卒读林斌的文字，他的叙述总是那么到位地将当时的情景再现给我们，让我们身临其境，去浸泡在当年的苦水里。但我又无法不读完它，因为，那文笔有时候会美得让人心跳。

教室窗外的坡地上，那一片亭亭玉立的美人蕉高举着一束束艳红欲滴的花朵，情绪亦如我们般亢奋。从早春到暮春，一整个春天上课时常常无端望着那片坡地发愣，总盼着美人蕉能早早开出花来。可是，她们却日复一日娴静地绿，羞涩如一群春天里的绿衣少女，就是不肯换上夏装，全然不理会我在心里暗暗替它们使劲。可不就是春天里的少女？越是娴静，越是恼人。（《美人蕉盛开的夏季》）

关于少女是不是越是娴静，越是恼人，我不知道，我没有这样的经验，但林斌笔下的美人蕉，确实是挺撩人的。

至于自然的呼吸以及怎样才能听到自然的呼吸，我觉得这是每一个富有诗意的人的一大秘密。

于是，林斌便成为有诗意的一个人了，像这样细腻的文字在他的文章里比比皆是：

春归去，春雨初歇。飘忽了一季的丝丝缕缕的哀婉惆怅，仿佛一夜之间被初夏的风吹走了。天地清朗，从梅雨时节开始就如梦般浑沌的溪水，这时渐渐变得清粼了。溪滩中茂密的荇草，油油碧碧，在潺潺的溪水中摆动着妖娆的腰肢。那绿色的舞姿映衬着溪水，将溪水也洇染得三两分绿，绿得带着几分凉意。溪边的田畴里，蛙声又起；溪畔的河柳上，蝉声初鸣。一群白羽黑嘴黄蹼的水鸭子，在溪中快乐游戏，报告着夏天的来临……（《廊桥遗梦》）

我们生活在现实中，从某种意义上来说，都是一个逃亡者。但仅就美的企欲而已，仿佛又无不是理想的追求者，甚至小到对于文字的近乎苛刻的刻意。如果这样说来，便是对美文的一种界定的话，那么，林斌的文字一定是美文了。

六

但有时候，林斌的美文也很拗口。比如他的《记沈文肃公轶事及其他》。

林斌这一类的散文，透出了他深厚的历史底蕴，我将这样的一种兴趣称之为怀旧。很少有人像林斌一样怀旧，而且很自豪、很优雅地怀旧着，这也缘于他的血统。这在福州是不可多得的。

就像三坊七巷作为福州的文明标志一样，作为三坊七巷走出来的子孙，骨子里便脱不了故纸的气息。我这样说的时候丝毫没有贬损的意思，我以为当代任何一种浮夸的恶习，都源于缺失了这样一种气血的交代：

余先妣，文肃公玄孙女，性善而刚烈，习医而喜文学。见贫病之人，每助散金药石，施被衾衣物。“文革”中历尽折磨，受辱不屈，决然赴死。人可死，不可辱。余性格从母，自母殁始。先妣遗不孝男二。余少年投军，后从警，戎装不脱，三十年矣。武夫少文而爱恨欲极，仅粗识文字却喜与文士儒生交。人给一考语：“性暴躁”。余笑曰：“少了杀人如麻。”弟少年入大学，习文；性儒雅，谦谦有君子风；二十余载执笔为业，嗜书如命，箧藏甚富。余戏曰：“文气尽传尔一人矣！”

白云苍狗，时代变迁。一代不如一代耶？然有血脉承传耳。是为记。

（《记沈文肃公轶事及其他》）

但是，我更欣赏林斌在此类文章中所表现出来的襟怀，至正至中，掷地有声：

同治、光绪、宣统年间，闽派诗人、宋派诗人雄踞诗坛，闽人多“佳人”。陈宝琛晚年力阻溥仪出关，没有跟着“小朝廷”跑，保住晚节，得以善终。而黄秋岳、梁鸿志、郑孝胥辈，不安于室，佳人作贼，只能落得悲惨的下场。这是历史的必然，更是对后人的警示。

（《翩翩佳人偏作贼》）

我以为，这也正是当代崇尚古风者所必须具备的纲常。

七

一直到灵魂的深处，作为真实的、被思想驱逐着的、不断以文字奔走着的林斌，在他的另一类让人惊悚的文字里，他人性的另一面便表露了出来，就像他的军旅生涯一样，透着硬朗，透着犀利，透着无情，这无情，更多的是对于自身近乎残酷的责罚：

血流出人体，遭遇空气，不一会儿便被氧化，鲜活的殷红转眼间就变成了颓败的黯红。我饶有兴致地看着手指上的血痕，观察它色泽的微妙变化。我想起波德里亚曾说著名的欧洲浪子卡萨诺瓦讲述过自己四岁时流鼻血的事，卡萨诺瓦说从那一刻起，他才感到自己活着，感觉到自己是一个男人。（《符号·血与伤疤》）

这样的文字让我们觉得透不过气来，是一种生理的也是灵魂的，最深入的对于存在的一种验证，这样的验证是需要勇气的。

思想、生活、历史，何尝不是一堆堆杂乱无章的碎片？此刻，我的窗外传来了摔砸物品的碎裂声、女人的号哭声、男人的怒吼声，稠浓的夜色挟裹着这些家庭私密的碎片，又出卖了这些家庭私密碎片。我不知道这些声音来自哪户人家，但我知道辨明声音的来源已经毫无意义。《冷记忆》中有一段话说："要明确说明一些事情已经显得滑稽可笑，但最糟糕的还是要给本身并没有意义的东西赋予某种意义。"（《刀锋掠过心脏》）

但我们知道，我们每天确实就像林斌所说的，我们就生活在这样的"无法明确"说明的现实里，包括我们自己，甚至在来不及说明的时候，现实已经不再是现实。

八

林斌又要出书了，叫《云水集》，散文五十篇，诗歌五十篇，想来林斌是想契合五十岁这样的一个特殊数字的。

人生五十，也说年过半百，但读到林斌的诗文，依旧感觉蓬勃，就像听他撮着嘴唇为你朗读诗文的一样。

但从人生的另外一个角度来看，这云水二字，又是一个极看得开来的文字，如林斌所言的，文如云影，诗作水痕，细细品味进去，忽有行云流水的感觉。这既是林斌对现实的达观的态度，也是林斌遣词作文的自如写照。用一句禅语来形容，曰：如鸟飞空。

这样的鸟，喜欢。

这样的天空，痛快。

2009-7-26写于知竹斋

59. 哈雷的叙述

一

哈雷说要出一本诗集，叫《零点过后》。

哈雷在网络上打包了一个文件给我，里面是他所整理得很清楚的诗集，有五个文件夹，都是叙述给“你”的，让人看了感动。

感动之后，便想说说哈雷的叙述以及哈雷怎么叙述给“你”听的。

二

有一天，哈雷说，我要用叙述的方式写诗。

无独有偶，曾经也因此考虑过诗和散文的区别，为什么有的诗写着写着，便仿佛散文。而有的散文写着写着，便成了诗。

为了解答这个问题，哈雷在他的《诗人》里这样写了：“……我只是个倾诉者/只在午夜/只对一个人倾诉/而且我的声音从不传送/耳语般/但我知道你听得见/那些诗句和乡村城市隔着距离/远离飞翔的鸟/但从来没有从坡上滑下/那是你在我的周围护起了篱墙/我的诗是最低的草/杂色的花/只包孕在你的茎叶里/我找寻线索/这些隐秘的/生命的液汁一直通向了你的身子/在春雨的激励下/微微颤动起来……”这让我大感兴趣，作为叙述，在我们通常的辞典中，那是和抒情平行的一种写作手法，就像叙事。可叙事又不是哈雷的叙述。“我寻找探索”“这些神秘的”仿佛“生命的汁液”，似乎这才是哈雷所要叙述的关键。

而“这些神秘的”可以让生物蓬勃的“汁液”又是什么呢？生物之以息相吹，这很像是庄子的句子，于是有生生不息。用我的理解，便很像是平日里促使人们想开或想不开的那些因缘。

比如流水，这仿佛智慧一样的东西，因着不平而去，或急或缓，潺潺湲湲，日日月月，于是便生化出各种各样的情状，这些事情因着个人的心性，有的过得去，有的过不去。过得去成风景，过不去成沙砾，本来也没什么特别，只因了诗人的描述，便有了诗意。哈雷便是这样的诗人，而且每每还都能找个人来听，很幸福，很作家，也很诗人。

而听者为谁，便是“你”。这很重要，因为我觉得，无论如何，需要有这样的对象，这对于写诗来说，要求不算很高，但至少是，我认为是写诗的人所必备的条件。因为，我很难想象找不到听者的叙述。于是，哈雷说：“现在我知道我为什么又开始写诗/那是你灵魂的宁静/让我蓬勃”（《诗人》）。

三

关于哈雷的叙述，2008年倒是一个不得不叙述的年份，很多事情让人大哭，让人大笑，哈雷因此在《零点过后》里用了整整的一个《第五辑》来装载。至于2007年或是2006年，自然也有哈雷不得不叙述的时候，于是便将搁置了14年的诗匣重新打开，这一打开，便也汩汩地流个不停，也因此，便有了他的《零点过后》的《第一辑》《第二辑》《第三辑》《第四辑》，其中有关于情感的，有关于现实感悟的，有四处走访的写生，有季节变化的惊怵，总之，丰富。

丰富的人叙述丰富的事情，这也不是什么很难的事，只要睁着眼睛过日子，就成。

难的是，睁着眼睛而能够想得开，不是所谓的睁一只眼闭一只眼，而且可以想出自己的诗意、自己的叙述方式来，不容易。

于是，我试着理解哈雷的这种不容易的叙述，为此，将这本诗集通册读过，确实：

……皮肤开始发亮，梦境里已经出现了栅栏/但没有人能够理解它的高度/会有更多的栅栏来到赛场，因为/有栅栏的赛场才叫赛场。……（《中国制造》）

关于“有栅栏的赛场才叫赛场”，我知道他所特指的对象，但哈雷所叙述的，绝不仅仅是那场赛事，他通过一场赛事，将“赛场”和“栅栏”的关系忽然抽象了出来，转化为叙述的中心，于是我们发现，他前面所描述的那一系列情态便已经逃离了纯粹的现实，于是，我似乎更愿意相信并且随之逃离，去感觉一种超越事物本身的突然出现的关系，是这样吗?

……首先是先验的目光告诉我/你必须这样做，才能走入既定的梦境/渐渐地，你动了起来/体内磅礴的原气不竭地燃烧/直到吐出一口华彩的烟雾……（《中国制造》）

我所欣赏的哈雷的诗歌是：伴随着诗行的展开，哈雷总可以用无数的想象去构筑他的“先验”的叙述，让你不得不听，不得不随之而动。有时候也难免有些“烟雾”，但依旧“华彩”。

四

我还是想，能不能更为直接、更为贴近地去理解、去阐述哈雷的关于叙述的理论，从他的诗里。

哈雷喜欢来我的工作室喝茶，也喜欢谈诗歌，当然只在我们之间。因为，这样的一种行为在当前的现实中是很不成熟的。于是，哈雷谈着谈着，也总会谈到他的关于叙述的理论。但哈雷毕竟不是专业做理论的，因此，也常常，在还没将问题谈清楚的时候又被一泡新茶打断了，以至于现在回忆哈雷所说的关于叙述理论的时候，变得有些模糊了起来。

我曾经读过古代的关于诗歌或是书法的一些理论文章，比如《诗品》或《砚边点滴》什么的，感叹古人的理论是那么浓缩，那么富有诗意，而且到位。也就是，读了那些文章会让你想很久，而且越想越有味道，以至于每一次体会都不一样。为此，我曾试图还原他们当时类似理论创作的环境，忽然我发现，他们充满张力的理论很像是在茶余或是酒中得来的，仿佛朴素的书法一样。才气！于是我想起了哈雷。

此刻有谁在世上的某处哭，/无缘无故地在世上哭，/哭我。//此刻有谁在夜里的某处笑，/无缘无故地在夜里笑，/笑我。//此刻有谁在世上的某处走，/无缘无故地在世上走，/走向我。//此刻有谁在世上的某处死，/无缘无故地在世上死，/望着我。（里尔克《沉重的时刻》）

哈雷一再强调地喜欢里尔克的作品，于是，我也引了一首我最喜欢的，为什么喜欢？没去多想。倒是哈雷的理论提醒了我，这或许就是哈雷所指的叙述？在看似很现实地描述一件事情的时候，无论这样的事情是真实的还是虚拟的，这并不重要。重要的是，在这样的一种既定的或是突发的事件面前，你能不能读出你所感觉到的这个事件的个性化关系，而且，读得美丽。（这里所使用“个性化”的关系，意在表述诗人独特构筑出来的那种关系，让人恍惚的关系）。比如哈雷的《搬动》：

我搬得动一块巨石
却搬不动一个词
如托举不住的夕阳
在黄昏到来
沉入湖底
但我会赞叹一声
让我吐出豪情
洇红一片天
壮美一道山梁

岁月无息地远去了
我也老了
在又荒又长的芦苇深处
八月，竟然有点孤单
我搬得动自己
却搬不动跟随的影子
而我走在秋色之前
跟每一片叶诉说
比风更远，比诗句
更为苍茫

“我搬得动自己/却搬不动跟随的影子”，很多事情是因我们而发生的，但不会因为我们而转移，这便是哈雷面对现实娓娓地叙述给我们听取的那种满含张力又无奈的美丽着的故事。再比如《水在低唱》：

当你把柳枝触到了水里
我就走进了六月里的冬天
夜里有五种声音在低低地唱着
把水分割成多条的颜色
那条冰刀一样的水，闪着寒光
扎进了我的心里
融化了我一夜的睡眠
城市，这巨大的河蚌
可以吸入所有鲜艳的喧闹
那声音的潮头，每一分钟
都会诞生一个婴儿
但这不影响他长大后继续成为
灵魂忏悔者
人的一生有多少次踩在水上

一次的沉溺，就有一百首的诗篇
从岁月的深处浮出
所以老人才说：
那鱼游走的地方
就是水走的方向
男人痴想的天堂

“我”和“你”，“我”是叙述者，有时也是被叙述的对象，“你”是倾听者，同时也是让“我”不得不美丽的叙述的对象，简单地说，“我”因“你”而写诗，现实因“你”而美丽，而生动，而深刻。

“感觉”，在哈雷的诗里细腻到了可以超越现实的地步，这样的一种超越是完全的开放，而且是很自然的开放，仿佛五瓣舒展开来的花朵，或像一个喝醉酒了的人的听觉。

“夜里有五种声音在低低地唱着/把水分割成多条的颜色”
“人的一生有多少次踩在水上/一次的沉溺，就有一百首的诗篇”（《水在低唱》）

人们常常因为自己才思枯竭而烦恼，但在哈雷的叙述中我们看到：那是一种感觉全然开放着的叙述。一种不再拘泥于现实关系的叙述，一种飘忽的叙述。

于是，现实之下的那种富有暗示性的关系便因此而生成，“那鱼游走的地方/就是水走的方向/男人痴想的天堂”（《水在低唱》），哈雷唱道。

五

有关哈雷的叙述，除了必须具备的主体、对象和个性化关系之外，似乎还有叙述的力度或力量的问题，这里，特殊的关系和无法推却的语调是表里关系，哪怕这样的无法推脱甚至会造成精神负担也在所不惜，类似于“酷”的本质意义。

有一天，诗人从《木鱼镇的清晨》醒来了，虽然我不知道这个木鱼镇在哪里？这并不重要。诗人醒来了，开始叙述和他一起醒来的木鱼镇：

“这是每天必来的那只鸟/这是每天必要鸣叫的那一声”
“天亮了些，露出窄窄的脸/也许和黑暗对视了太久”。

在诗人看似朴素的语言里，跳跃着并不朴素的内涵，而且，诗人偶尔还会很是无端地将这样的内涵变得必然，变得彻底。比如“必来的那只鸟”，比如“每天必要的鸣叫”。而类似“我听见屋檐上春的声音滴入我的身体/一个冬季的秘密就这样泄漏”（《正月抬头》）“我一生中最美丽的季节/是和台风一起来的”（《秋天来了》）这样的句式，更是哈雷所常用的，他总喜欢，也总可以将似是而非的那种关系变得直接，变得肯定，变得有意味。

六

夜很深，也很安静，足以深深地读进哈雷的诗歌里了，当然，这也是阅读哈雷诗集《零点过后》最好的时段。

零点过后

这个瘦长的夜晚
我把手臂搭在肩上
这时才想起那上面还有一张脸
白天它朝向牲口的大街
我兀自甩动的手从来不理会
面上的表情
我们只是连在一起的两个
不同的肢体

而现在，零点过后
它可以低下头来和我交谈
可以支起眼神
放出光芒把夜色逼退
它说出这辈子最慌乱的话
——刻苦爱我
而我却像一个偷窥者
发现裸露出的谎言

一段真实的谎言在子夜过后呈现，让我们看到白天所无法明白的自己的另一半，就像一个头颅下的两个身子，终于可以在这个时候，“低下头来和我交谈”。比如现实，比如诗歌的叙述的问题，比如这本诗集。真诚而且痛彻，睿智却也慌乱。

于是，便可以听到一声：“刻苦爱我”，不是吗！

于是，便可以感觉哈雷的叙述的力量，“刻苦爱我”，不是吗！

于是，便可以颤动着体验到现实的和哈雷之间的深刻的交互的叙述：“刻苦爱我”，不是吗！

七

忽然想起那天在哈雷的博客里跟进这样几句话，觉得比较概括，录下，作为结束：

哈雷的诗歌是很感性的，无论是情绪的宣泄还是语言的活络，都可以用滋润来形容。

哈雷虽然以“叙述”来概括他的诗歌创作，但哈雷笔下的叙述，更多的是通过现实的一种突发的关系，揭示关系背后的永恒美感，与当下的后现代的叙述方式同形而异质。

其实，在哈雷的创作中，有时候你已经分不清是在写诗还是在生活了，这或许是一个诗人之所以成其为诗人的最本质的所在了！

2009-2-18

60. 玉色语词

——夜话西楼的诗歌

一

玉是一种石头。

玉是一种很不普通的石头。

记得第一次见到西楼的时候，西楼便拿出一块玉，很温润的玉，白色里透着些许的青，就像被精神溶解了的现实，很漂亮，很让人喜爱。

其实，这和西楼的诗歌没有关系，只是读着西楼的诗歌，忽然想起最初的一些印象罢了。

西楼确实喜欢玉。

西楼确实喜欢没有瑕疵的玉。

我想，这是没有什么理由的，就像西楼的写诗。

二

有一天，忽然看到西楼写诗了，非常惊讶。不是惊讶她忽然写诗，而是惊讶她一出手便不凡，即使现在重读她的这些诗歌，也还是觉得那一定不是三四年间可以造就的。比如：

在刀子切入苹果的白色果肉之前/在寂静的午后，是没有面孔的那一个/将耳朵贴在地上。我发现你/歇息在河流的皱纹上，在别人醒来之前/将黑暗一点点从身体里抽离（《有些日子》）

一个诗人的真正内涵绝不是写诗数量的多少或时间的长短，而在于他所写的是不是诗。

而且，这几年我一直觉得：就诗与诗人而言，应该是先有诗人而后有诗歌，诗人不因为写诗而成为诗人，诗人是那种具有不同于一般人的官能体验的人，他可以看到一个“没有面孔的”你，而且，可以“将黑暗一点点从身体里抽离”出来。

三

我知道的西楼是念音乐的，这很不一般，对诗人来说，常常从音节入手来掌控诗歌的节奏，而音乐感很强的人，则可以通过情感的呼吸来再现节奏，比如《引我靠近还是逃离》中这样写道：

吐气如丝。所有的事实就在那一瞬间得到最不合理的澄清/希望在人行道上摔碎但却鲜为人知。这个季节，人们不相信眼泪，不相信！

这句式看起来像散文，但一经念动，心情便开始起伏，而且是很自然地起伏着，也是非知性地起伏着，仿佛出自生命自身的一种颤动。

有一天，忽然又听说西楼在练太极，很是羡慕，虽然没有见过她练的是怎样的太极，但从她的诗里，隐约读出很多的动作来，而且，有些动作完全忽视了空间之于人身的危险性，完全将读者带入悬浮的精神之中。

酒精制造的软体动物在梦里/与你擦肩而过。线性的身体一个下意识/的转身，将窥视的夜幕撕成两半（《在线转体26℃》）

先不说这“线性的身体”和“下意识的转身”是怎样将她的专长带进

了诗里，当读过整首诗之后我们才知道，这是一场醉酒后的失控的动作，类似于失控了的灵魂的舞蹈。而《窗》中所写的：

多么渴望 跃出窗外/哪怕只做一分钟飞翔/去撞击蓝天/去穿越阳光

则远远超出了太极以及舞蹈的范畴了。

四

是啊，舞蹈，或舞蹈的灵魂，与其说西楼相信现实的事物，不如说西楼更相信自己的灵魂。我在想，有时候，尤其是独处的时候，西楼是不是总被自己的灵魂所牵引着，甚至压迫着，然后忽然回转身，来重新审视现实的皮囊呢？（用佛家的语词）

“现在你想安静，不在意损失/要在那里，在另一个世界里/笑看尘埃上下漂浮开出花来/灵魂说：现在走吧/既然黑暗开始注视着你，还是走吧/这一刻，你几乎自由了”(《跌落》)

这首诗让我想了很久，不是因为诗的费解，而是“几乎”这两个字，“几乎”也就是还没有，“几乎”也就是觉得身心有些分离了，“几乎”也就是常常从存在的高度再次反观到自身的现实意义了。“几乎”也就是一种状态，我想，更确切地说，是一种写诗的状态，是诗人几乎不是人的状态，我欣赏这样的状态。

五

现实的人是不可能没有裂痕的，但精神不一样，精神可以通过自身的救赎而得到一种完美，或至少是几近完美，这也是西楼的诗歌之成为西楼的诗歌的所在。西楼总是一而再地将自己打造成一个修旧如旧的建筑师，在自己满是裂痕的庭院里终日修补着自己的心象，而且是很形象地修补着，很质感地修补着，透出很古典的现代性来。这是一个很矛盾的概念。

也就是，那些古典的和现代的、精神的和现实的，在她的修补里已经失去了分明的界线，从而形成互为表里的精神实体，由此而形成的复合的感动是很新奇的，比如：

如今，我/坐在一只枯败的船上/让寻觅已久的安定在内心四平八稳/等岸醒来（《灰岸》）

这样的时间，我开始/煎煮夏天所有的不安/这薄薄的玻璃一片/岂能护住虚弱的身体（《陶罐》）

这是西楼灵魂深处最为柔软的一面，让人动容，也让人剔透。剔透是一种想得开，一种很自我的也是很毁灭的想得开，仿佛水流般的冲动，一次次地要突破自身的河床，去变化，去获得一种连自己也不愿意相信的可能，就像她在《不可思议》中写的：

在靠近太阳的刹那/燃尽成灰

而另一种结果是，就现在，就此刻，让心情平静下来，写诗或是向佛，听音乐或是摩挲美玉，从而再现西楼很丰富的寄寓世界。

有一天，她从我这里借去一本台湾诗人碧果的诗，回去后，写了《晚读》，因为喜欢，便整首引入：

太阳最后一次望进窗户
白天仿佛终于泄露了它的一个假定
很快，外面只剩下一片黑暗

邻居家的猫躺在冰凉的阳台上
一弯眩月俯视着它，白得像啃过的鱼骨头
泛着莹光，充满诱惑

碧果的诗图集在桌上摊开
里面满满都是“二大爷和二大娘”
当然，还有他永远也诗不尽的海

就像能看穿水一样的猫眼
图文华丽直到尾页
让我纵横交错，在咸腥味的海岸边迷失

外面，那只猫正追逐着自己的尾巴
不断绕圈，把时钟硬扭到十二点
“二大爷”这会儿该起鼾声了吧

窗户变成了镜子，没有温度的影像正在对面读短信：
“说不清是热烈还是凄冷，
春天的江南，跟你相似。”

这末了两句尤其传神，一下子把人生的大自在给说遍了，不是吗？

六

生活还在很美好的继续着，这是一种双向的选择，就像西楼选择玉石一样，何尝又不是玉石选择西楼呢！

诗歌也是这样，一个人写一首诗，哪怕就是读一首诗，也是一种双向的选择，只有这样，才可能让自己被动起来，被动得更像自己。于是，西楼在她将要出版的诗集里，用了这样的三个部分来表现自己的被动：

诗札1：在地平线上遇见自己

诗札2：目光在下一个季节停留

诗札3：西楼月语

我以为很妙，妙得就像手里握着良玉的西楼。

2009-12-17

61. 诗人要写些什么

一

本来，希望将这篇文章的名称叫“诗人的使命”，但那样太落入俗套，且所谓的使命，在当下的现实中已经成为一种现实的反讽，倒不如用“写些什么”来得更加生活。

二

和蓝光之交是诗人之交，诗人之交应该是什么样的呢？比如诗人喜欢酒，我们一起喝酒。比如诗人喜欢朗诵，我们一起朗诵。比如诗人喜欢出游，我们一起出游。它比君子之交要浓一些，却比世俗之交要淡一些。于是，似乎恰好。

最早认识蓝光的时候蓝光还在华大，华大是屏山脚下的一个街道。那时，看到他拍摄的、写的有关屏山的图文，忽然感兴趣了，想去屏山一游，便留了言，而后在一次诗友会上，第一次接触了蓝光。

屏山到现在也还没去，和蓝光倒常来常往了。

三

蓝光，脸方正，色黑，透红，剑眉，身子敦实。

四

现在写诗的人很多，但写得真实的却很少，多是无病呻吟，扭捏作态。到了内容匮乏的时候，便玩起所谓的技巧来，将一句再普通不过的话横砍竖接，以为妙思。最让人看不惯。

蓝光不然，倒是平平实实地写来，痛痛快快地喊道：

……

面对孩子，我很做作
扑腾撕杀的伤口
如今被光亮的羽毛掩饰
其实我不愿，被弄得不真实
宁愿让淌血的伤口记忆怯懦
留下更精彩的鹰的故事
让猎人们传说……

（《陈列馆里鹰的自述》）

五

于是我又回到“诗人要写些什么”的题目上来。

诗人要写些什么呢？我以为离经叛道的不一定就是诗人，而那些现实的既得利益者犹装作离经叛道的所谓诗人更是虚伪得可怜，倒不如堂堂正正地说一些真话，做一些真事情，写几句真诗来得痛快。

如果诗歌真的是一门艺术，就一定是带着思想、带着情感的活脱脱的一个现实生活者的抒写，他的那些诗句一定是很自然的一种现实行为的文字表达，而不是东躲西藏，极端掩饰。

现实，值得诗人抒写的实在太多了，有可以动容的，有可以痛心的，有可以希望的，有可以绝望的，有可以爱的，有可以恨的。当爱的时候不敢爱，当恨的时候不敢恨，该颂的时候不敢颂，该骂的时候不敢骂，什么人啊！何况诗人。倒不如像蓝光一样，喝道：

……

做一回真实的自己吧
溶化生活中板结的反抗
越过颠峰的理想，向旧程式宣战
舞吧，舞动希望
引体向上、向上
旋转、旋转

《街舞》

六

蓝光的诗有一种现实的在场感，这很难得。他是生活在现实中而不是自我中，他是现实的人而不是自我的人，比如他是个公务员。

蓝光真实得就像个公务员，有公务员所必需的视角和关注，有公务员所必需的立场和趣味。因此，蓝光的诗歌也好散文也好，常常是紧跟时事的，也常常成为网络关注现实的首页专文。为此，你会在你的QQ中常常看到蓝光发来的信息，比如请登录某某网站，蓝光的文章被推荐等，蓝光也乐在其中，为什么不呢？

比如蓝光写的《有一种崇高写在人民心中——为八位赴海地维和献身的警察而作》：

……

有一种崇高写在人民心中
写在海地维和事业的一举一动
写在面向饥饿和疾病伸出的援手
写在平凡岗位上的坚持不休
写在安抚心灵受伤孩童的慈母心怀
写在送粮送衣送药无私援助的途中

写在执行任务时面对死亡威胁的警惕目光
写在教导民众生活本领的那一幕幕
写在一个个闪烁着职业光辉的不同之处

有一种崇高写在人民心中
突如其来的不幸让所有人心痛
山河凝固了八位维和警察的呼吸
而他们的身后有亿万个中国人站立
……

这首诗让我想起惠特曼的诗歌，看似很平实的一句句却也累积着排山情愫，我相信，蓝光在第一时间知道了八名战士殉职的时候，他的感动是真实的，这真实更像一个战士在赞美牺牲的战友，因为，都是公务员，因为，为国。

七

当代社会的很多问题都缘于人们理想的缺失，他们不相信明天，不相信明天就是今天的保障。而恰恰相反，以为今天才是明天的保障，于是，便丧心病狂地带着极度的欲念和贪婪生活在今天。久而久之，当他们想起明天的时候，不是一种憧憬和期望，而是一种恐惧、不宁和绝望。用佛家的话说，他们自己种下的因已经太多了，而且，他们也知道，现世的果报，已成为一种必然。

与其这样，不如现在就坦坦荡荡地生活着，如《心经》所说，“依般若波罗密多故，心无挂碍，无挂碍故，无有恐怖，远离颠倒梦想，究竟涅槃”。当然，这也很难。于是，蓝光，作为现实的人，这样写道：

……
我无所畏惧

任尔暴风骤雨的拍打
死守的生命彼岸，勇敢地
护住属于自己的向往
于是，我静静地
候着落日的一段礼赞

《根》

2011-5-19

62. 吕德安的农舍

正月，在蔡其矫的网络诗会现场见到吕德安，甚喜。

德安，少时诗友。

少时诗友很多，如今还在写诗的却也寥寥无几，德安便是寥寥中的一人。

那天，我说，现在忙什么？

德安说，画漆画，在山上。

德安说的在山上，便是他建在福州郊外的别墅。前几年听说德安在山里盖了一栋别墅，可惜没碰上好时机。我说，什么时候上去通知我。

德安说，好的。

德安善写诗，早年钟情于民歌民谣，很是推崇朴实一路的诗风，且常有感人的诗句，用德安自己的话说，我从民谣中学到的东西似乎比古典诗词还要多得多。（德安《顽石》代序）我很理解德安所说的民谣，尤其是现在所说的民谣，已经从特指的存留下来的歌谣演变为一种生活态度了，这态度导致他选择了宦溪这么一个地方，盖出与其说是别墅，不如说是地道的农舍别居来。

那天，我们到了他的郊外农舍，是青砖灰瓦的农舍，有很普通的木门，很普通的木窗，很普通的地板和很普通的家具，如果不知道主人会写诗，就这架势，充其量也就是一个懂文化的农民的家，但是我喜欢。

记得前一阵子到一个朋友的别墅玩，无论是地板还是墙面的装饰仿佛必有牌子，必有出处似的，整个时间聊的都是这个多少钱，那个多少钱，无聊之极，然而主人高兴。

与德安处不同，我说，为什么不在二楼做一面落地玻璃，这样可以看到外面的风景呢？

德安说，看风景就不能有距离，比如可以到外面来。

我觉得很有道理，而且就是在这很是平常的闲聊中，也可以体会出他的那份亲近，那份和生活、和自然没有距离的亲近。这倒是我从来没有想过的。

这几年，我是越发懒了，每到山中，凡有轿子的地方我绝不走路，凡有缆车的地方我一定借力，如此这般，一定少了很多的乐趣，更谈不上曾经览胜探幽的情致了。我总是在想，生活已经够累人了，游玩本就是一种休闲，自然没必要再作贱自己了。

我们在德安搭的一个亭子里喝茶，亭子是木版的，有一堵砖墙上安着一个石头的六角形窗户，那窗户很是古旧，一定是哪里搬回来的。

德安说，是，旧房子拆迁，这些东西不要了，我就搬回来或是买回来。我喜欢这样的东西。

一棵不知道是桂树还是什么的植物从那里探出来，很自然地探出来，我觉得惊奇，将头探出窗外，只见窗下有一堆新土，很显然，这是德安自己种上的。我想，抑或是有一天，德安一定坐在这个亭子里，看着自己整出的石窗，忽然觉得少了点什么，于是，便有了这样的一棵树。

我崇尚艺术，我始终觉得艺术和生活是不一样的，艺术是自觉的，而生活是自然的，但是，在德安的庭院里，你却可以感觉到在很多很自然的景致的背后，都隐含着很艺术的德安的趣味。

一栋农舍一样的别墅。

一个不大的草坪。

一个砖木的亭子。

一条溪流从门前流过。

在这地方作画再好不过了，我说。

是，很安静。德安说。

我说，那晚上有点寂寞呀，在这里。

德安说，要的就是这样的效果呀。

要的就是这样的效果呀，这句话更适合德安的老漆画。

漆画是用老漆做的画，先前多是工艺性的，将线稿打在板上，然后画上漆，然后打磨，然后再画上漆，再打磨，如此这般地不断反复，精致，细腻，但也太过工艺化了，因而难免入俗。

德安的工棚就在屋子背后，那里同时有好几幅作品在制作中，是抽象的，是一种说不清楚的情绪，虽然还不是很成熟，但是，很有魅力，是很冲动中的一种安宁，很平和中的一种叛逆，整个画面透着老漆所特有的那种色调，那是油画色所表现不出来的。

我们年轻的时候都喜欢写诗，甚至为了写诗放弃了很多东西，当我们的年龄渐渐老大，发现写诗无以为生的时候，我们总是会这样那样地调整自己，以适应于生活。德安同样也在调整中，比如画画。

还有很多很多的朋友也在调整中，比如炒股，比如经商，比如从政，等等，只是有的人调整得离艺术远了些，有的人则还在艺术的边缘求生存，德安便是后者。

那天中午，和德安在宦溪的一家小店吃饭，德安要了泛力草炖猪蹄，好吃得不得了，然而德安很认真地说，这东西，如果不乏力的吃了乏力，如果乏力的吃了不乏力。

这听起来有点逆耳，然而却仿佛蕴含着一些意思，什么意思呢？一时也想不出来。

到得回来，觉得此行好玩，便想用一个对子来写德安的生活，忽然想起他门前的那条满是乱石的溪流以及他的诗集《顽石》，便拟了个对子，写了：

老漆画古岭

顽石集官溪

我想，自然与人，也总像艺术与人一样，你需要它，则有益。你不需要它，则无益。于是，我又想吃那个乏力草炖猪蹄了。

2007-4-18

63. 刘登翰先生的文和字

一

刘登翰先生工诗，工文，工字。

二

20世纪70年代末80年代初，福州于山的市文联常常组织一些关于诗歌的活动，那时候我们还在念书，还年轻。而福州的诗坛上，作为中年的中坚诗人，有三驾马车，其中之一，便是刘登翰先生。

那时候，不知道刘登翰先生具体是做什么工作的，只知道他是写诗的，而且，在当时的中年诗人中，是属于思想开放、有很强的形式感追求的诗人。

那时候，福州年轻一代的诗人们，无论是形式的还是内容的，都写得很疯。而刘登翰先生的诗歌，则是很理性地探索着。这也是很多年之后回过头来读他们的诗歌才感觉到的。

刘登翰先生作为诗人的印象一直延续到这个世纪初，因为这期间，我又是出国学习又是做生意，直到有一天，一个旧日的诗友在海关叫我大荒，我才回过神来，重新回到福州的文友中间来。

三

回到文友中间，忽然发现坐在我面前的诗人刘登翰先生，已经成了一个海外华文文学研究的著名学者，博士生导师了。而我，也从原先的中学老师，变成一个平面设计师。

这之后，刘登翰先生的诸多文本，都是由我做装帧设计的，其中，有诗集，有散文集，有论文集。

关于这些文集，尤其是论文集，以及刘登翰先生在海外华文文学研究领域的建树，我无力作任何形式的描述，哪怕是只言片语也是不恭的。按刘登翰先生的说法，那是他中年开始，到现在还一直从事着的研究，为了这研究，诗歌几乎没写了，散文和报告文学间或写之，而这方面的论文则一年不下十万字。总言之，这研究，几乎是刘登翰先生中年以后的全部心血，也因此，记得在他的70岁生日的时候，有同是海外华文文学研究的权威学者给了刘登翰先生一个很中肯的评价，大意是：一个学者和一个学科的建立。这个学科，就是海外华文文学研究。

因为我对海外华文文学研究所知道的几乎是零，因此，我们在一起的时候很少谈及，而谈论的内容居多是诗歌、散文或是书法。

四

前几年和刘登翰先生到三明参加关于诗歌的研讨会。 酒足饭饱，和《诗三明》的朋友们聊起当年的《诗三明》，无论是从现在聊回去还是从过去聊回来，你都可以听到当年几个《诗三明》创办者的名字，比如蔡其矫，比如刘登翰，比如范方。甚至，他们当时倡导的美学原则，现在还在《诗三明》的诗友中发扬光大着。后来，和刘登翰先生谈起当年的事情，刘登翰先生总是不无感慨的回忆着，叙说着。

比如20世纪50年代，刘登翰先生在北大念书的时候，就可以凭借诗文的稿酬过日子。

比如20世纪六七十年代，刘登翰先生毕业后因为有讲不清楚的海外关系，贬落到三明，一待便是19年。这期间，刘登翰先生在寂寞中以写诗作文激励自己，也因为有这样的经历，才有了后来的大量诗文和书法作品，我想。也因为有这样的经历，才有了后来的刘登翰先生回三明就像回乡一样，谈三明诗群的诗歌可以如数家珍。刘登翰先生和三明有着不解之缘，包括他最亲近的朋友都缘于那里。这时期的诗作都结集在他的诗集《山海情》和其他一些未及结集的作品之中。

比如20世纪70年代末，刘登翰先生调往福建省社科院文学研究所，为了追回那段失落的青春，在从事研究的间隙还写了很多诗歌、报告文学和散文，这些文字在后来的二三十年中也都陆续成集了，有诗集《瞬间》《纯粹与不纯粹的歌》，有散文、报告文学集《钟情》《寻找生命的庄严》《关于人和历史的一些记述》《自己的天空》，有序跋集《书影背后》。

比如20世纪80年代末开始，刘登翰先生便从文学创作转向文学批评、文化研究。从文学史开始到海外华文文学研究的建构，先后出版了《中国当代诗歌史》《文学薪火的传承与变异》《台湾文学隔海观》《台湾文学史》《彼岸的廖斯——台湾诗歌论》《香港文学史》《澳门文学概观》《双重经验的异域书写——二十世纪美华文学史论》《华文文学・跨越的建构》，主持了“闽台文化关系研究丛书”并撰写《中华文化与闽台社会》，以及《南少林之谜》《福建，山海交辉的文化福地》等文化专著的撰写。

记得前几年，在筹划刘登翰先生70岁生日活动的时候，听一位学者说到一段故事，颇为精彩。说刘登翰先生到台湾的某大学讲学，发现学生手里拿的是他写的厚厚一叠《台湾文学史》的影印本，并排队让刘登翰先生签名。据说，他的这些文学史的专著，很多都是这些地区的首创，而且，成为这些地区大学中文系的教科书。

五

我一直相信做学问其实是做人，什么样的人便有什么样的气象，便做出什么样的学问来。我偶尔也会翻开刘登翰先生的论著读几段，这所谓的读几段一定不是当作专著来理解的，而是想学习其中的文法造句或是语势，比如刚才。你会发现，刘登翰先生的文字，总有一个很放眼的大框架，而在大框架中用极其严谨的方式去遣词去围合，让你觉得不可以有一些些的松动。

刘登翰先生做人也这样，他的朋友之多之广，可以是一篇长篇巨著，他对待朋友，无论男女老少，又是极其严谨与随和的。

前几天，一个刚大学毕业的小女生说，太意外了，太意外了。

我觉得很诧异，问，怎么了？

她说，前一天我们求登翰老师写一幅字，没想到今天大中午的他亲自送来了。

我说，登翰老师是这样的。

她说，可他是一个大学者呀。

是呀，正因为这样，所以才可以成为大学者的。前几年，刘登翰先生为了纪念三明已故诗人范方，在朋友中间筹措资金，由他亲自组稿编排审校，凡事亲力亲为，编印范方诗集《还魂草》，成书后还带领一班朋友到三明召开范方诗歌研讨会，这样的一种心情感动了很多文友，也成为福建文坛的美谈。

现在，刘登翰先生又在张罗着已故作家袁和平的文集，上下150万字，都是由他亲手勘定，犹在三校中，到了《袁和平文集》出版的时候，一定还会有很具规模的发布会和研讨会的。我想。

六

和刘登翰先生的诗文论著并行的，则是登翰墨象。登翰墨象的画册已经出了两册，影响颇大，许多报纸杂志都刊载。而登翰墨象的展出，同样可以推到20世纪90年代。前几天，因为写了刘登翰先生墨象的专文，特将他这十几年来大大小小的展出做了一番统计，如下：

1.20世纪90年代，《福建作家书画五人展》，登翰墨象参展。这是前几天偶然看到一张彩页介绍知道的。据说是因为挚友袁和平在危重之中，为了赶在他的生前，将他以马为素材的一批极为奔放的国画推向社会而举办的这次展览。

2.2007年农历七夕，作为登翰先生七十寿辰活动，《登翰墨象展》于福州于山美术馆展出。

3.2007年，登翰墨象参加中国作协主办的《中国作家书法展》。

4.2009年春天，金门、台北两地的《越界·四人行》，登翰先生也以墨象参展，并赢得观展的艺术家学者的广泛好评。

5.2010年十月一日至十月七日，在那后街琴南书院举行“登翰墨象展”。

6.2010年十一月，应菲律宾邀请，“登翰墨象展”将在菲律宾举行。

7.2011年，作为台湾三大美术馆之一的台北“国父纪念馆”，邀请刘登翰先生赴台举办“登翰墨象展”。

七

与刘登翰先生的诗文一样，他的墨象也是不可重复的。

首先是刘登翰先生的文字结体。我曾经问过刘登翰先生，是从什么字体出来的？刘登翰先生回答说，我没有特别学过。没有特别学过的含义是，刘登翰先生不像其他书法家那样，有所谓的师承，而是自己感悟而来的，这感悟与他的经历以及长期所从事的职业有关，我想。

他们这一代人的经历很特殊，在种种政治运动中失去发言权的人，只能作为工具去抄写大字报。而抄大字报首先要有很娴熟的字体，而且不能出错。歪打正着，这对于书法是一种意外的练习。刘登翰先生在三明的19年间，这样大大小小的练习恐怕是无法统计的。即使后来调来福州工作，刘登翰先生从来不用键盘来写文章，几十万字、上百万字的著作，依旧是一个方格一个方格地去写。刘登翰先生说，我少年看招牌，壮年读碑帖，从中吸收了自己喜欢的运笔与结体，并将之融化到自己的书法作品里。

所以，有人说刘登翰先生的字像米芾，有人说像傅山，又有人从中看到二王的笔法。总之，众说不一。

这世上，会写字而众说不一的很多，很多也都形成了自己的个性，但还是无法作为书法作品，其原因在于这些文字所透露的气象。

刘登翰先生的书法最可宝贵的便是有一种文人气象，这很符合中国传统的意境说。他的字韵多于气，中锋侧锋兼具，行笔讲求抑扬顿挫。其行书多是笔断意连，活络生动，自成一体。用台湾艺术家李锡奇的话说，刘登翰的字写得很自信。是的，自信，这便是一种文人的襟怀和气势。

其次，他的不可重复性还在于他的用墨。中国古代书画论有墨分五彩之说，这一说，在刘登翰先生的墨象中表现得特别突出。我见过刘登翰先生创作墨象作品，他会把一支毛笔很考究地清洗干净，而且是干干净净，然后会用手指在笔端适度地捏一下，不能太重，也不能太轻，这关系到毛笔所含水分的多少。然后，拿起另一支毛笔沾满浓墨，在满是清水的毛笔笔腹轻轻地点个三两下，方才落纸飞书。这时，那洁白的宣纸上，便有很奇怪的墨色随着刘登翰先生的运笔渗透开来，而且，渗透的范围又是刘登翰先生所预设好的。

这样的字，每一幅都是必然的，每一幅又都是偶然的。用刘登翰先生自己的话说是，无法重复。

八

这几天刚好是刘登翰先生的墨象展，据展馆主人、三坊七巷琴南书院的林总说，每天参观者不下三千人，而且，刘登翰先生所提供的诗文结集，也被爱好者求索殆尽。于是，我忽然感叹，刘登翰先生于工诗、工文、工书之外，似乎还要加上，工于做人。

2010-10-5